Hans Ernst · Eine Handvoll Heimaterde

Hans Ernst

Eine Handvoll Heimaterde

Roman

rosenheimer

5. Auflage 1996

Druck und Bindung: Danubia Print, Slowakei
Titelbild: THE IMAGE BANK

ISBN 3-475-52073-7

Kassette: ISBN 3-475-52782-0

Zu beiden Seiten des schmalen Bergweges stand der dunkle Fichtenwald. Ein sehr alter Wald mit schweren Ästen, grau in der Rinde und erprobt in tausend Stürmen. Dieser enge Weg, auf dem höchstens ein Almkarren fahren konnte, war eine wie mit hellem Gold gefüllte Schlucht, weil das Sonnenlicht um diese Stunde gerade durch die Lücke der Wipfel hereinfiel.

Auf diesem Weg ging eine junge Frau. Ein helles Kopftuch bedeckte ihr dunkelblondes Haar. Der Hitze wegen hatte sie es unter dem Kinn nicht verknotet, sondern ließ es an beiden Seiten herunterhängen. Auf dem Rücken trug sie einen prallgefüllten Rucksack, in der Hand einen langen Bergstock mit einer Eisenspitze. Sie ging ein wenig mühsam, als hätte sie Atemnot, und manchmal blieb sie stehen, um den Geräuschen zu lauschen, die aus dem Walde selbst kamen oder als Echo in ihm widertönten; das Herdengebimmel einer nahen Alm zum Beispiel oder der helle Klang, wenn sie unversehens mit der Eisenspitze des Bergstockes an einen Stein stieß.

Endlich kam sie zu der Blockhütte, in der Holzarbeiter und Jäger hausten. Um diese Stunde aber war sie noch verschlossen. Es war ja erst drei Uhr, und vor fünf kamen die Männer nicht zurück, und dann auch nur die, die eben um fünf Uhr Feierabend machten. Ihr Mann, der Thomas Burgstaller, der kannte freilich keinen Feierabend. Der schuftete bis zur Dunkelheit und wohnte auch zur Zeit nicht in der Holzerhütte, sondern hauste hoch droben im Wald in einer Rindenhütte, Rindenkobel genannt.

Thomas Burgstaller hatte sich verpflichtet, für den Herrn, dem die Jagd in diesem weiten Gebiet gehörte, einen Weg auszubauen, damit er bequemer zu seiner Jagdhütte kommen konnte. Er verdiente dabei gut, arbeitete aber nun schon drei Wochen nach seinem Feierabend samstags und sonntags daran. Deshalb hatte sich seine Frau, die Anna, aufgemacht, um ihm frische Wäsche und Lebensmittel zu bringen. Sie konnte ihn doch nicht verhungern lassen, ihren grobschlächtigen Thomas, und auch ein reines Hemd mußte er haben. Ja, darum hatte sie sich aufgemacht und auch, weil sie ein bißchen Sehnsucht nach ihm hatte. Sie hatten ja erst im vorigen Herbst geheiratet, bewohnten drunten im Pfarrdorf Siebenzell zwei winzige Zimmer in einer halbverfallenen Sägemühle, die längst stillstand und dem alten Pinninger gehörte, der vor Jahren schon zu seiner Tochter in die Stadt gezogen war. Es gab ja keine Arbeit mehr für ihn, seit der Erasmus Plank ein modernes Sägewerk mit drei Sägegattern dicht am Ufer des Zellerbaches gebaut hatte. Das alte Sägewerk, in dem die Burgstallers jetzt wohnten, wäre längst käuflich zu erwerben gewesen, gar nicht einmal so teuer. Und doch war es viel Geld für diese beiden armen Menschen. Darum arbeitete der Thomas Burgstaller im Wald und nach Feierabend noch an der Straße des Jagdherrn, damit er bis zum Herbst wenigstens die Anzahlungssumme zusammenbrächte.

Als Anna einige Zeit gerastet hatte, machte sie sich wieder auf den Weg. Noch mühsamer ging sie jetzt nach der kurzen Rast, und erst allmählich wollten sich die bleischweren Füße wieder an einen zügigeren Gang gewöhnen. Ein Stück ging es jetzt über einen offenen Hang, an dessen unterem Ende ein Dutzend schwarz-weiß-gefleckte Kühe weidete. Hinter einer Baumgruppe versteckt lag die Almhütte, die dem Langentaler von Siebenzell gehörte. Anna sah eine dünne weiße Rauchfahne über den Wipfeln aufsteigen.

Die Sonne war mittlerweile weiter nach Westen gewandert, die Hitze hatte etwas nachgelassen, die Schatten wurden schon länger. Einmal hörte Anna den rhythmischen Schlag zweier Äxte.

Wenn ich über die Schlucht könnte, dachte die Frau, dann wäre ich gleich bei Thomas. So aber mußte sie noch den Steilhang hinauf, sogar noch ziemlich weit. Der Wald nahm sie wieder auf. Jetzt gab es keinen Weg mehr, sie mühte sich zwischen den Stämmen hindurch und kam plötzlich auf einer hochstehenden Wurzel ins Rutschen, stürzte, rutschte weiter, überschlug sich und blieb dann etwa sechs Meter weiter unten liegen.

Stöhnend richtete sie sich auf und lächelte, als sie merkte, daß sie nichts gebrochen hatte und mit ein paar Kratzern an den Armen davongekommen war.

Ja, der Thomas mußte einen bequemen Weg zur Jagdhütte des Herrn Diepold bauen, damit seine Frau nicht auch ausrutschte, wenn er sie zur Jagd mitnahm. Reiche Leute dürfen nicht ausrutschen und dann so jämmerlich daliegen wie die Frau eines Holzknechtes, wenn sie ihren Mann besuchen wollte.

Unverdrossen nahm sie den Weg wieder auf und kam nach einer halben Stunde zu der Rindenhütte, die am Rande des Waldes unter den letzten Bäumen aufgebaut war. Sie bestand aus großflächigen Rindenstücken, wie sie von den Bäumen geschält wurden. Diese hatte Thomas gleich doppelt und dreifach übereinandergenagelt, damit kein Tropfen Regen durchkonnte. Nur vorne war die Hütte offen. Vor dem Eingang hing nur eine alte graue Decke. Der Boden war innen mit Moos dick bedeckt, in der linken Ecke fast einen halben Meter hoch, das war die Schlafstätte des Holzknechts.

Vor der Hütte war eine Feuerstelle aus Steinen aufgebaut. Den verkohlten Holzresten nach, noch feucht vom letzten Gewitter, hatte hier schon einige Zeit kein Feuer mehr gebrannt.

Neben dem Rindenkobel hatte Thomas, ebenfalls aus

Steinen, eine Art Bank aufgebaut. Dorthin legte Frau Anna jetzt ihren Rucksack und schlüpfte in den Kobel hinein. Es war, als ob man in ein Zelt hineinkröche. Sie schüttelte das Mooslager ein bißchen auf und legte die Decke säuberlich zusammen. Dann ging sie wieder hinaus und setzte sich auf die Bank.

Tiefer war die Sonne gesunken. Die Berge begannen zu leuchten, im Wald rauschte der Wind lauter. Zwischen Latschenbüschen und Baumgruppen sah Anna immer wieder einmal das schmale weiße Band des neuen Weges schimmern. Und nach einer Weile hörte sie von dort herüber auch das klingende Schlagen eines Steinhammers. Der Thomas war also an seinem Werk, während die anderen Feierabend gemacht hatten.

Die Anna begann nun ihren Rucksack auszupacken. Einen Brotlaib, Mehl, etwas Salz, einen Brocken Schmalz und Kartoffeln. Die Wäsche brachte sie gleich in die Rindenhütte, in der es schon dunkel wurde. Sie fand gerade noch die Streichhölzer, die auf einem Brett neben einer Pfanne und einem Tiegel lagen.

Unter den Bäumen suchte sie dürres Holz zusammen, holte an der nahen Quelle Wasser, machte ein Feuer an und setzte Kartoffeln auf. Der Thomas würde staunen, daß sie da war und ein warmes Essen bereitete. Der arme Kerl hatte sicher die ganze Woche kaum etwas Warmes in seinen Magen gekriegt. So dachte sie und flehte inbrünstig:

»Lieber Herrgott, mach, daß wir das Häusl bald kaufen können und daß mein Thomas dann nicht mehr übers Wochenende arbeiten muß.«

Auf den Bergspitzen erlosch der letzte, purpurne Schein. Hier unten war es schon dunkel. Anna saß vor dem kleinen Feuer, horchte auf das Sprudeln des kochenden Kartoffelwassers, indes bereits die ersten Sterne am Himmel aufleuchteten.

Bald hörte sie schwere, tappende Schritte über das Geröllfeld kommen. In der tiefen Dämmerung tauchte eine große, schwere Gestalt auf, die die letzten Schritte zu rennen begann und dann jauchzte:

»Annerl, bist es du?«

Sie stand vom Feuer auf. Ihre Gestalt wirkte klein und zierlich gegen ihn, und sie schrie ein bißchen auf unter seiner stürmischen Umarmung. Erst als er sie wieder freiließ, konnte sie sagen:

»Ich hab doch kommen müssen. Vorher noch, du weißt schon. Vielleicht geht es nächste Woche schon nicht mehr. Und du brauchst doch was zum Essen und frische Wäsche. Aber komm, bück dich einmal runter zum Feuer, daß ich seh, wie du überhaupt ausschaust! Drei lange Wochen hab ich dich nimmer gesehn! Das ist lang, Thomas.«

»Warte«, lachte er, kroch in den Kobel und kam mit einer Laterne, in der eine Kerze steckte, wieder heraus. Er zündete sie an und gab sie ihr in die Hand. »Jetzt kannst du mich anschaun!«

Lange Zeit hielt Anna die Laterne hoch, nahe an sein Gesicht. Dann streckte sie ihre Hand aus und strich ganz behutsam über seine Wange.

»Du bist mager geworden, Thomas.«

»Du wirst mich schon ordentlich futtern, wenn ich hier oben fertig bin!«

»Wann wirst du denn fertig, Thomas?«

»Ich schätze, in vierzehn Tagen. Aber wie geht's denn dir? Daß du den weiten Weg noch gemacht hast! Ein Kreuz ist's schon mit dir!«

»Verstehst du das denn nicht, Thomas?« Ihr schmales braunes Gesicht zeigte den Schimmer tiefer Freude, die braunen Augen leuchteten in einem schönen Licht. »Kartoffeln hab ich aufgesetzt«, sagte sie dann.

»Ja, ist recht. Aber zur Feier des Tages — wart, ich hab was anderes. Schür das Feuer noch einmal.« Er ging in den Kobel, scharrte in der rechten hinteren Ecke das Moos weg, warf ein paar Steine beiseite und holte aus einer Vertiefung einen mächtigen Hasenschlegel.

»Da schau her, Annerl, was ich hab!«

»Thomas! Du wirst doch nicht?«

»Ach woher denn! Schau, das dumme Viecherl ist mir direkt zwischen die Füß gelaufen, da habe ich halt zugedrückt, und es hat keinen Muckser mehr gemacht.« Er blinzelte sie schalkhaft an, steckte den Schlegel auf einen Spieß und legte ihn über das Feuer, da die Kartoffeln jetzt gar waren. Eng schmiegte sich seine Frau an ihn und blickte zu den Sternen auf.

»Erzähl mir was, Thomas.«

Als ob es in seiner Einsamkeit außer der Arbeit recht viel Neues gäbe! Die Milch, ja die hole er sich jeden zweiten Abend auf der Brandlalm, weil die am nächsten liege. Zwei Liter pro Tag, die reichen ihm.

»Was anderes wirst du ja seit acht Tagen sowieso nicht mehr gehabt haben?«

»Sag das nicht, Annerl! Der Hase war ganz schön schwer. An ihm esse ich jetzt schon drei Abende.«

»Ja, aber morgen wird dir ja nicht gleich wieder einer zwischen die Füße kommen. Nein, Thomas, froh bin ich schon, wenn du am Samstag wieder heimkommst. Diesen Samstag mußt du sowieso heimkommen, daß ich nicht allein bin, wenn —«

Er legte den Arm um ihre schmalen Schultern, mit der anderen Hand drehte er den Spieß.

»Ob es ein Bub wird?«

»Deinetwegen wünsch ich es.«

»Meinetwegen darf's auch ein Mädl sein! Wenn du mir nur gesund bleibst dabei!«

Das Fleisch begann herrlich zu duften. Anna strich etwas von dem mitgebrachten Schmalz darauf. Wenn sie sich so vorbeugte, wurde ihr Gesicht ganz hell vom Feuer erleuchtet, und den schweren Mann durchglühte bei diesem

Anblick eine wundersame Zärtlichkeit. Sah man die beiden so zusammen, es gab wohl kaum ein ungleicheres Paar. Sie zart und schmal, von einer rührenden Hilflosigkeit, er, der Thomas, stark und derb, mit einem rostigen Stoppelbart und kleinen Narben im Gesicht und an den Händen. Wahrscheinlich von Steinsplittern, die ihm ins Gesicht spritzten, wenn er mit wuchtigen Hieben auf die Felsen schlug, damit der Weg da hinauf nicht grob wurde. Aber diese beiden Menschen waren sich in aufrichtiger Liebe zugetan. Anna war Magd beim Sixten in Siebenzell gewesen, und Thomas hat sie zu seiner Frau gemacht und leidet darunter, daß sie nicht Frau allein sein kann, so wie er es sich gedacht hat, sondern daß sie auch noch mitverdienen muß und dreimal in der Woche beim Zacklerwirt in der Küche aushilft, wenn Fremde da sind, oder Pilze und Beeren sammelt, die sie verkaufen kann. Aber das wird schon anders werden, wenn sie erst einmal das Häusl gekauft haben! Thomas spricht zwar etwas großspurig von einem Haus und sinniert zuweilen, wie er es aus dem etwas verwahrlosten Zustand herausholen soll. Eine dritte Kammer will er auf alle Fälle wieder in Ordnung bringen, ein Kinderzimmer sozusagen. Die größte Kammer im Haus vielleicht, weil es ja bei einem Kind nicht bleiben wird.

Der Hasenschlegel war nun gar. Er zerteilte ihn und gab der Anna das größere Stück. Das Fleisch war wunderbar weich durchgebraten und roch verführerisch. Dazu aßen sie Kartoffeln. Nichts fehlte, als nur ein Tisch mit einem Tuch darüber.

Aber es schmeckte ihnen auch so großartig. Ganz glückselig war der Anna zumute, nur manchmal zog sie die Stirne kraus. Sie beugte sich dann ein wenig vor, und es war, als horchte sie in sich hinein. Aber dann war es wieder vorüber.

Kein Laut war in der schweigenden Nacht, und wenn der Thomas mit dem Eisenstab das Feuer schürte und dabei an den Stein kam, war auch dieser leise Ton schon zu laut für die große Stille, die unter den Sternen hing.

Der Thomas griff hinter sich, zog die Decke vom Eingang und legte sie um ihre Schultern, damit sie ja nicht friere. Dann nahm er eine kurze Pfeife aus seinem Hosensack und schob sie zwischen die Zähne.

»Warum rauchst du nicht?« fragte sie nach einer Weile.

»Ich hab keinen Tabak mehr, schon seit acht Tagen. Und die Brombeerblätter brennen halt gar so stark auf der Zunge.«

Lächelnd griff sie in ihren Kittelsack, zog ein Päckchen Tabak heraus und hielt es ihm vors Gesicht.

»Ich hab mir's doch gedacht, daß du nichts mehr hast!«

In seine hellen grauen Augen kam ein feuchter Schimmer.

»Weiberl, wenn ich dich nicht hätt! Aber — das Packl kostet ja ein kleines Vermögen!«

»Macht doch nichts, Thomas. Ich hab vorgestern einen Eimer voll Steinpilze gefunden, die hat mir die Zacklerwirtin abgekauft.«

»Ja, nach dem Regen sind sie rausgeschossen! Trotzdem, so viel Geld! Heute rauch ich ein Pfeiferl davon, aber dann erst am Sonntag wieder, zu Ehren des Tages.«

»Ach geh, du mit deinem Sonntag.« Sie beugte sich wieder vor und zog die Stirne kraus.

»Hast was, Annerl?«

»Nein, nichts. Ist schon wieder vorbei.«

Sie hatte den Kopf an seine Brust gelehnt und hörte sein Herz klopfen. Die Augen hatte sie geschlossen, ihre Hand tastete nach der seinen.

»Na ja, wenn ich fertig bin mit dem Weg, dann bin ich ja jeden Sonntag daheim. Du weißt ja, wie nötig wir das Geld brauchen. Dann kriegst du auch einen neuen Küchenkasten. Was soll er denn für eine Farbe haben?«

Als er keine Antwort bekam, rüttelte er sie sanft an der Schulter.

»Ich glaub gleich gar, du bist eingeschlafen. Aber freilich, das hätte ich ja bedenken sollen, der weite Weg, da hast ja müde werden müssen.«

Er hob sie auf und trug sie hinein in den Kobel, legte sie auf ein Mooslager und deckte sie zu. Dann kniete er neben dem Lager, bis ihre ruhigen, tiefen Atemzüge ihm sagten, daß sie schon schlief. Ganz vorsichtig beugte er sich über sie und küßte sie zaghaft, damit sie nicht mehr aufwache. Hat um seinetwegen den weiten Weg gemacht und muß morgen den gleichen Weg wieder hinuntergehen. O diese Anna! Er liebte sie, und sie liebte ihn wieder, sie waren so schlicht und unverdorben in ihren Herzen und hatten keine allzu großen Träume. Die alte Sägemühle nur, ein Fleckchen Erde dazu, auf dem sie Kartoffeln bauen konnten, etwas Gemüse, und vielleicht reichte das Gras noch für eine Ziege oder ein Mutterschaf. Es waren kleine Träume, aber sie hingen an einer goldenen Kette und schwankten ein wenig, als berührte sie ein Wind. Und es durfte nur ein leiser Wind sein, weil ein Sturm die Kette vielleicht zerreißen könnte.

Er rauchte seine Pfeife draußen noch zu Ende, schüttete einen halben Krug Wasser auf das Feuer, daß es mit leisem Zischen erlosch, und kroch dann in den Kobel. Neben ihrem Lager legte er sich auf den Boden und blies die Kerze in der Laterne aus. Rabenschwarz war es jetzt im Rindenkobel. Aber man hörte den Wind in den Bäumen rauschen wie eine ferne, vertraute Melodie.

Der Bergwald rauschte im schweren Nachtwind, und die Eulen schrien. Einmal fiel ein Tannenzapfen aus seiner schwindelnden Höhe auf das Rindendach. Aber es hätte auch ein Stein vom Berg fallen und die Rinden durchschlagen können, Thomas Burgstaller wäre nicht aufgewacht. Zu schwer und zu lang waren seine Arbeitstage, als daß er dann in den kurzen Nächten nicht wie ein Toter schliefe.

Die Frau aber hörte alles, den Wind und die Eulen, und manchmal wimmerte sie vor sich hin. Im Dunkeln suchte sie nach der Hand des Mannes, fand sie aber nicht.

Wenn es doch endlich Tag würde! dachte sie. Und — es mußte wohl von dem Sturz kommen. Dreimal hat es mich doch überschlagen.

Mühsam erhob sie sich von ihrem Lager und tastete sich hinaus, die Luft war im Kobel so schwer, daß sie kaum noch hatte schnaufen können.

Dann war der ziehende Schmerz wieder da. Sie krümmte sich und stieß einen Schrei aus. Aber auch davon konnte der Mann nicht erwachen, denn der Schrei war dünn und schon deshalb nicht lauter getan, weil die Anna wußte, wie notwendig der Thomas seine paar Stunden Schlaf brauchte. Gequält kroch sie wieder hinein, suchte im Dunkeln nach der Laterne und den Streichhölzern, die der Thomas in seiner Hosentasche hatte. Selbst davon erwachte er nicht, und sie sah von ihrem Mooslager auf ihren Mann hinunter. Sein Gesicht war friedlich und gelöst. Unter seinen tiefen Atemzügen zitterten die langen Bartstoppel.

Daß wir auch gar so arm sind, fiel ihr dann ein. Als die Langentalerin kürzlich ihr Kind bekam, wurde sie mit einem Auto ins Kreiskrankenhaus gebracht. Sie dagegen lag auf einem Moosbett, das immerhin noch weicher sein mochte als jenes Stroh im Stall zu Bethlehem. Aber da war doch wenigstens noch ein Esel da, und dann sind die Hirten gekommen und die drei Könige. Zu ihr aber würde niemand kommen. Höchstens ein Fuchs. Ja, vor dem Eingang leuchtete etwas wie zwei glühende Kohlen und verschwand blitzschnell, als sie aufschrie.

Dann hielt sie es nicht mehr aus. In ihrer Angst und Not schrie sie durchdringend auf. Davon erwachte Thomas endlich, er mußte sich erst zurechtfinden. Aber dann sah er die zitternde Hand seiner Frau, die die Decke umkrallte, und Schweißperlen standen ihr auf der Stirne.

»Anna, was ist?«

Zitternd umklammerte sie ihn. Ihr schmerzverzogenes Lächeln zerriß ihm fast das Herz.

Er brachte keinen Ton heraus, kein tröstendes Wort. Nur seine Arme waren um sie in erbarmender Ratlosigkeit.

»Thomas — ich glaube, es kommt . . .«

»Wieso denn das?« fragte er sinnlos, weil er nichts anderes zu fragen wußte.

»Muß von dem Sturz kommen. Als ich gestern zu dir ging, bin ich auf einer Wurzel abgerutscht.«

»Und da sagst du gar nichts!«

»Wird's noch nicht bald Tag, Thomas?«

Auf allen vieren kroch er hinaus. Am Himmel funkelten immer noch die Sterne. Aber im Osten machte sich schon ein grauer Schein bemerkbar.

»Es wird so um drei herum sein«, meinte er. »Was tu ich denn grad? Ins Tal hinunter sind es vier Stunden! Muß ich dich hinuntertragen? Laufen kannst du ja nimmer.«

Sie schüttelte den Kopf und preßte die Fäuste auf den Bauch.

»Oder soll ich auf die Brandlalm laufen? Die Moidl hat Erfahrung, sie hat ja selber schon zwei Kinder gehabt.«

Sie nickte nur.

»Aber ich kann dich doch jetzt nicht allein lassen«, klagte er.

»Wenn ich drunten wäre, wärst du ja auch nicht bei mir. Lauf jetzt, Thomas. Ich hab's ja warm hier.« Sie wischte sich mit dem Arm den Schweiß von der Stirne und versuchte ein Lächeln. »Das hätte ich mir auch nicht träumen lassen, daß mein Kind in einer Rindenhütte auf die Welt kommt! Lauf jetzt, Thomas! Und die Moidl soll halt mitbringen, was man so braucht.«

Ohne seinen Janker anzuziehen, rannte er davon, den Hang hinauf und drüben wieder hinunter. In seinem Leben war er noch nie so gelaufen, und noch nie hatte er einen

Menschen so jäh aus dem Schlaf geweckt wie die Sennerin Moidl, die ihn zunächst auch recht grob anfauchte.

Mit hastigen Worten sprudelte er alles heraus, was ihm so quälend auf der Seele lag. Und während er immer noch sprach, schlüpfte die Alte bereits in ihren Kittel und riß ein frisches Leintuch und einen Wollschal aus ihrer Truhe.

»Jetzt komm! Aber derrennen kann ich mich wegen dir auch nicht! Meine Füße lassen schon recht aus.«

»Soll ich dich tragen?« fragte Thomas in seiner Angst.

»Das würde dir bald vergehn! Dazu bin ich zu schwer. Gehn wir!«

Das Grau im Osten war schon heller geworden, die Sterne verblaßten, und hinter den östlichen Bergspitzen zuckte es schon gelb herauf.

Als sie den Kamm erreicht hatten, blieb die Moidl tief schnaufend stehen.

»Ich kann jetzt nimmer! Laß mich verschnaufen! Und überhaupt — es wird das Gescheiteste sein, du bringst sie mir auf die Alm. Der Weg ins Tal ist doch zu weit.«

»Ja, komm nur grad.«

Unten am Waldrand sah man bereits die dunklen Umrisse der Rindenhütte.

»Du mußt gleich Wasser erhitzen«, schnaufte die Alte und humpelte eilfertig hinter ihm her. Immer mehr Sterne verblaßten, und das Gelb hinter den Bergen wandelte sich zu einem zarten Rosa. Die Sonne schob sich herauf, der Tag wollte kommen.

Als sie dem Rindenkobel schon ganz nahe waren, hörten sie einen hellen durchdringenden Schrei.

»Hast du das gehört?« fragte Thomas mit bangem Atem, erhielt aber von der Moidl nur einen Stoß in den Rücken.

»Geh doch zu, du Erstlingsvater!«

Mit ein paar Sprüngen war er dort und kroch in die Hütte.

»Anna! Ach, Anna.«

Da schob sich die Moidl herein und zog ihn weg.

»Schau du, daß du warmes Wasser herbringst! Und draußen bleiben, da herinnen kann ich dich jetzt nicht brauchen! Hernach tragst du die Anna dann in meine Hütte. Hier kann sie nicht bleiben.«

Bittend schaute die Anna ihren Thomas an und flüsterte schwach:

»Ich glaub, daß es ein Bub ist, Thomas.«

Die Moidl kannte sich überraschend gut aus, wickelte das Neugeborene, das wirklich ein Bub war, in das Leinen und trug es hinaus in die goldene Herrgottsfrühe.

»So einen Buben bist du ja gar nicht wert!« polterte sie gutmütig und drückte ihm das Bündel in die Arme, das er am liebsten der aufgehenden Sonne entgegengehoben hätte, würde es ihm die Alte nicht verwehrt haben.

Im Wald begannen die Vögel zu singen. Der Wind hatte fast ganz aufgehört. Nach einer Stunde trug Thomas Burgstaller sein junges Weib zur Brandlalm hinüber. Ihm auf den Fuß folgte die Moidl mit dem Kind, dem Büberl, das mit faltiger Ausdruckslosigkeit im Gesicht in das weiße Laken gewickelt und in einer Rindenhütte geboren war. Man schrieb den achtzehnten August.

Siebenzell war ein kleines und armes Dorf. Es hatte keine stillen, freundlichen Gassen, es führte nur eine staubige Straße hindurch, auf der der gelbe Postomnibus einmal am Tag, um sechs Uhr morgens, in die vier Stunden entfernte Kreisstadt fuhr und spät am Abend wieder zurückkam. Öfter lohnte es sich nicht, weil kaum jemand fuhr, höchstens im Sommer ein paar Feriengäste und sonst nur der Sohn des Sägewerksbesitzers Plank, der in Durmbach die Mittelschule besuchte.

In der Mitte stand die Kirche mit dem schlanken Turm. Darum reihten sich die Gräber mit recht bescheidenen Kreuzen aus Holz, einige auch aus Schmiedeeisen, oder nur mit einem grauen, verwetterten Felsbrocken, wie man sie im Walde finden konnte.

Es war ein recht armes Dorf mit etwa fünfhundert Seelen. Nur drei ragten aus dieser Armut heraus; der Sägmüller Plank, der Sixtenbauer und der Langentaler, der auch Bürgermeister dieser Gemeinde war. Die anderen waren Kleinhäusler mit ein paar Kühen und so steinigem Ackerland, daß dort nur Kartoffeln wuchsen und Gerste, und jeder wußte vom andern, es gab keine Geheimnisse.

Das ganze Dorf wußte zum Beispiel, daß die junge Frau des Holzfällers Burgstaller in der Rindenhütte einen Sohn geboren hatte und daß er Simon getauft worden war, nach dem Vater der Anna, der ein ehrbarer Mann gewesen war, ein kleiner Köhler allerdings nur, aber ein Mann von Charakter.

Ganz am äußersten Rande des Dorfes, am Zellerbach, lag die alte Sägemühle, in der die Familie Burgstaller wohnte. Zwei Zimmer hatten sie vorerst nur, aber das alte Haus gehörte jetzt ihnen. Sie hatten eine eigene Heimat, windschief und wetterbrüchig zwar, aber der Thomas sprach großartig von seinem Haus.

Ein Sonntag von wunderbarer Schönheit war es. Weiße Septemberwolken segelten am Himmel, im Moor standen die Birken schon in flammendem Gelb, und der Zellerbach sang sein Lied mit nimmermüder Geschäftigkeit in die Stille. Thomas Burgstaller saß um diese Morgenstunde hinter dem Haus am Ufer des Baches unter dem Holderstrauch und fächelte mit einem Lindenzweig über ein Körbchen hin, in dem sein kleiner Bub lag, damit sich ja keine Fliege auf das pausbackige Gesicht setzte. Vier Wochen war Simon jetzt alt, und er lag gesund in dem schneeweißen, mit Spitzen besetzten Wickelkissen, das die Anna von der Frau des Jagdherrn Diepold geschenkt bekommen hatte.

Die Anna war in der Küche, hatte Rindfleisch aufgesetzt

und schnitt gerade einen Blaukrautkopf klein, als sie ein Auto vorfahren hörte. Sie warf einen Blick aus dem Fenster und sah, daß Herr Diepold gekommen war. Neben ihm saß seine recht hübsche Gattin Carolina, der er jetzt galant aus dem Wagen half. Sie winkte der Anna zu, die unter der Haustür erschienen war.

»Wie gut Sie aussehen! Nach vier Wochen schon! Als ob Kinderkriegen überhaupt nichts wäre! Wie lange war ich bei unserem Buben in der Klinik, Ferdinand? Sechs oder acht Wochen?«

»Ich glaube, es waren zehn«, sagte Herr Diepold. »Du bist ja auch nicht so kräftig wie unsere Frau Anna.«

Ja, er sagte Frau Anna, ging auf sie zu und gab ihr die Hand. Die Anna hätte am liebsten einen Knicks gemacht, nicht aus Ehrfurcht, sondern wegen des Geldes, das ihnen Herr Diepold prompt auf den Tisch bezahlt hatte nach Fertigstellung des Weges.

Mittlerweile war auch Frau Diepold herangekommen, reichte ihr auch die schmale, überzarte Hand, an deren Gelenk ein goldenes Armband klingelte, und fragte:

»Wie geht es denn?«

»Danke schön, recht gut.«

»Und was macht der Kleine? Auch gesund?«

»Und wie!«

»Wundert dich das, Carolina, bei solchen Eltern? Und dann diese Luft hier! Man müßte sie in Kartons verpacken und verkaufen können! Ihr Mann? Ist er da?«

»Ja freilich!« Anna ging bis zum Hauseck und rief: »Thomas, schau einmal, wer da ist!«

Thomas kam sofort und trug den Korb in seinen Händen.

»Jetzt nimmt er 's Kind auch noch mit!« schalt die Anna gutmütig.

»Ja, meinst du denn, ich laß meinen Buben von den Fliegen da hinten fressen?« Er stellte den Korb auf die Hausbank und wischte sich seine Hände an der Lederhose ab. »Grüß Gott, Herr Diepold und Frau Diepold.« Er war nicht minder verlegen als seine Frau. »Nett, daß Sie sich bei uns sehen lassen!« Dann bekam sein Gesicht einen erschrockenen Ausdruck. »Es wird doch alles in Ordnung sein mit dem Weg?«

»Alles in schönster Ordnung, Thomas! Was du in die Hände nimmst, hat Sinn und Verstand. Das habe ich doch gewußt. Es dreht sich um was anderes.«

»Aber so setzt euch doch«, munterte die Anna sie auf und wollte den Korb mit dem Kind von der Bank nehmen. Aber da stand Frau Carolina davor und war voller Entzücken.

»Was für ein liebes Kerlchen! Wieviel Haare er schon hat! Sieh doch einmal, Ferdinand.«

Herr Diepold kam, bohrte seinen Zeigefinger gegen die Brust des Säuglings und spitzte die Lippen. »Kitzi, kitzi, kitzi«, sagte er. Aber der Simon nahm davon nicht viel Notiz, verzog nur das Mündchen ein bißchen, und es sah aus, als ob er greinen wollte. Die Anna nahm ihn schnell und trug ihn hinein. Frau Carolina folgte ihr, und die beiden Männer nahmen auf der Hausbank Platz.

Ein Schwalbenpaar schwirrte aufgeregt um den Dachfirst, und vom Kirchenturm läutete die Glocke zum Hochamt.

»Also, Thomas, weshalb ich komme«, begann Herr Diepold. »Der Weg, allen Respekt, der ist in Ordnung, aber die Hütte müßte gestrichen werden. Außen und innen. Könntest du das machen?«

»Machen kann man alles«, antwortete Thomas.

»Ich will dich auch gut bezahlen. Farben und Pinsel extra. Einverstanden?«

»Freilich bin ich einverstanden! Es ist bloß — abends wird es jetzt schon so bald dunkel. Müßte ich halt die Samstage hernehmen.«

»Dann hätte ich noch etwas. Könntest du nicht überhaupt immer ein bißchen nach dem Rechten sehen? Manchmal müßte man lüften, im Winter zuweilen einheizen und nachsehen, ob die Mäuse sich nicht einnisten und dergleichen mehr. Auch ein Futterstand müßte gebaut werden, nicht weit von der Hütte weg. Und er müßte rechtzeitig mit Heu gefüllt werden. Du würdest dafür monatlich ein schönes Gehalt bekommen. Es fällt auch so manches ab. Im Kasten oben in der Hütte hängt noch eine recht gut erhaltene Lodenjoppe. Die kannst du haben.«

»Vergelt's Gott vielmals, Herr Diepold.«

»Ja, das wär's dann.« Herr Diepold zog sein Zigarrenetui. Thomas sollte sich eine herausnehmen und gleich anzünden, aber der wehrte entrüstet ab.

»Nein, was denken Sie! Am Vormittag schon so eine gute Zigarre! Die wird nach dem Mittagessen geraucht.«

»Du kannst dir für den Nachmittag noch eine nehmen!« Herr Diepold zündete sich die seine an. »Wie ist es denn jetzt mit dem alten Kasten hier? Hast du das Anwesen gekauft?«

»Ja, jetzt gehört es uns! Ein eigenes Heimatl ist schon was wert. Abgezahlt ist es noch nicht ganz, aber das geht schon in den nächsten Jahren. Wir sparen recht, und wenn der Bub größer ist, kann die Anna auch nebenbei wieder was verdienen.«

Diepold schaute den Rauchwölkchen seiner Zigarre nach. Er wäre jederzeit bereit gewesen, dem Thomas die fehlende Summe vorzustrecken. Er war Industrieller und beschäftigte im Ruhrgebiet über sechshundert Arbeiter und Angestellte. Aber er kannte die empfindliche Seite seines Thomas Burgstaller und hütete sich, ihm ein Angebot zu machen, wie er es früher schon einmal getan hatte.

»Auf alle Fälle«, sagte er dann, »wünsche ich euch recht viel Glück zum neuen Heim. Wenn mich nicht alles täuscht, wirst du das alte Zeug schon wieder auf Glanz bringen.«

»So nach und nach halt.«

»Eben. Klein anfangen und immer weiter zur Höhe streben. Mein Vater hat auch als Schmied mit zwei Gesellen angefangen.« Diepold reckte seinen Hals zur Haustür hin. »Carolina, bist du fertig?«

»Wollen Sie jetzt wieder heimfahren?« fragte der Thomas.

»Nein, wir waren nur zum Einkaufen herunten. Wir sind noch vierzehn Tage oben in der Hütte. Ich erwarte in den nächsten Tagen eine größere Gesellschaft zur Treibjagd. Ich hätte dich gerne als Treiber dabeigehabt, Thomas!«

»Samstags ging es schon, aber Sie wissen ja, unter der Woche arbeite ich im Forst.«

»Ja, ich weiß. Ist auch nicht so schlimm. In Siebenzell bekommt man ja Treiber genug.«

Frau Carolina kam heraus und war ganz entzückt.

»Ist das ein lieber Fratz! Stell dir vor, Ferdinand, er hat mich angelacht.«

»Wer soll dich auch nicht anlachen«, meinte Herr Diepold und blinzelte Thomas lustig zu. Dann stiegen beide in ihr Auto und fuhren wieder bergwärts, wo sie bei der Holzerhütte den Wagen unterstellen konnten.

Vom Kirchturm läutete es zum zweitenmal, und die Anna drängte ihren Mann, sich zu beeilen, weil der Herr Pfarrer es nicht gern habe, wenn man erst während der Predigt in die Kirche hineintappe. Sie reichte ihm Janker und Hut, an dessen Schnur sie ein Rosmarinsträußerl gesteckt hatte, und sah ihm dann nach, wie er mit schwerem, leicht wiegendem Schritt über den Bachsteg ging und dann auf die Straße hinaus, und ihr Herz war voller Liebe.

Das Glück der Burgstaller, von dem das ganze Dorf sprach, dauerte genau drei Jahre, sechs Monate und fünf Tage. Dann starb die Anna bei der Geburt eines Mädchens und nahm es mit, weil sie vielleicht dachte: Was soll denn mein Thomas mit so einem kleinen Wurm schon anfangen? Ist ja arg genug, wenn er mit dem Buben zurückbleibt.

Mag sein, daß die Hebamme die Schwere des Falles in dem Sägmühlhäusl nicht erkannt hatte und den Doktor, der ja erst von Durmbach hatte geholt werden müssen, zu spät verständigt hatte. Auf alle Fälle kam jede Hilfe um Stunden zu spät. Anna schloß nachmittags um halb drei Uhr für immer die Augen, nachdem sie ihren Thomas noch mühsam angelächelt hatte. Ein Häuslerbub war in den Holzschlag hinaufgelaufen und hatte ihn herbeigeholt.

»Annerl!« schrie er auf und stürzte vor ihrem Bett auf die Knie. Aber die Kraft, ihre Hand zu heben und sein Gesicht zu streicheln, wie sie es so unzählige Male getan hatte, besaß sie schon nicht mehr, und die strengen Falten über ihrer Stirn erloschen eine nach der anderen.

Der kleine Simon verstand noch nicht recht, was Tod und Sterben zu bedeuten hatten. Er begriff nur dumpf, daß etwas außer der Reihe vorgegangen sein mußte, weil so viele Leute herumstanden, weil der Vater so bitterlich weinte und weil man zu ihm sagte: »Du armer, armer Bub!«

Am dritten Tag trug man die Anna Burgstaller auf den Friedhof. Da erst begriff Simon, daß etwas Furchtbares geschehen sein mußte, weil plötzlich alles so leer war in dem alten Haus und weil der Vater gar nicht zur Arbeit ging, sondern stundenlang in der Küche saß und, die Hände an die Stirn gepreßt, vor sich hinstarrte. Und manchmal stöhnte er ganz schwer auf, riß dann den Buben an sich und weinte in sein Haar hinein, daß es ganz naß wurde, und murmelte: »Das versprech ich dir, Simon, eine Stiefmutter gebe ich dir nicht! Denn so eine, wie unsere Mama war, so eine kommt nimmer nach.«

Der Frühling war wieder im Land. Im Burgstallerhäusl hatte sich ein Schwalbenpaar eingenistet. Ein Birnbaum blühte nahe dem Bach, so üppig, wie er noch nie geblüht hatte, und auf das Grab hatte Thomas einen Rosenstrauch gesetzt, an dem die ersten Knospen aufsprangen. Manche

Menschen finden langsam wieder hinein in den Kreis ihrer Pflichten. Thomas Burgstaller mußte vom Forstamt erst gemahnt werden, ob und wann er denn wieder arbeiten wolle. Ihn mahnen! Es war das erstemal in seinem Leben, daß er wegen der Arbeit gemahnt werden mußte. Was wußten denn die im Forstamt, wie sehr ihn der Tod seiner Frau getroffen hatte! Aber sie hatten ja recht, er konnte doch nicht ewig daheimsitzen, mit ein paar neuen Balken das Dach renovieren oder nach den Kartoffeln sehen, die auf dem umgegrabenen Stück schon recht fett im Kraut standen.

Er mußte wieder in den Wald. Nach langem Hin und Her konnte er die Weberin, die selber drei Kinder hatte, bewegen, den Simon tagsüber zu sich zu nehmen. Freilich blieb ihm nicht erspart, daß er jeden Tag den weiten Weg vom Holzschlag hinuntergehen mußte, während die anderen droben in der Holzerhütte blieben. Aber er wollte wenigstens nachts seinen Buben haben. Sie schliefen miteinander, und Simon kuschelte sich in die warme Armbeuge des Vaters und ließ sich von ihm von der Mutter erzählen, bis er endlich einschlief.

Dann zog der Arbeitstrupp noch viel weiter hinauf, fast bis an die Baumgrenze, und Thomas Burgstaller hätte jeden Tag fünf Stunden zu gehen gehabt. Das ging selbst über seine Bärenkräfte. Aber so schwerfällig er sonst schien, seine Entschlüsse faßte er schnell und ohne langes Überlegen. Er baute sich wieder eine Rindenhütte und nahm den Buben zu sich in den Wald.

Was war das für ein herrliches Leben, mit dem Vater so hoch oben! Tagsüber trieb Simon sich im Walde umher, und wenn die Mittagszeit kam, lenkte er seine Schrittlein der Wankleralm zu, bekam von der Sennerin Milch, soviel er wollte, und Brot, was sie leicht entbehren konnte. Gegen Abend holte ihn dann der Vater dort ab. Dann saßen sie oft lange vor der Rindenhütte, und wenn die Sterne aufglitzerten, mußte der Vater ihm erzählen, welcher Stern nun die Mutter sei. Und Thomas Burgstaller deutete immer auf den, der gerade am hellsten flimmerte. Oh, es war ein herrliches Leben, ein Leben voll wilder Abenteuer für den Buben, wenn er von weitem ein Rudel Rehe über den Almrosenhang ziehen sah oder in den grauen Felsen oben eine Gemse. Einmal, als er ausgeschlafen hatte — der Vater war um diese Zeit immer schon längst im Holzschlag drüben — und aus dem Rindenkobel kroch, stand ein großmächtiger Hirsch mit einem Zwölfergeweih vor ihm. Simon stieß einen Schrei aus, und der Hirsch wandte sich mit einem Satz zur Flucht. Am Abend erzählte er dem Vater, daß ein riesiger Elefant in den Kobel hätte einbrechen wollen und er ihn in die Flucht geschlagen habe.

Der Vater schmunzelte nur, kochte für sie beide am krachenden Feuer zwischen den Steinen ein Abendessen und wurde nie müde, dem Buben zu erzählen von Blumen und Vögeln, von Bäumen und Sträuchern und im Kehrreim dann immer wieder von einer schönen, jungen Frau, die einmal zu ihm in die Rindenhütte gekommen sei und gesagt habe: »Hier schenke ich dir ein kleines Büberl.« — »Und das warst du, mein Sohn.«

»Kannst du mir sagen, Vater, wie schön sie gewesen ist?«

»Ich weiß nicht, Simon, ob du dir davon einen Begriff machen kannst. Viel schöner jedenfalls als alle Frauen im Dorf, fast so schön wie ein Engel.«

»Hat sie auch Flügel gehabt?«

»Nein, aber so schöne Augen, ganz dunkelbraun mit einem feuchten Schimmer. — Bist du noch hungrig, Simon? Nein? Ja, ich weiß schon, dieser ewige Holzhackerschmarrn die ganze Woche! Aber am Sonntag, da kauf ich Kalbfleisch für uns. Und Knödel mach ich dazu! Da wirst du staunen!«

Er war ein großartiger Vater in seiner nimmermüden Güte und in seiner immerwährenden Bereitschaft, dem Sohn die Mutter zu ersetzen.

Und stets war er des Schwures eingedenk, dem Simon keine Stiefmutter zu geben. Mit Gleichgültigkeit sah er über das hinweg, was ihm auf der Wankleralm bereitwillig geboten worden wäre.

Vielleicht machte sie es auch zufällig, die Sennerin Mariann. Zu offensichtlich schlich sie um den Mann herum, wenn er am Abend kam, um den Buben zu holen. Sie tischte ihm auf, daß er gar nicht alles aufessen konnte. Dabei kämmte sie ihr blondes Haar in schöne Wellen. Eine Dreißigerin, gar nicht so häßlich, wenn man die Sommersprossen übersah und den kleinen Kropf. Hätte halt auch gerne einen Mann gehabt, die Mariann. Aber der Rotbart hatte einmal eine Frau gehabt, die Anna, ein Engel im Vergleich zu dieser Mariann, die nur so freundlich tat, wenn er da war, und hernach im Stall mit den Kühen fluchte wie ein Fuhrknecht.

Als der Thomas mit seinem Buben an der Hand die Alm hinunterschritt zum Rindenkobel, hörte er sie einmal so fluchen, blieb stehen, horchte und schüttelte dann mißbilligend den Kopf.

»Hör dir das bloß an! Das mußt du dir für dein Leben merken, Simon: Fluchen hilft gar nichts. Das tun bloß die jähzornigen Menschen und diejenigen, die bei sich selber keinen Fehler finden wollen. Freilich, wenn man einmal in Hitze gerät, möchte schon ein Fluch herausfahren. Aber dann ist es auch schon wieder vorbei.«

So konnte der Thomas mit seinem Buben reden, und wenn es auch aussah, als achte der Simon nicht auf solches Reden, so fiel doch jedes Wort tief in ihn hinein. Er merkte sich alles, was ihm der Vater sagte. Oh, kein Mensch wußte wohl soviel wie der Vater. Jeden Baum, jeden Strauch, jede Blume, alle Beeren, jeden Vogel kannte er.

Und was die Mariann betraf, so verdarb sie es sich selber. Als es an einem Abend recht schüttete, sah sie die Gelegenheit gekommen, den Mann zurückzuhalten.

»Du brauchst doch nicht in den Rindenkobel zu gehen, bei dem Wetter.«

»Es wird schon wieder aufhören«, sagte Thomas. »Schließlich müssen wir doch schlafen gehn.«

»Als ob es bei mir kein Bett gäb!«

Thomas rieb sich mit den Knöcheln seinen Stoppelbart. Dann sah er sie an.

»Und sonst bist g'sund?«

»Und wie!« Sie stieß ihn vertraulich in die Rippen. »Und was das betrifft« — sie rieb Daumen und Zeigefinger gegeneinander —, »ein bissel was hab ich schon.«

Thomas stand auf und schaute zu dem kleinen Fenster hinaus. Der Regen hatte nur unbedeutend nachgelassen. Aber er wollte dennoch fort. Er wickelte seine Joppe um den Buben und nahm ihn auf den Arm.

»Komm, Simon, wir gehn.« Und den Kopf zurückwendend: »Dann schau nur, daß du dein Geld gut anlegst, daß es Zinsen trägt! Gute Nacht!«

Er trug den Simon durch den platschenden Regen. Aber der Bub war so dicht in des Vaters Lodenjoppe eingehüllt, daß er überhaupt nicht naß wurde. Dann war es im Rindenkobel so warm und heimelig. Das Moos war so weich, und der Regen tropfte schwer von den Bäumen auf das Rindendach.

An der Querstange hing die Laterne, das gelbe Licht fiel auf ihre Gesichter, es schwankte immer ein bißchen, wenn ein starker Windstoß durch die Bäume ging.

Am anderen Tag war wieder schönes Wetter. Wie gereinigt stiegen die Berge in den klaren Morgenhimmel, der Wald und die Latschenfelder dampften. Thomas nahm den Buben mit zum Holzschlag, weil er ihn nicht mehr zur Mariann lassen wollte. Es dauerte sowieso nicht mehr lange, es war schon später Herbst, und jeden Tag konnte es hier heroben schneien. Und wirklich, nach acht Tagen fiel der erste Schnee.

Die Almen wurden geräumt, und der Simon mußte wieder hinunter ins Dorf, wo ihn die Woche über die Weberin in Obhut nahm. In diesem Kreis war es für den schon bald vierjährigen Simon recht gemütlich. Es waren die drei Kinder da, die er schon kannte. Mittlerweile war noch ein viertes gekommen, die Barbara, die er nur manchmal behüten mußte, im Leiterwägelchen ein bißchen ins Freie fahren, die Milchflasche geben und in den Schlaf wiegen. Gewiegt war das eigentlich nicht, denn die kleine Barbara lag in einem recht hohen Kinderwagen, an den Simon eine lange Schnur band. Mit dem Fuß stieß er das Wägelchen immer von sich, daß es die ganze Stubenlänge auslief. Dann zog er es wieder zu sich her. Manchmal stieß der Wagen recht hart an die Stubentür, und die Kleine schrie jämmerlich. Dann steckte er ihr den Schnuller in den Mund. Und weil er es von der Weberin so gesehen hatte, steckte er ihn zuerst in seinen Mund, bevor er ihn der Kleinen gab.

Er hatte es gut in dem Haus. Die Weberin war eine mütterliche Frau, die den mutterlosen Buben brav und redlich versorgte, die ihm auch mütterliche Liebe schenkte. Der Thomas brachte jeweils für die ganze Woche das Essen für den Buben ins Weberhäusl oder gab der Weberin Kostgeld. Am Samstag holte er ihn dann zu sich heim.

Manchmal strolchte Simon auch durchs Dorf, guckte in die Sägemühle, schlich zwischen den einzelnen Häusern hindurch, stieg auch einmal in der Kirche innen den Turm hinauf bis zu den Glocken und schlug mit einem Stein, den er in der Hosentasche hatte, gegen die ehernen Riesen, bis der Mesner ihn herunterholte und dem Pfarrer übergab, damit er ihm die verdienten Maulschellen gäbe. Aber der Pfarrer hatte nur ein nachsichtiges Lächeln für diesen Streich und ließ ihn in sein Studierzimmer sich auf das Ledersofa setzen.

»So, du bist also der kleine Burgstaller. Hast den ganzen Sommer im Wald gelebt, habe ich gehört. War es denn schön da oben?«

»Schöner ist's nirgends auf der Welt«, schwärmte Simon.

»Das sag nicht, Bub, weil du von der Welt noch gar nichts weißt. Was willst du denn einmal werden?«

Simon blinzelte den Pfarrer lustig an.

»Holzknecht, wie mein Vater.«

»Schön, schön. Der Nährvater unseres Herrn hat auch mit Holz gearbeitet. Zimmermann war er. Aber das weißt du wohl nicht?«

»Da tätst dich aber täuschen«, platzte Simon heraus. »Ich weiß vielleicht mehr, als du meinst.«

»Aber daß man zu einem Pfarrer nicht du sagt, weißt du wohl nicht.«

Simon schaute ihn ganz verwundert an.

»Nein, das weiß ich nicht. Mein Vater sagt immer, man kann zu den Menschen ruhig du sagen. Zum Herrgott sagt man ja auch du. Da muß ich ja auch sagen: Jesukindlein, komm zu mir, und nicht, Jesukindlein, kommen Sie zu mir.«

Nur mühsam konnte Pfarrer Holler ein Lächeln unterdrücken. Dann nickte er anerkennend.

»Du bist ein ganz helles Bürscherl! An dir kann dein Vater schon seine Freude haben. Ja, Simon, also auf den Glockenturm darfst du nimmer steigen. Du könntest runterfallen und tot sein! Was täte denn dann dein Vater? So, da hast du einen Apfel, und nun geh schön nach Hause.«

Der Pfarrer öffnete die Tür, ließ den Buben hinaus und nahm sich vor, mit dem Thomas Burgstaller zu reden, ob er nicht doch wieder heiraten und dem Buben eine Mutter geben wolle.

Der Herbst war noch recht schön, obwohl auf den Bergen schon Schnee lag. Sogar Ende November war es noch recht warm, wenigstens über die Mittagstunden hin. Die Siebenzeller konnten ihre Kühe noch auf den Anger treiben. Die Kleinhäusler ließen ihre Kuh zum Stall hinaus, wenn der Gemeindehirte Blasius in sein Hirtenhorn blies. Dann trieb er die Kleinhäuslerkühe vors Dorf hinaus. Der Sixt, der Langentaler und der Sägmüller Plank hatten ihre eigenen Weiden.

Simon zog auch das Leiterwägelchen mit der kleinen Barbara bis zum Hirten hinauf. Aber mit dem Blasius war nicht viel anzufangen, er war wortkarg und verdrossen.

Immer noch blühten Herbstzeitlosen auf den Wiesen. Da und dort hing noch ein vergessener Apfel an einem Baum, den Simon sich herunterholte, wenn er ihn entdeckte. So lernte ihn bald das ganze Dorf kennen, diesen strammen Buben mit den hellen Augen und dem dunklen Wuschelhaar, das ihm der Vater nur alle heiligen Zeiten einmal mit der Schere stutzte. Ein hübscher Kerl, sagten die Leute, und ein helles Köpferl, und niemand wußte eigentlich, wer den Spottnamen Rindensimmerl aufgebracht hatte.

Wahrscheinlich war es die Langentalerin, die den Namen zum erstenmal in einer zornigen Anwandlung gebrauchte, weil sie den Simon bei einer Tat ertappte, die nach ihrer Meinung einfach unerhört war.

Kam da eines Tages der Simon am Langentalerhof vorbei und hörte in einem Wägelchen jämmerlich ein Kind schreien. Das Wägelchen war niedrig und außen mit blauem Leder beschlagen. In seidenen Spitzenkissen lag ein Mädchen, die Josefine Langentaler, und schrie jämmerlich, strampelte mit den Füßen, werkelte mit den Händen und war ganz rot im Gesicht von der Anstrengung des Schreiens. Und niemand schien sie zu hören. Nur ein Pfau stolzierte um das Wägelchen und schlug sein Rad. Simon trat heran, schnitt eine Grimasse in das Wägelchen und sah den Schnuller neben dem roten Köpfchen liegen. Hurtig steckte er ihn in seinen Mund, saugte ein bißchen daran und gab ihn der Kleinen. Einen Augenblick war sie ruhig, dann schrie sie wieder. Ratlos stand er davor und hatte plötzlich eine Erleuchtung, nahm das Deckbett weg, packte die Kleine bei den Füßen und hob sie hoch.

»Mein Gott, Herzerl, du bist ja ganz pitschnaß!«

Und so wie er es bei der Weberin gesehen hatte, zog er die nassen Windeln heraus und deckte das Kind wieder zu.

Dankbar lächelte ihn die Josefine an und verlor dabei wieder ihren Schnuller. Wiederum netzte er ihn mit seinen Lippen und steckte ihn der Kleinen in den Mund. In diesem Augenblick erschien die Langentalerin, eine große, stramme Frau, unter der Haustür und fing sogleich zu schelten an.

»Was tust denn da! Höher geht's doch nimmer! Also so was! Hat der den Schnuller von meinem Kind in seinem Notnigglmaul! Meinst, daß meinem Kind vor gar nichts graust! Du Rindensimmerl!«

Sie hob wütend die Hand, aber der Simon duckte sich blitzschnell weg, lief davon und konnte sich gar nicht beruhigen.

»Rindensimmerl sagt sie zu mir!«

Das hatte ihn am meisten getroffen. Notniggl, ja, damit konnte sie recht haben. Reich waren sie wirklich nicht, die Burgstallers. Aber Rindensimmerl? Das war eine Schmach.

Der Simon war an diesem Tag recht unglücklich. Etwas hatte sich in sein junges Herz gefressen, das er bisher nicht gekannt hatte. Kein Haß, nein, aber vielleicht zum erstenmal die Erkenntnis, daß es zweierlei Menschen gab, zumindest in Siebenzell. Reiche und Arme und solche, die noch weniger hatten.

»Vater, warum sind wir denn so arm?« fragte er an diesem Abend seinen Vater. Der sah ihn zuerst eine Weile nachdenklich an und antwortete dann:

»Wie meinst du das?«

»Beim Langentaler haben sie doch alles, was sie sich wünschen.«

»Ob sie aber auch glücklich sind? So glücklich, wie wir waren, als die Mutter noch lebte? Und Armut, mein Bub, ist nicht Unglück. Und es gibt noch viel ärmere Leute, als wir es sind.«

Dann erzählte der Simon, daß die Langentalerin ihn einen Rindensimmerl genannt habe.

Daraufhin bekam Thomas eine messerscharfe Falte zwischen seinen Augen.

»So?« Er mahlte mit den Kiefern, als ob er eine Nuß zwischen den Zähnen hätte. Dann nickte er schwer. »Der kann man ja nichts anhaben! Sie ist ja die Frau des Bürgermeisters. Aber wenn es einmal so weit kommen sollte, daß es dir die Kinder nachschreien, dann, mein Bub, mußt du zuschlagen. Ganz schnell und hart! Es kommt dann darauf an, daß du dich durchsetzt.«

Dann gingen sie schlafen. Draußen brauten die Novembernebel, und irgendwo im Haus hörte man eine Maus rascheln. Als sie so nebeneinanderlagen und Simon den Arm des Vaters behütend um seine Schultern spürte, bettelte er:

»Ach, Vater, erzähl mir doch, wie das war mit der Rindenhütte, als die Mutter zu dir kam und mich dir brachte.«

Ja, das sei wohl der stolzeste Tag in seinem Leben gewesen.

»Und erzähl mir auch das, Vater, wie sie mich durch den Wald getragen hat. War da nicht ein Eichkatzl, das neben uns hergesprungen ist?«

»Ein Eichkatzl? Ja, und ein Fuchs und ein Reh, alle Tiere des Waldes.«

Dann schliefen sie ein, und als sie am Morgen aufwachten, hatte es geschneit. Das ganze Land war weiß, und es schneite immer noch. Und da die Flocken schon auf gefrorenen Boden fielen, blieben sie auch liegen. Das Dorf sah auf einmal ganz anders aus, die Zaunpfeiler setzten sich hohe weiße Hüte auf, und die Birken im Moor bogen sich unter der Schneelast.

Weil Sonntag war, hobelte ihm der Vater aus zwei groben Fichtenbrettern ein Paar Schier und machte ihm aus Kistenbrettern einen Schlitten.

Es war nur eines traurig bei der ganzen Sache, daß es

noch stockdunkel war, wenn der Vater in den Wald ging, und dunkel, wenn er zurückkam. Simon war viel allein in dieser Zeit. Aber eines Tages brachte der Vater eine kleine Tanne aus dem Wald mit und begann sie zu schmücken und sagte ihm, daß er nun vier lange Tage bei ihm zu Hause bleiben werde.

Am andern Abend kam dann das Christkindl in die alte Sägemühle. Der Simon bekam es zwar nicht leibhaftig zu Gesicht, aber es mußte doch in der Stube gewesen sein, denn unter dem Christbaum lagen wahrhaftig ein Paar richtige Schier mit Bindung und Stecken. Noch mehr staunte der Vater darüber, machte ein recht nachdenkliches Gesicht und fragte immerzu:

»Wo es nur hereingekommen sein mag? Die Haustür war doch zu!«

Dann sang er ganz allein: »Stille Nacht, Heilige Nacht.« Es war sehr feierlich und traurig zugleich, weil der Vater mitten unterm Singen abbrach und zu weinen begann. Er mußte wohl an seine Frau denken, und wie schön es wäre, könnte sie jetzt bei ihnen sein. Er riß sich aber schnell wieder zusammen und hob schnuppernd die Nase, weil es vom Ofenrohr heraus so wunderbar duftete. Ihm war wieder einmal auf dem Heimweg vom Wald ein Hase zwischen die Füße gelaufen, der sowieso nur mühsam durch den hohen Schnee gekommen war.

Zwei Sommer dauerte die Herrlichkeit mit der Rindenhütte hoch droben im Walde noch, dann war es zu Ende. Der Simon mußte in diesem Herbst zur Schule, und Thomas Burgstaller hörte mit der Waldarbeit auf und arbeitete zuerst in einem Steinbruch und dann in einer Kiesgrube, in der er Kies durch ein Gitter warf, hinter dem sich dann die Sandhaufen türmten, die von einem Lastwagen abgeholt und zur Baustelle gebracht wurden.

Es brachte viele Vorteile mit sich. Er mußte nicht mehr so

früh fort und kam am Abend kurz nach fünf Uhr schon heim. Der Simon bekam jetzt mittags beim Zacklerwirt einen großen Teller Suppe und ein Stück Bauernbrot. Abends kochte dann der Vater für ihn, half ihm bei den Schularbeiten und nahm es mit innerer Befriedigung zur Kenntnis, als der Stoffner eines Abends auftauchte und vor dem Haus schon schrie:

»Wo ist er denn, der Rotzbub, der miserable, der meinen Loisl gleich so auf die Nasen g'schlagen hat, daß er mindestens einen Liter Blut verloren hat!«

Thomas erschien unter der Haustür, Simon an seiner Seite.

»Was plärrst denn so?«

Der Stoffner wiederholte, was seinem Alois widerfahren war, und fragte: »Muß denn das sein, daß der Krüppl gleich zuschlagt wie ein Schmied?«

»Krüppl?« grollte der Thomas stirnrunzelnd. »Wären deine Kinder bloß so gewachsen wie mein Simon! Was müssen denn die ihm den Spottnamen nachschreien? Und wenn dir was nicht paßt, mußt du dich schon an mich wenden. Ich habe es ihm angeschafft, daß er zuschlagen muß, wenn er beleidigt wird. Sonst noch was? Dann sag's nur schnell, sonst brennt mir drinnen meine Schwammerlsuppe an.«

»Bagasch«, zischte der Stoffner und ging davon. In wundervollem Einverständnis lachten sich Vater und Sohn an, und Thomas fragte:

»Hast ihn wenigstens richtig erwischt?«

»Ja, mitten auf die Nasenspitze.«

»Ja da ist's recht! Da kannst du nichts abschlagen. Kein Nasenbein und auch keine Zähne. Sonst müßte ich vielleicht zahlen, weißt du. Und wenn mehrere über dich herfallen wollen, dann gibt's nichts anderes als mit der Schuhspitze gegen das Schienbein. Da geben sie nach und werden zahm.«

Thomas verdiente in der Sandgrube viel mehr und war eigentlich dort sein eigener Herr. Manchmal, wenn der

Simon nachmittags keine Schule hatte, kam er zum Vater in die Kiesgrube, der ein altes Blechstück gefunden hatte, auf dem der Bub die steile Kiesgrube hinunterrutschen konnte wie im Winter mit dem Schlitten über einen Berghang.

Nach Feierabend war er auf seinem kleinen Acker, häufelte die Kartoffeln auf und freute sich an dem kleinen Maisfeld, das er brauchte, weil er sich sechs Hühner zugelegt hatte. Sein Wunschtraum war eine Ziege, der später eine Kuh folgen sollte. Aber die zwei Tagwerk, die zu dem kleinen Häusl gehörten, waren saurer, nasser Moorgrund. Darum zog er kleine Gräben, kaufte sich nach und nach immer für das Gehalt, das er von Herrn Diepold bekam, Dränagerohre, fügte sie ein und füllte wieder zu. Dann saßen Vater und Sohn am Rande des Zellerbaches und sahen beglückt zu, wie das Wasser langsam und stetig aus den Rohren in den Bach lief.

»Roggen«, sagte Thomas und sprach das Wort feierlich aus wie ein Gebet. »Im nächsten Jahr bauen wir Roggen hierher.«

Samstags und sonntags gingen sie oft zur Jagdhütte des Herrn Diepold hinauf und sahen dort nach dem Rechten. Ach, war das eine herrliche Zeit für den Simon! So frei, so ungebunden, und wenn sie heimwärts gingen, bettelte er oft:

»Vater, laß mich ein bissel in die Rindenhütte schlüpfen!«

Dann kuschelte er sich ins Moos, in die Ecke, in der die Mutter ihn einst geboren hatte, und war unendlich glücklich dabei. Allmählich fiel seine Geburtsstätte aber schon zusammen. Regen und Schnee ließen die Rinden verfaulen.

In der Schule machte der Simon sich recht gut, wenn er auch nicht gerade eine Leuchte war, obwohl der Lehrer sagte, daß er eine sein könnte, wenn er nicht soviel träumte und sinnierte. Aber er stellte seinen Mann, wurde ein ranker, schlanker Kerl, der das schmale Gesicht seiner Mutter, die hellblauen Augen und das dunkelblonde Haar vom Vater hatte.

»Wir wollen es uns immer gutgehen lassen«, sagte der Thomas zu seinem Sohn. »Man weiß ja nie, was über einen noch kommen kann.«

»In Gottes Namen«, sagte er am Morgen, wenn er seine Arbeit begann. Und »Gott sei Dank«, wenn er Feierabend machte.

Zwei Jahre dauerte dieses Glück, dann hob das Schicksal seine lange Peitsche und setzte zum vernichtenden Schlag an, ohne den Thomas Burgstaller noch zu warnen vor der überhängenden Wand, die er eigentlich selber geschaffen hatte und deren Gefahr er hätte kennen müssen.

Am Tag vorher war er noch oben gewesen, hatte den Rasen weggestochen und dabei die Wand schon mit Mißtrauen betrachtet. Vielleicht, dachte er, fällt sie über Nacht allein herunter, wie es schon öfters der Fall gewesen war. Sie fiel aber ausgerechnet erst am anderen Morgen herunter, als er das Sandgitter und einen Schubkarren aus dem Gefahrenbereich bringen wollte. Er hörte nur kurz ein dumpfes Rauschen, wollte zurückspringen, stolperte unglückseligerweise noch über einen Steinbrocken, dann rauschten dreißig Tonnen Kies über ihm zusammen und begruben ihn unter sich.

Den Sturz dieser mächtigen Kiesmasse hörte man bis ins Dorf, es war, als hätte sich die Erde bewegt, aber niemand dachte sich etwas Arges dabei.

Simon bekam Angst, als der Vater ums Dunkelwerden noch nicht heimkam. Er lief zur Kiesgrube und schrie den Namen des Vaters in die fallende Nacht hinein, bis ihm die Kehle heiser wurde. Er hatte wohl gesehen, daß ein großer Haufen Kies dalag, aber er dachte nicht daran, daß unter diesem abgerutschten Wandstück der Vater liegen könnte.

In seiner Verzweiflung lief er zurück ins Dorf ins Weberhäusl. Der Weber saß gerade bei seinem Abendbrot, einem

Stück recht fettem, schwarzem Preßkopf. Er arbeitete im Sägewerk und hatte am Morgen wohl auch das leichte Beben der Erde vernommen, aber er brachte das auch nicht mit dem vermißten Burgstaller in Zusammenhang. Er stach mit der Messerspitze in einen Brocken Preßkopf und hielt ihn Simon hin.

»Da nimm!«

Simon schüttelte den Kopf. In seinem Herzen war eine grauenhafte Not, nicht weil er etwa an Tod dachte, sondern weil es einfach noch nie vorgekommen war, daß der Vater ihn zur Nachtzeit allein gelassen hatte. Schließlich begann er zu weinen.

Der Weber war ein gutmütiger Mann, ein bißchen rauh in seinem Wesen und in der Rede derb, ohne daß er sich dabei etwas gedacht hätte.

»Brauchst nicht weinen, Simon«, sagte er. »Der kommt schon wieder.«

»Aber komisch ist es doch«, meinte die Weberin, die am Herd stand und ihre Kinder soeben zu Bett gebracht hatte.

»Geh, was ist denn da schon komisch! Am besten ist's, er schläft heut nacht bei uns, und morgen früh schaut alles wieder anders aus.«

So geschah es auch. Weil aber der Weberin die Sache doch nicht ganz geheuer vorkam, weckte sie ihren Mann schon, kaum daß das erste Grau vor den Fenstern schimmerte.

»Sepp, ich weiß nicht, ich hab so ein ungutes Gefühl.« Murrend drehte er sich um.

»Du mit deinen Gefühlen!«

Aber die Weberin gab nicht nach. »Laß dir sagen, Sepp — mir ist gar nicht recht wohl bei der Sache. Steh auf und fahr zur Kiesgrube hinaus. Vielleicht ist gar was passiert.«

Nun war der Weber erst hellwach. Er brummelte zwar noch, während er bereits in die Hose schlüpfte: »Du machst mir Spaß! Mitten aus dem schönsten Schlaf reißt sie mich heraus!« Aber das war schon nicht mehr ernst gemeint. In ihm war stets die Bereitschaft, zu helfen, wenn es etwas zu helfen gab.

Wenig später zog er sein Fahrrad aus dem Schuppen, stieg auf und radelte auf der Dorfstraße hinaus, Richtung Osten, wo die Kiesgrube lag.

Hier begriff er nun sofort, was geschehen sein mußte. Aber allein konnte er nichts machen. Er fuhr zurück und schlug Alarm. Dann rückten sie aus mit Pickeln und Schaufeln, gleich dreißig Mann hoch, wie immer, wenn etwas über ihr Dorf kam, ob es nun Hochwasser war, Lawinengefahr, eine Feuersbrunst oder wenn Menschen in Bergnot waren. Hier war zwar kein Mensch mehr in Not, das erkannten sie gleich. Trotzdem schaufelten sie wie wild, und der Bürgermeister Langentaler stand dabei, fröstelnd im kalten Morgen, den Joppenkragen hochgeschlagen, die Virginia im Mundwinkel.

Er wandte sich bald an diese Gruppe, dann wieder an eine andere, um besserwissend zu erklären, daß er es sich einfach nicht vorstellen könnte, wie der Burgstaller so unvorsichtig habe sein können, unter die Kiesmassen zu geraten. Er wendete dabei viel Stimme auf, nicht weil man ihn nicht verstanden hätte, sondern weil es ihm als Bürgermeister ganz einfach zukam, zu schreien und zu befehlen, die Hände in den Taschen, anstatt auch mit einer Schaufel zu werken und zu bekunden, daß ihm viel daranlag, den armen Teufel so schnell wie möglich aus der grauen Kiesmasse ins Morgenlicht zu heben.

Um neun Uhr fanden sie ihn, gar nicht einmal zerschunden oder zerschlagen. Man meinte, er müßte in der nächsten Minute aufstehen und allen danken, daß sie ihn herausgeholt hatten, auch dem Herrn Bürgermeister für die umsichtige Leitung der Aktion.

Aber Thomas Burgstaller stand nie mehr auf, obwohl der jähe Tod seine Augen nicht geschlossen hatte. Groß, staunend und fragend standen sie offen. Die Männer hatten erschüttert ihre Hüte abgenommen und standen fassungslos herum, schweigend in stillem Gebet, bis es dem Langentaler wieder an der Zeit zu sein schien, sich bemerkbar zu machen und zu verkünden, daß man diesen Toten auf Gemeindekosten an der Seite seiner Frau in die Heimaterde betten werde.

Einer der Männer, der Guffler-Benno, meinte:

»Vielleicht zahlt auch die Firma was, der die Kiesgrube gehört.«

Der Langentaler hob seine runden schwarzen Augen, als könne er nicht verstehen, daß ihm einer widersprach.

»Ich habe gesagt, auf Gemeindekosten, und basta.«

Ob nun auf Gemeindekosten oder von dem kleinen Guthaben, das der Burgstaller bei der Raiffeisenkasse hatte, die Tragik blieb die gleiche, denn der Tote hatte ja ein Kind zurückgelassen, ein unmündiges Kind, diesen Simon aus der Rindenhütte, bei dessen erbarmungswürdigem Anblick am Grabe sich manches Herz in Schmerz und Leid zusammenzog.

Noch nicht ganz sieben Jahre war er jetzt alt. Das Mitleid der Großen und seiner Altersgenossen fiel ihm unverlangt zu, weil er von allen vom Schicksal am meisten geprüft wurde. Seine Klassengefährten schworen sich, ihn nie mehr Rindensimmerl zu nennen, weil sie ja noch nicht wußten, wie schnell Mitleid und Anteilnahme verschwinden, wenn erst der Alltag wieder eingekehrt ist.

Und es war auch so, daß alles Mitleid dem Simon nicht weiterhelfen konnte. Er wurde vorerst im Weberhaus aufgenommen, obwohl dort bereits vier Kinder waren und ein fünftes kommen wollte. Dort war man gut und hilfsbereit zu dem Frühgeprüften, den ein schweres Fieber für zwei Wochen aufs Krankenlager warf. Und als er davon aufstand, blieb er ganz still und nahm schweigend zur Kenntnis, daß der Herr Bürgermeister ihm als Vormund bestellt sei, der über seinen weiteren Lebensweg zu bestimmen und zu wachen habe. Auch daß er die Schlüssel des Hauses in Verwahrung genommen habe, erfuhr Simon und dachte, daß dies ja gut sei, denn was sollte er in dem Haus nun so ganz allein.

So vergingen die ersten Wochen. Simon erholte sich wieder, aber er blieb still und nachdenklich, indessen bereits wieder eine Seite im Schicksalsbuch seines Lebens umgeblättert wurde.

Der Langentaler berief eine Gemeinderatssitzung immer nur dann ein, wenn er gerade Lust hatte. Nur wenn eine Wahl vor der Tür stand, wurde er sehr rührig. Allzugroße Angst, daß man einen anderen wählen könnte, hatte er zwar nicht, aber man konnte ja nie wissen, was hinter seinem Rücken gesponnen wurde. Vor der letzten Wahl hatte es einmal so ausgesehen, als wollten sie den Sägewerksbesitzer Plank vorschieben, aber das hatte er dann zu verhindern gewußt. Er kannte auch seine Gegner im Gemeinderat. Das war vor allem der Sixt von Dulling, ein gesetzter Bauer mit einem Hof auf der Höhe, der dem seinen nicht viel nachstand, und dann den Straßenarbeiter Viktor Grabl. Die anderen aber standen hinter ihm, weil sie zum Teil auch von ihm abhängig waren, und bildeten somit die Mehrheit.

Manchmal beorderte er die Gemeinderäte zu sich in seine Bauernstube, aber bei besonderen Anlässen berief er sie in das Nebenzimmer des Zacklerwirts. Solch ein besonderer Anlaß schien ihm an diesem schönen Juniabend gegeben zu sein. Außer dem Herrn Pfarrer wußte eigentlich noch niemand, um was es ging, und das war auch ganz gut so, denn er konnte dann seinen Entschluß damit begründen, daß ja auch der Herr Pfarrer seiner Meinung sei.

Er begann auch nicht gleich mit dem Eigentlichen, sondern sprach zunächst darüber, daß man in der Ortschaft noch ein paar Straßenlampen anbringen müsse, zumal ja im Frühjahr erst in einer stockdunklen Nacht der Hellauer in den Zellerbach gefallen und beinahe ertrunken wäre.

»Ja, weil er einen Rausch hatte«, warf der Sixt ein.

»Rausch oder nicht, auf alle Fälle wäre er, wenn ein Licht gebrannt hätte, nicht an die Böschung gekommen«, erwiderte der Langentaler unwillig, weil ihm widersprochen wurde. »Die Lampen werden angebracht, und basta. Dann wäre noch der Straßenbau in Richtung Durmbach, wobei ich mich dafür eingesetzt habe, daß der Kreis uns etwas zuschießt, weil wir einfach kein Geld dafür haben.«

Dann räusperte er sich und warf einen Blick auf den Gemeindeschreiber Stockinger, der neben ihm an einem Tischchen saß und mitstenografierte. Der schob ihm einen Zettel zu mit ein paar Notizen.

»Was wird er jetzt haben?« fragte der Grabl seinen Nebenmann, den Bauern Hellauer. Da legte der Langentaler bereits seinen wuchtigen Schädel zurück, sah eine Weile gegen die Decke und begann:

»Meine Herren Gemeinderäte! Wie ihr ja alle wißt, ist im Frühjahr der Thomas Burgstaller verunglückt und hat einen unmündigen Buben, den Simon, hinterlassen. Barmherzigkeitshalber hat ihn vorerst die Weberin ins Haus genommen. Aber für die Leute ist es halt auch eine Belastung. Geld hat er auch nicht viel hinterlassen, der Burgstaller. Ist ja auch ganz klar, nachdem er die alte Hütte so teuer gekauft hat. Also muß die Gemeinde zahlen. Und dann weiß man ja auch nicht, ob der Bub so erzogen wird, wie es sein müßte, und damit wir uns hinterher keine Vorwürfe zu machen brauchen, hab ich mich entschlossen — das heißt, ich hab selbstverständlich mit dem Herrn Pfarrer darüber gesprochen, und der Herr Pfarrer ist ganz meiner Meinung, nicht wahr, Herr Pfarrer?«

Der Pfarrer nickte, paßte aber auf jedes Wort auf.

»Also, nicht wahr, da ich es so für am besten halte«, fuhr der Langentaler fort, »werden wir den Simon halt in ein Waisenhaus geben. Da ist er gut aufgehoben, und es wird womöglich ein recht brauchbarer Mensch aus ihm.«

»Vorausgesetzt, daß sich hier niemand findet, der ihn in seine Familie aufnehmen will«, warf der Pfarrer ein.

»Ich habe schon überall herumgefragt, aber es findet sich halt niemand. Ihr wißt ja selber, wie es ist, größtenteils Kleinhäusler, die haben selber einen Haufen Kinder.«

»Wie wäre es mit dir?« fragte der Grabl mit leichter Herausforderung. »Du hast bloß zwei Kinder und einen großen Hof. Bei dir könnte er doch ganz leicht mitessen.«

Der Langentaler kniff die Augen zusammen. Immer dieser Grabl mit seinen ketzerischen Ansichten!

»Wegen dem Essen ist das überhaupt nicht. Aber hast du überhaupt eine Ahnung, was ein Bürgermeister Arbeit hat?«

»Die meiste Arbeit macht doch der Stockinger«, reizte der Grabl wieder.

»Ja, weil du zu dumm bist! Du hättest den Posten als Gemeindeschreiber genauso haben können und brauchtest nicht auf der Straße zu arbeiten!«

»Aber meine Herren!« beschwichtigte der Pfarrer. »Wir wollen uns hier nicht streiten.«

Der Langentaler wischte sich mit dem geblumten Taschentuch über die Stirne. Dann zwang er sich zu einem ruhigeren Ton.

»Ich verstehe überhaupt nicht, was dagegen einzuwenden ist. Da hat man nur das Beste für so einen armen Kerl im Auge, und dann werden einem Prügel zwischen die Füße geworfen! Schließlich bin ich ja auch der Vormund und habe als solcher auch die Verantwortung für den Buben zu tragen.«

»Wenn du ihn in ein Waisenhaus stecken willst, dann hast du ja keine Verantwortung mehr«, meinte der Grabl jetzt auch ganz ruhig und sachlich. »Wer hat dich denn überhaupt zum Vormund bestimmt?«

»Das hat das Vormundschaftsgericht in Durmbach gemacht.«

»So? Hast du das schriftlich?«

»Jawohl, das habe ich schriftlich.«

»Das möchte ich ganz gern sehn.«

Der Langentaler bekam einen roten Kopf, weil aber der Pfarrer ungeduldig mit den Fingern auf den Tisch trommelte, zwang er sich zur Mäßigung.

»Bitte, du brauchst bloß in die Gemeindekanzlei zu gehn, dort ist der Akt angelegt. Stimmt 's, Stockinger?«

»Jawohl, Herr Bürgermeister.«

»Also dann, du Siebengescheiter, wenn ich mit dem Herrn Pfarrer in aller Ordnung was bestimme, was gibt's denn da überhaupt dagegen zu reden?«

»Einen Moment, Herr Bürgermeister«, sagte der Pfarrer. »Hier darf und soll jeder seine Meinung sagen. Aber vielleicht ist einer unter den Anwesenden, der den kleinen Simon zu sich nähme. Wie wäre es mit Ihnen, Sixt?«

Der Sixtenbauer, ein großer, schlanker Mann mit schmalen Gesichtszügen, sah den Pfarrer ruhig an. Dann schüttelte er langsam den Kopf.

»Sie haben recht, Herr Pfarrer, daß Sie an mich appellieren. Und ich würde auch nicht nein sagen. Die paar Jahre gehn vorbei, dann kommt der Bub aus der Schule. Was wird er dann? Ein Bauernknecht, der herumgestoßen wird. In einem Waisenhaus aber könnte er ein Handwerk lernen und sich dann einmal auf gesunde Füße stellen. Im ersten Moment, ich gebe es zu, da war ich auch gegen den Vorschlag unseres Bürgermeisters. Aber wenn ich alles genau überdenke, muß ich sagen, daß der Bub in einem Waisenhaus besser untergebracht ist als meinetwegen auf einem Bauernhof, auf dem selber Kinder da sind und wo so ein armer Kerl immer nur das fünfte Rad am Wagen ist.«

»Sehr richtig«, pflichtete ihm der Langentaler bei. »So habe ich das Problem auch betrachtet. Ich glaube, daß es schon das Richtige ist. Machen wir es doch so. Setzen wir noch eine Frist von vierzehn Tagen, und wenn sich in der

Zwischenzeit niemand meldet, der ihn nehmen will — ein Waisenhaus ist noch lange nicht das Schlechteste, immerhin noch weit besser als ein Erziehungsheim. Hat noch jemand etwas zu dem Fall zu sagen? Ich stelle fest, niemand. Dann schließen wir die heutige Sitzung und gehn zum gemütlichen Teil über.«

Man setzte sich draußen in der Gaststube zusammen, zum Schafkopf oder Tarock, vor allem aber zu einer ausgiebigen Brotzeit und Bier. Man hatte wieder einmal zum Wohle der Gemeinde geschuftet, zumindest recht heftig mit dem Kopf genickt zu dem, was der Herr Bürgermeister vorgebracht hatte.

Simon Burgstaller aber schlief um diese Zeit schon fest im Weberhäusl und hatte keine Ahnung, was über ihn beschlossen worden war. Weil ja die Weber auch nicht mit irdischen Gütern gesegnet waren, mußte der Simon das Bett mit dem Maxl, dem älteren Buben, teilen. Im gleichen Zimmer schliefen auch die anderen beiden Kinder, darunter die Barbara, die mittlerweile auch schon drei Jahre alt geworden war. Ein herziges Mädl übrigens, das am Simon hing und die am lautesten schrie, als es bekanntwurde, daß der Simon in ein Waisenhaus sollte.

Ja, der Beschluß war endgültig, da sich niemand gemeldet hatte, den Buben in die Familie aufzunehmen.

Der Weberin tat der Bub bis in die Seele hinein leid, und sie sprach lange mit ihrem Mann, ob man ihn nicht doch behalten könne. Die Gemeinde müßte ja doch für ihn bezahlen. Der Mann war auch nicht abgeneigt, aber sie hatten ja selber fünf Kinder und kaum Platz im Haus.

»Und warum ausgerechnet wir?« fragte er. »Wir müßten ja anbauen, aber womit? Die Kinder werden größer, und wir können sie nicht dauernd in einer einzigen Kammer schlafen lassen.«

»Ja freilich, ich sehe es ja selber ein. Aber mir tut halt der Bub so leid.«

So ähnlich wurde in mehreren Häusern geredet, nur in denen nicht, die den Simon leicht hätten aufnehmen können. Warum sollten sie sich auch den Kopf zerbrechen wegen dieses Rindensimmerls, dessen Leben bisher doch auf eine etwas absonderliche Weise verlaufen war. Hatte er nicht einige Sommer mit seinem Vater im Wald gehaust? Wer weiß, was er für Anlagen hat. Hat er nicht dem Stoffner-Loisl vor ein paar Jahren das Nasenbein kaputtgeschlagen? Nein, nein, nur ab damit ins Waisenhaus! Da war er am besten aufgehoben!

Simon erfuhr es eigentlich erst durch die Kinder in der Schule, die es als geradezu wunderbar empfanden, daß einer von ihnen heraus sollte aus dem Dorf. Sie neideten es ihm, daß er in die große Stadt durfte, von deren Zauber man auch in diesem Dorf so einiges hörte. Simon aber war der Auserwählte, der in diese verzauberte Welt hineindurfte, und wer weiß, ob er nicht überhaupt zu höheren Dingen berufen war. Simon war wie betäubt von all diesem Gerede, und auch in der Pause, als er von allen umstanden und bewundert wurde, äußerte er sich nicht zu dieser großartigen Neuigkeit, sondern biß in das trockene Schwarzbrot, das die Weberin ihm mitgegeben hatte, und schrieb mit den nackten Zehen den Namen Burgstaller in den Sand des Schulhofes, als wollte er damit bekunden: Hier bin ich, und hier will ich bleiben.

Als er dann aber amtlich zu wissen bekam, daß man ihn in ein Waisenhaus stecken wollte, klammerte er sich in seiner Not an den Kittel der Weberin und schluchzte herzerbarmend. Erst als die Frau ihm, selber weinend, das Haar streichelte und ihm erzählte, daß er es dort doch viel, viel schöner hätte als hier, wurde er still und begann nachzudenken. Niemand erfuhr in den restlichen Tagen von den schweren Kämpfen, die er mit sich auszufechten hatte. Sein erster Gedanke war, in den Wald hinaufzulaufen und sich zu verstecken.

Aber da sagte ihm der Weber eines Tages: »Schau, Simon, es ist vielleicht dein Glück, und was die Menschen auch über dich beschließen, hinter allem steht doch Gottes sorgende Hand. Wer weiß, was er mit dir im Sinn hat, und eines Tages wirst du nach Siebenzell zurückkommen und viel gescheiter sein und mehr wissen als alle anderen.«

Es war die längste Rede, die Simon von dem sonst recht schweigsamen Mann je vernommen hatte, und sie fiel in ein offenes Herz. Simon sah auf einmal nicht mehr lauter Dunkel um sich, ein Funke war in ihm aufgesprungen, ein kleiner Trost erfüllte ihn.

Die Weberin wusch, bügelte und flickte all seine Sachen, und am letzten Abend schlich sich der Simon noch mal hinaus zum alten Elternhaus, saß lange am Ufer des Baches und sah den Wellen nach und den Fischen, die in ihm schwammen. Eine Eidechse huschte an ihm vorbei, und in dem alten Birnbaum wisperten die Vöglein.

In die Sägemühle selber konnte er nicht mehr hinein. Sie war fest verschlossen, und die Schlüssel hatte der Bürgermeister. Er sah, daß die Wiese gemäht war, und wußte nicht einmal, wer sie gemäht hatte. Und die Kartoffeln standen so fett und vielversprechend im Kraut. Er mußte der Weberin sagen, daß sie sie ernten solle.

Wehmütig stand er vor dem kleinen Acker, auf den der Vater immer so stolz gewesen war. Dann nahm er sein Taschentuch, packte eine Handvoll dieser schwarzen Heimaterde hinein, verknotete es säuberlich und steckte es wieder ein.

Am nächsten Morgen fuhr der Bürgermeister Langentaler mit seinen beiden Schimmeln vor dem Schweizerwägelchen vor, um den Simon abzuholen. Er hörte in der Stube den herzzerreißenden Abschied, am lautesten schrie die Barbara. Der Langentaler trippelte von einem Fuß auf den anderen, sog heftig an seiner Virginia und sah zu den weißen Wolken auf.

»Plärrender Fratz«, sagte er einmal und meinte die Barbara damit. Dann gab er sich einen Ruck, klopfte ans Fenster und sagte mit herzlicher Freundlichkeit:

»Komm, Simon, es wird langsam Zeit.«

Die Weberin trug die verschnürte Pappschachtel heraus und legte sie auf das Wägelchen. Dann wischte sie sich mit dem Handrücken die Augen aus.

»Ich kann dir gar nicht sagen, wie mich der Bub erbarmt. Am liebsten tät ich ihn dabehalten.«

»Ja freilich, sonst nichts mehr! Habt ja selber nichts zum Nagen und Beißen. Ihr macht grad ein Wesen, als ob ich ihn in die Hölle brächte! Wer weiß, ob er uns nicht einmal dankbar ist! Ich wollte, ich hätte auch in so ein Heim dürfen, wo alles blitzt vor Sauberkeit und wo er seine Ordnung hat und etwas lernt!«

Simon erschien unter der Tür, ein bißchen blaß, aber doch recht gefaßt. Er hielt die Barbara an der Hand und versuchte, sie damit zu trösten, daß er sagte, er käme ja bald wieder. Dann sei sie schon groß, und er würde mit ihr in den Wald gehen und ihr die Rindenhütte zeigen, in der er auf die Welt gekommen sei.

»Jetzt komm!« mahnte der Langentaler wieder, und der Simon sprang mit einem Satz auf das Wägelchen, zog den Kopf ein, um nicht mehr zu sehen, was da nun hinter ihm zurückblieb: eine Frau, die ihm die Mutter ersetzt hatte, ein kleines Mädchen, das um ihn weinte. Er nahm den Kopf erst wieder hoch, als das Dorf schon hinter ihnen lag. Die Pferde griffen gut aus, aber das Wägelchen rumpelte erbärmlich auf der schlechten Straße, was dem Langentaler Anlaß gab, über den Grabl loszuwettern:

»Der Dummkopf hat überall seinen Schnabel drin, wo es ihn nichts angeht! Es wär gescheiter, er täte sich mehr um die Straße kümmern!«

Simon antwortete nicht darauf, was hätte er auch schon sagen sollen. Der Mann saß so großmächtig neben ihm und war ja schließlich der Herr Bürgermeister, zu dem die kleinen Leute immer aufzuschauen hatten und der nun auch sein Schicksal in seine Hände genommen hatte.

Je weiter sie sich vom Dorf entfernten, desto mehr ließ der ziehende Schmerz in Simons Herz nach. Er fuhr in etwas Unbekanntes, aber das Unbekannte hatte seine Schrecknisse verloren, seit er um die Handvoll Erde wußte, die er in der Pappschachtel verwahrt hatte. Ihm war, als nähme er damit die ganze Heimat mit.

In Durmbach übergab der Bürgermeister den Buben einer großen, stattlichen Frau vom Fürsorgeamt, die ihn dann zum Bahnhof brachte und mit ihm in die Stadt zum Waisenhaus fuhr.

Anstandshalber, und weil er dachte, daß es doch einen guten Eindruck machte, ging der Langentaler mit zum Bahnhof, winkte sogar mit seinem Taschentuch. Dann schneuzte er sich und drehte sich um.

»So, der wäre fort! Jetzt kauf ich mir einen Schoppen in den ›Drei Mohren‹.«

In diesem Gasthof hatte er sein Gespann eingestellt, und weil er nun schon einmal in der Kreisstadt war, konnte er an diesem Tag auch gleich seine sonstigen Geschäfte erledigen.

Die Frau war gut zu ihm. Sie strickte, und die Nadeln klapperten über ihrem Schoß. Ihre Hände waren lang und weiß, und manchmal hob sie den Blick und sah den Simon an.

»Du brauchst überhaupt keine Angst zu haben«, sagte sie freundlich.

»Ich habe auch keine Angst«, antwortete der Simon.

Er sah angestrengt zum Fenster hinaus und ließ sich nichts entgehen. Er sah stille, freundliche Dörfer mit sauberen Häusern und weite, wogende Getreidefelder. Die Leute schienen hier nicht so arm zu sein wie in Siebenzell. Aber dann, als sie schon fast zwei Stunden gefahren waren, wurden es immer mehr Häuser, und es waren keine Bauernhäuser, sondern große Häuser, wie er sie noch nie gesehen hatte.

Seine Begleiterin packte ihr Strickzeug ein und sagte: »Jetzt sind wir bald da.«

Eine knappe halbe Stunde noch, dann fuhr der Zug in einen großen Bahnhof ein, in dessen Halle ein einziges Sausen und Brausen war. Sie gingen hinaus, und die Häuser zu beiden Seiten der Straßen sahen aus wie ein Schacht, in dessen Mitte blaue Wagen auf Schienen fuhren. In so einen Wagen stiegen sie ein.

»Du brauchst keine Angst zu haben«, sagte die Fürsorgerin wieder. Und Simon sagte diesmal nicht, daß er keine Angst hätte, denn es konnte sehr gut Angst sein, das ihn so leise ankroch und sein Herz so schwer machte. War das vielleicht schon das Heimweh? Hier sah er nun kein Moor mehr, keinen Acker, keinen Wald und keine Berge. Er dachte an seine Handvoll Erde, die er sich mitgenommen hatte.

Die Trambahn hielt wieder, und sie mußten aussteigen. Gleich wären sie da, meinte seine Begleiterin. Simon hatte schwer zu tragen an seiner Pappschachtel und ging still und blaß dahin, und seine eisenbeschlagenen Absätze schlugen laut und klirrend auf das Pflaster.

Dann standen sie vor einem großmächtigen, schneeweiß getünchten Haus, das in einem großen Park lag und mit einer sehr hohen Mauer umgeben war. Die Frau läutete an dem Eisentor, und Simon hatte ein großes Staunen in seinen Augen, daß die Tür sich nach einem leisen Surren ganz von selbst öffnete und sich lautlos wieder hinter ihnen schloß.

Eine Schwester begrüßte ihn mit einem freundlichen »Grüß dich Gott, mein Junge« und legte ihm dabei die

Hand auf die Schulter. Dem Simon war zumute, als berühre ihn ein Engel. Mit großen, staunenden Augen hing er an der Schwester, die heute nur vertretungsweise die Pforte bediente. Sie war noch jung und sehr schön. Ihr Kleid war blütenweiß. Etwas älter war dann die zweite Schwester, der Simon übergeben wurde und die ihn durch einen langen Flur in ein großes Zimmer führte. Hier saß hinter einem mächtigen Schreibtisch ein dunkel gekleideter Herr, den Simon an dem weißen Kragen, der den Hals umschloß, als einen Geistlichen erkannte. Es war der Direktor des Waisenhauses.

Die Schwester reichte ihm ein Schreiben über den Tisch hin. Der Herr Direktor las sehr langsam, dann richtete er seine dunklen Augen auf Simon.

»Du bist also der Simon Burgstaller aus Siebenzell.« Er stand auf und reichte ihm die Hand. »Tja, dann wünsche ich dir einen gesegneten Einstand hier. Ich hoffe, daß du dich bei uns wohl fühlst und daß du dich einfügst in unseren Kreis. Wir möchten dir Vater und Mutter ersetzen und die Heimat.«

Simon wagte kaum zu atmen, viel weniger etwas zu sagen.

»In welche Klasse gehst du denn?« fragte der Herr Direktor.

»In die dritte«, lispelte Simon.

»Wahrscheinlich wirst du hier manches nachzuholen haben, denke ich, weil wir mit unserem Lehrplan etwas fortschrittlicher sind als draußen auf dem Lande. Aber es wird schon gehen, wenn du den nötigen Ernst zeigst. Und sei nicht traurig, wenn dich in den ersten Tagen das Heimweh überkommt. Du bist nie allein, es sind immer Kinder um dich, die das gleiche Schicksal tragen wie du. Und wenn dich etwas so schwer bedrückt, daß du meinst, es nicht ertragen zu können, dann komm zu mir. Irgendwie kann man immer helfen.«

»Ist schon recht«, antwortete Simon jetzt und begegnete dem Blick des Direktors mit aller Offenheit.

Und damit war er in das Waisenhaus aufgenommen.

Ja, die Aufnahme in das Waisenhaus war schnell vorbei. Die Aufnahme in den Kreis der vielen Kinder war schon etwas schwieriger. Simon kam sich in den langen Gangfluchten des Hauses wie verloren vor, und als die Schwester ihn dann in den großen Raum führte, mitten in einen Haufen Kinder hinein, da erschrak er doch.

»Ein Neuer!« murmelte es durcheinander, und ein paar Buben kamen gleich in seine Nähe. Sie waren in seinem Alter, und die Schwester sagte ihm, daß er nun zu dieser Gruppe gehöre. Sie hatten alle die gleiche Kleidung an: ein etwas düsteres Grau mit einem weißen Kragen. Simon kam sich in dem engen schwarzen Anzug, an dem die Hosen und die Ärmel schon zu kurz waren, recht seltsam vor, dann aber faßte er Mut zu der Frage, ob sie auch Karten spielen könnten. Daraufhin belehrte ihn die Schwester, daß derlei Spiele in diesem Haus nicht gestattet seien, aber es würde ihm schon nicht langweilig werden, denn es gäbe vor allem viel zu lernen hier, und hernach käme natürlich auch das Spiel, aber nicht mit Spielkarten, wie die Viehhändler und Holzknechte es betreiben, sondern andere Spiele, die auch Spaß machten.

Bei dem Wort »Holzknechte« hob Simon den Kopf und sah die Schwester an. Der Ton, in dem sie es gesagt hatte, hatte ihm etwas abfällig geklungen, und er gab daher zu wissen:

»Mein Vater ist auch ein Holzknecht gewesen, und wir haben in einer Rindenhütte gelebt.«

Das machte ihn für die anderen interessant. Einer aus dem tiefen Wald war zu ihnen gekommen!

Simon bekam auch so einen grauen Anzug mit weißem

Kragen und schlief mit etwa dreißig Buben in einem Saal, in dem Otto Lämmlein der Wortführer war, ein robuster Kerl mit pechschwarzem Haar, dem alle zu gehorchen schienen, der aber an Simon seine Macht noch nicht ausprobiert hatte, weil Simon ihm noch ein Rätsel war und weil es so schien, als hätte die Schwester Agnes ihn besonders in ihr Herz geschlossen. Es war die Schwester, die ihn bei seinem Eintreffen an der Pforte empfangen hatte und die am Abend in den Schlafsälen mit den Kindern das Nachtgebet zu sprechen und für Ruhe zu sorgen hatte. Nicht weil er ein »Neuer« war, trat sie manchmal an Simons Bett, zog ihm die Decke zum Hals und strich leise über sein Haar, sondern weil sie selber vom Land zwischen den Bergen stammte und darum ein inneres Verhältnis zu Simon finden wollte. Jedenfalls, das war zu merken, war sie ihm sehr zugetan, und das erregte den Neid der anderen, besonders aber den Spott von Otto Lämmlein, der seinem Namen gar keine Ehre machte, sondern eher Bock oder Büffel hätte heißen können.

Was aber niemand ahnte, selbst Schwester Agnes nicht, das war das Heimweh, das den Simon packte. Nachts lag er stundenlang wach und hörte auf die Stimmen der Parkbäume, die so wundersam rauschten. Einmal hörte er eine Nachtigall schlagen und barg den Kopf schluchzend in die Kissen.

Dabei hätte er zufrieden sein können. Alles war gerecht verteilt, und er hatte vor allem sein gutes Essen und eine peinliche Ordnung. Wenn er es gar nicht mehr aushielt, stand er auf und holte aus seinem Spind das kleine Päckchen mit der Heimaterde und roch daran. Ganz tief sog er den Geruch in sich, und manchmal ließ er auch ein Bröslein davon auf seiner Zunge zergehen, um es dann hinunterzuschlucken. Auf dieses geheimnisvolle Tun war ihm bisher noch niemand gekommen, denn sein Jahrgang war schon dazu angehalten, das Bett selber zu machen. Und wenn er nur ein verstreutes Bröslein fand, gab er es vorsichtig in das Taschentuch und verbarg es wieder.

Weil er aber so offensichtlich die stille Zuneigung der Schwester Agnes gewonnen hatte und sich nur widerwillig dem Lämmlein unterordnen wollte, fand dieser es an der Zeit, ihm den nötigen Respekt beizubringen. Eines Abends nun, die Schwester war gerade gegangen und hatte das Licht gelöscht, war ihm, als stünde plötzlich jemand vor seinem Bett. Ein erregtes Flüstern — es mußten mehrere sein! Da wurde ihm schon das Deckbett über den Kopf gezogen, und ehe er ans Wehren denken konnte, prasselten Schläge auf ihn nieder.

Als er sich aus der Decke herausgeschält hatte, sah er in der Dunkelheit niemanden. Der Spuk war vorbei, aber die Schmerzen blieben.

Am nächsten Morgen, als sie alle dreißig im Waschraum nebeneinander mit nacktem Oberkörper standen, trat Simon hinter den Otto und sagte mit düsterer Stimme:

»Wenn du das noch einmal machst, bring ich dich um!«

Ein paar lachten, den anderen wurde es unheimlich unter den abschätzenden Blicken, mit denen Simon sie musterte, weil er hoffte, es könnte einer durch sein Mienenspiel verraten, daß auch er bei dem nächtlichen Femegericht dabeigewesen war. Und um seiner Drohung Nachdruck zu verleihen, fügte er noch hinzu:

»Das gilt auch für jeden anderen!«

Aber so sehr sie nun darauf warteten, daß der Direktor käme, um sie zu verhören, es geschah nichts, weil Simon kein Wort von der nächtlichen Begebenheit verriet, die er wie eine Schande empfand.

Eines aber war allen klar: Zwischen dem Lämmlein und dem Burgstaller bestand ab jetzt erbitterte Feindschaft.

Dann begab sich etwas, wobei Simon so nachdrücklich gegen die Ordnung des Hauses verstieß, daß er vor dem Direktor erscheinen mußte. In einer Mittagspause lief er davon, lief fast durch die ganze Stadt, um dann schließlich doch zum Bahnhof zu kommen. Dort stand er Stunde um Stunde und sah mit verschwommenen Augen jedem Zug nach, der gen Süden fuhr. Das Heimweh erschütterte ihn dermaßen, daß er es einfach nicht mehr aushalten konnte und sich zwischen einem Rudel Erwachsener auf den Bahnsteig hinausschlängelte und einen Zug besteigen wollte. In diesem Augenblick schnappte ihn ein Bahnpolizist und brachte ihn ins Waisenhaus zurück.

Es war schon Nacht, als sie ihn einlieferten, und er wurde sofort ins Bett geschickt, weil der Herr Direktor um diese Zeit nicht mehr zu Gericht sitzen wollte. Die anderen wisperten miteinander, und doch hatte keiner den Mut, ihn zu fragen, wo er gewesen sei. Er hätte auch keine Antwort gegeben, weil seiner Meinung nach keiner von allen verstand, wie schmerzlich sein Heimweh sein konnte. Ein Heimweh, das nach jedem Stein in der Heimat schrie, nach jedem Baum und nach jedem Vogelnest.

Als es dann schon ganz still geworden war, öffnete sich nochmals leise die Tür, und eine Gestalt schlich an sein Bett. Eine kühle, schmale Hand legte sich auf seine Stirne, und eine ganz sanfte Stimme sagte:

»Was macht denn mein Bub für Dummheiten!«

Aufschluchzend barg er sein Gesicht in die Hände der Schwester Agnes.

»Es tut so weh, Schwester!«

»Ich weiß schon, Simon«, flüsterte die Schwester zurück. »Das Heimweh ist es. Aber das wirst du überwinden, nicht wahr? Versprich mir, Simon, daß du nie wieder heimlich verschwindest. Nein, versprich es jetzt nicht, erst morgen, wenn du mir in die Augen sehen kannst.«

Sie flüsterten wohl eine halbe Stunde so miteinander, dann ging die Schwester wieder so lautlos, wie sie gekommen war, nachdem sie noch gesagt hatte, daß er morgen beim Herrn Direktor nicht lügen, sondern die Wahrheit sagen solle.

Drei Tage Karzer, tippte Lämmlein, als Simon kurz nach dem Unterricht aus der Klasse geholt wurde. Es hatte sich im ganzen Haus herumgesprochen, daß einer geflohen und am Abend von der Polizei zurückgebracht worden sei. Eine Mädchenklasse ging gerade in den Turnsaal, und alle reckten die Hälse nach dem Buben, der von der Schwester Hedwiga zum Anstaltsleiter geführt wurde.

Der Herr Direktor saß wieder hinter seinem Schreibtisch, auf der anderen Seite die Mutter Oberin, und zwischen die beiden hatte sich Simon zu stellen. Die Mutter Oberin betrachtete ihn nur stumm und, wie es schien, ein wenig neugierig. Der Direktor schrieb noch etwas, dann klappte er die Mappe zu und legte den Federhalter weg. Seine dunklen Augen richteten sich streng auf den Knaben.

»Warum bist du gestern ausgerissen?«

»Weil ich Heimweh hatte«, antwortete Simon treuherzig.

»Heimweh? Das ist ein Grund. Aber du hättest dir doch sagen müssen, daß man dich doch wieder zurückgebracht hätte.«

»Das macht gar nichts. Aber wenigstens hätte ich einmal wieder den Bach gehört und die Meisen. Den Wald habe ich sehen wollen, die Berge und das Moor. Der Herr Direktor weiß vielleicht nicht, wie schön die Birken im Moor sind.«

Der Herr Direktor wechselte einen Blick mit der Oberin. Die strenge Falte zwischen seinen Brauen verlor sich etwas, und seine Stimme wurde freundlicher.

»Doch, das weiß ich, aber ich weiß auch, daß man nicht einfach jeder Regung nachgeben darf, daß man sich in der Zucht halten und sich überwinden muß. Schau, Simon, du bist, um bei deinen Birken zu bleiben, selber so eine junge Birke, die noch nicht fest genug im Grunde verwurzelt ist und die einen Pfahl braucht, damit sie nicht jedem Windstoß willig nachgibt. Aber ich kann dich doch nicht an einen Pfahl binden, nicht wahr?«

Simon senkte den Kopf und dachte, daß es vielleicht ganz gut wäre, wenn man ihn anbände, falls das Heimweh ihn wieder einmal so stark überkommen würde.

»Nach der Vorschrift des Hauses«, fuhr der Direktor fort, »müßte ich jetzt eigentlich eine Strafe über dich aussprechen wegen unerlaubten Entfernens aus der Anstalt. Aber weil ja Heimweh kein unlauteres Motiv ist, will ich es mit einer Verwarnung bewenden lassen. Oder hast du sonst einen Grund zur Beschwerde? Bedrückt dich irgend etwas, fühlst du dich in deinem Kreis nicht wohl? Sag es ruhig. Hattest du vielleicht gar mit deinen Zimmerkameraden eine Auseinandersetzung?«

Simon fühlte das Lauernde in der Frage, faßte sich schnell und sah den Direktor fest an.

»Nein, Herr Direktor.«

»Ist nicht der Lämmlein in seiner Gruppe?« fragte der Direktor die Oberin.

»Ja, der Lämmlein, ganz richtig.«

»Man hat zwar über ihn schon längere Zeit keine Beschwerde mehr vorgebracht, aber es hätte immerhin sein können.« Und sich wieder an Simon wendend: »Wenn der Lämmlein dir zu nahe treten sollte, dann komm zu mir und melde es. Kannst du mir das versprechen, Simon?«

»Nein, Herr Direktor.«

Betroffen blickte die Mutter Oberin auf, und der Direktor bekam wieder die strenge Falte zwischen den Augen.

»Und warum nicht?«

»Weil ich von meinem Vater gelernt habe, daß man sich am besten seiner Haut selber wehrt und daß man niemals feig sein soll.«

»Das ist an sich schon richtig, Simon. Aber wo kämen wir hin, wenn in diesem Hause willkürlich Händel ausgetragen würden! Die Ordnung verlangt, daß mir jedes Vorkommnis gemeldet wird. Und an diese Ordnung mußt auch du dich gewöhnen. So — und nun kannst du gehen.«

Als Simon draußen war, seufzte die Mutter Oberin:
»Ein kleiner Renitent.«
Der Direktor schmunzelte.
»Nein, das ist er nicht. Ein ganz und gar unverbildeter kleiner Mann aus dem Wald, glaube ich eher. Ein junger Baum, der noch nicht beschnitten ist, und wir werden das bei ihm auch ganz vorsichtig tun müssen, damit nichts an ihm verschnitten wird.«

Kaum zu fassen, daß Simon ohne spürbare Strafe ausging! Lämmlein hatte das schon ein paarmal mitgemacht und fühlte sich durch das milde Urteil der Verwarnung um seine ganze Schadenfreude betrogen. Das Lauernde blieb zwischen diesen beiden ungleichen Buben. Simon war der einzige, der sich dem Lämmlein nicht unterordnete, und beide fühlten, daß zwischen ihnen noch etwas auszutragen war. Simon wollte nur keinen Anlaß dazu geben, weil er es Schwester Agnes versprochen hatte, die so gut zu ihm war, daß ein Wort von ihr seine Tränen trocknen konnte. Wenn er groß wäre, müßte sie immer um ihn sein, sagte er ihr einmal. Dann müßte sie an dem Herd in der kleinen Sägemühle stehen und ihm Geschichten erzählen. Er begriff noch nicht, daß dies niemals würde sein können, aber sie beließ ihn bei seinem kindlichen Glauben und lächelte ihm zu.

Dann kamen die großen Ferien. Das Heimweh hatte sich etwas gemildert. Aber weil jetzt kein Unterricht war, mußte er oft daran denken, wie er jetzt in den Wäldern daheim umherstrolchen könnte.

Hier gab es zwar auch Bäume, große, uralte Bäume, Linden und Ulmen und dazwischen eine schlanke Weißtanne, auch ein Wasser war am Ende der großen Spielwiese, ein stiller, sanfter Kanal, der zugleich das Schwimmbad speiste, aber es war eben doch nicht wie in Siebenzell.

Auf der großen Wiese durften die Buben Fußball spielen, daneben vertrieben sich die Mädchen mit Reigenspielen die Zeit, und die ganz Kleinen tummelten sich im Sandkasten oder auf der Rutschbahn.

An einem sonnigen Augustnachmittag geschah es, daß Simon und Otto Lämmlein aneinandergerieten.

Der Lämmlein hatte einen Zitronenfalter gefangen, den er an beiden Flügeln festhielt, so als wollte er ihm die Flügel ausreißen. Dann fiel ihm ein:

»Was zahlt ihr, wenn ich ihn fresse?«

Mit ein paar Schritten war Simon heran.

»Laß das sein«, sagte er drohend und stieß den Lämmlein gegen die Rippen. »Laß ihn sofort fliegen, sonst —«

Der Lämmlein pfiff durch die Zähne und ließ den Schmetterling los.

»Was sonst?« fragte er und führte einen blitzschnellen Schlag gegen Simons Unterkiefer.

In diesem Augenblick fühlte sich Simon erlöst. Nun wollte er es dem Lämmlein einmal zeigen. Aber gerade als er sich auf den anderen werfen wollte, tönte die Glocke, die zum Abendessen rief. Zwei Schwestern kamen, um die große Kinderschar in schöner Ordnung ins Haus zu geleiten.

»Morgen Revanche«, konnte Simon dem Lämmlein gerade noch zuraunen, worauf der Lämmlein fragte, was er als Aufenthalt für die nächsten sechs Wochen vorzöge, das Haunersche Kinderspital oder die chirurgische Klinik.

Simon antwortete nicht auf diese Prahlereien, er schluckte nur. Aber sein Ehrgeiz war aufgestachelt, zumal er das Mitleid spürte, das seine Gefährten ihm entgegenbrachten, die die Kraft Ottos schon oft zu spüren bekommen hatten.

Obwohl fast alle Kinder des Waisenhauses wußten, daß da am Nachmittag so eine Art Zweikampf ausgetragen werden sollte zwischen zwei Buben der Gruppe A II, erfuhr die Anstaltsleitung davon nichts. Es war wie eine kleine Verschwörung, eine geheime Abmachung, der sich alle unterwarfen. Großsprecherisch verkündete der Lämmlein, daß die Sache in ein paar Sekunden erledigt sein würde. Und das glaubten ihm die Kameraden auch, denn er war um einen halben Kopf größer und viel kräftiger als dieser verträumte Simon.

Simon sagte gar nichts, tat so, als hätte er überhaupt kein Interesse an seinem Gegner. Er saß am Kanal hinter den Büschen, als wollte er sich sammeln, hörte auf den Stundenschlag der Uhr auf dem weißen Turm und zog, nachdem er sich vorsichtig umgesehen hatte, sein Taschentuch mit der Erde aus dem Hosensack, knöpfte es auf und roch daran. Dann nahm er mit zwei spitzen Fingern ein paar Krümelchen und legte sie auf seine Zunge.

»Was tust du denn da?« fragte plötzlich eine leise Stimme hinter ihm.

Erschrocken riß er den Kopf herum. Hinter ihm kniete ein Mädchen, die Zöpfe baumelten ihr vorne an der Brust herunter, ihre Augen schimmerten grau-grünlich und standen ein kleines bißchen schräg, was ihrem schmalen Gesicht einen eigentümlichen Reiz gab. Sie hatte sich ihm schon ein paarmal bemerkbar gemacht und ihm kürzlich sogar einen Apfel zugesteckt.

»Was ist denn das?« fragte sie weiter.

»Erde.«

Sie setzte sich neben ihn.

»Ganz gewöhnliche Erde?« Sie scharrte mit dem Fuß ein bißchen Rasen ab. »Solche Erde?«

»Ach, woher denn! Das ist eine ganz besondere Erde, weißt du. Heimaterde. Aber davon verstehst du wohl kaum etwas.«

»Nein, aber warum nimmst du sie in den Mund? Gibt sie Kraft?«

»Kraft weniger, aber Vertrauen.« Er verknüpfte das Taschentuch und steckte es ein. Als er die Hand wieder aus der Hosentasche nahm, war die Hand des Mädchens da und streichelte über die seine.

»Du heißt Simon, gelt?«

»Ja, wieso weißt du das?«

»Ich habe gehört, daß Schwester Agnes dich so gerufen hat.«

Er starrte wieder in das träge fließende Wasser. Hinter ihnen war der Lärm der spielenden Kinder.

»Und wie heißt du?« fragte Simon dann.

»Reinhilde.«

»Bist du schon lange hier?«

»Seit meinem fünften Lebensjahr, also genau fünf Jahre bin ich jetzt hier. Ich hab dich schon gesehen, wie du angekommen bist«, erzählte sie weiter. »Und wie du einmal getürmt bist, haben wir dich alle bewundert.«

»Wir, wer ist das?«

»Alle von unserem Schlafsaal. Aber ich hab dich am meisten bewundert. Und nun ist es so, daß ich Angst um dich habe.«

Er sah sie nachdenklich an. Dann lächelte er.

»Warum denn Angst?«

»Weil der Lämmlein —«

»Ja, weiß denn das ganze Waisenhaus schon, daß ich mich heut mit ihm messen will?« unterbrach er sie.

Reinhilde sah ihn mit einem Gemisch von Mitleid und Bewunderung an.

»Es hat sich herumgesprochen. Wir werden alle zusehen.«

»Ich habe aber keinem ein Wort erzählt.«

»Nein, aber der Lämmlein. Er hat uns einen Zettel geschickt, daß heute nachmittag ein Ringkampf stattfinden soll. Und der Lämmlein ist gefürchtet, sein Vater ist Ringkämpfer in einem Zirkus gewesen.«

»Ja und? Mein Vater war Holzfäller in einem Bergwald.«

»Das ist entschieden mehr«, antwortete das Mädchen. »Ich bin noch nie auf einem Berg gewesen. Mein Vater war Eisenbahner, weißt du. Wollen wir Freunde werden, Simon?«

»Das wird da herinnen nicht gut möglich sein.«

»Einmal kommen wir ja doch wieder heraus, und dann stört es niemanden, wenn wir miteinander gehen.«

»Gehen?« fragte er dumm.

Reinhilde kicherte und stieß ihn vertraulich an. »Und es macht mir gar nichts aus, wenn du dem Lämmlein unterliegst.«

In diesem Augenblick schlug es drei Uhr auf dem Türmchen, die beiden Schwestern zogen sich ins Haus zurück, und kaum waren sie verschwunden, schob sich eine gewaltige Kinderschar auf die untere Wiese, allen voran ging der Lämmlein, breitbeinig, siegesbewußt.

Simon erhob sich rasch.

»Jetzt geht's los!« Unwillig schüttelte er die Hand ab, die ihn halten wollte. »Meinst du, daß ich feig bin?«

»Nein, aber ich bleibe hier, weil ich Angst habe.«

»Quatsch!« sagte Simon und ging nun schnell zur Wiese hinunter.

Die Kinder, voll prickelnder Neugier, bildeten einen großen Kreis. Der Lämmlein stellte sich in die Mitte, reckte seine Arme und spreizte die Beine. Langsam ging Simon auf ihn zu, die Augen ganz schmalgeklemmt. Er sah den Grashalm, den der Otto sich zwischen die Zähne geklemmt hatte, zum Zeichen, daß er diese Begegnung nicht allzu ernst nahm. Sein geringschätziges Lächeln trieb dem Simon eine dunkle Röte auf die Stirne.

»Jetzt komm her, Kleiner!« krähte der Lämmlein. »Jetzt paßt auf, wie ich den fertigmache, daß ihn seine Schwester Agnes in ein Wickelkissen packen kann!«

Er hatte noch gar nicht ganz ausgesprochen, da traf ihn bereits ein kurzer, harter Schlag auf den Mund. Er zuckte kaum und nahm einen Anlauf. Simon erhielt einen gewaltigen Stoß vor die Brust, der ihn ein bißchen taumeln ließ. Aber dann senkte er den Kopf und rammte damit seinen Gegner derart vor den Leib, daß sich dieser erblassend zusammenkrümmte.

Bei diesem unvermuteten Angriff verlor der Lämmlein den Faden seines ausgeklügelten Schlachtplanes und begriff auf einmal, daß ihm hier nur mehr rohe Gewalt helfen konnte. In diesem Augenblick traf ihn schon wieder ein wildgeführter Schlag von Simon auf die Nasenspitze und ein noch schmerzhafterer gegen das Schienbein, daß er aufschreiend in die Knie ging.

In diesem Augenblick war Simon schon über ihm, drückte ihn auf den Boden und schlug in seiner entfesselten Wut in das Gesicht hinein. Der Lämmlein biß und kratzte. Aber Simon schlug, bis der andere sich nicht mehr rührte. Vielleicht hätte er noch weitergeschlagen, wenn nicht plötzlich schrill und durchdringend die Signalpfeife des Herrn Direktors vom Haus herübergetönt hätte. Urplötzlich waren dann auch der Hausmeister da und ein paar Schwestern, die Simon in die Mitte nahmen. Schwester Benedikta, die sonst für die ganz Kleinen da war, schrie beim Anblick des blutenden Opfers auf, aber ihre entsetzte Frage wurde von Simon sachlich abgeschnitten, indem er sagte, er habe sich nur der Herausforderung gestellt und habe nicht ausweichen können und dürfen.

Das gleiche sagte er dann auch vor dem Herrn Direktor, zu dem er geführt wurde. Hier fügte er nur die Frage noch hinzu, ob es denn dem Gesetz des Hauses widerspreche, wenn man einen Prahlhans endlich einmal in die Schranken wiese.

Ja, dies widerspreche dem Gesetz des Hauses ganz und gar, wenn auch nicht verkannt werde, daß vom Lämmlein die Initiative ausgegangen war. Immerhin sei dieser jetzt in die Krankenabteilung eingewiesen worden, und dies sei auf solch ungewöhnliche Weise auch noch keinem Kind der Anstalt widerfahren.

»Dann ist's recht«, sagte Simon ungerührt und befriedigt und schüttelte energisch den Kopf, als er gefragt wurde, ob er es wenigstens bereue.

Vielleicht wäre es sonst mit drei Tagen abgegangen, so aber bekam er acht Tage Hausarrest, durfte in diesen schönen Ferientagen nicht aus dem Zimmer, in das man ihn verwiesen hatte, und bekam auch nicht ganz so gutes Essen wie die anderen.

Strafe mußte ja wohl sein, aber Simon empfand es gar nicht als Strafe, sondern eher als Wohltat. Diese Ruhe, dieses Alleinsein waren so schön. Und Hunger brauchte er auch nicht leiden, zumal ihm Reinhilde zweimal etwas durch den Türspalt schob, einmal ein Stück Kuchen und einmal ein Stückchen Wurst. An der Wurst hing ein Zettel mit der linkischen Schrift:

»Verzage nicht, ich bleib dir treu! Reinhilde.«

Er konnte vom Fenster in den Park hinuntersehen und sah am dritten Tag auch den Lämmlein. Der hinkte ein wenig und trug auf der Stirne ein breites Heftpflaster.

Als Simon nach acht Tagen wieder in den allgemeinen Schlafsaal zurück durfte, hatte sich die Situation schlagartig geändert. Der Lämmlein war zahm wie ein wirkliches Lamm, und als es hieß, daß sie sich zur Versöhnung die Hand zu geben hätten, tat er es mit einem scheuen, unterwürfigen Blick.

Er war geschlagen und entthront. Sein Nimbus war dahin, und wenn er anderen gegenüber wieder einmal den Herrn vorspielen wollte, brauchte Simon ihn nur anzusehen, dann wurde er ganz zahm.

Niemand in Siebenzell rechnete nach, wie lange der kleine Simon Burgstaller nun schon fort war. Nur im Weberhäusl sprach man manchmal von dem Buben, und die

Weberin war es auch, die zu Allerheiligen ein paar Zwergastern auf das Grab der Burgstallerleute legte, damit es nicht gar so armselig dalag an jenem Tag, wo aller Blumenschmuck noch zusammengerafft wurde, um ihn auf die Gräber der Toten zu legen.

Es konnte sein, daß auch der Langentaler manchmal an Simon dachte, wenn er die zwei Tagwerk große saftige Wiese mähte, die zu der Sägemühle gehörte und die der Thomas Burgstaller einmal dräniert und hergerichtet hatte, um eine Kuh füttern zu können. Aber ihm kam gar nicht der Gedanke, daß er damit ein Unrecht an dem Waisenknaben beging, er sagte sich nur, daß er dieses schöne, fette Gras doch nicht verfaulen lassen könnte. Freilich hätte dieses Gras ein anderer, der Weber vielleicht oder der Grabl, viel nötiger brauchen können, aber da der Bürgermeister es mit einer solchen Selbstverständlichkeit erntete, dachten sie wahrscheinlich, daß er das Recht dazu hätte und dafür vielleicht sogar Pacht bezahlte und das Geld für den Simon zurücklegte, bis der einmal zurückkam.

Ja, dieser Simon, den die Kinder einmal den Rindensimmerl genannt hatten, der war schon soviel wie abgeschrieben und vergessen. Und das Moor lag so still wie vor tausend Jahren. Die Berge standen immer noch unverrückbar, im Wald wuchsen zur Sommerzeit die Beeren und wurden von den Kindern und Müttern gepflückt. Zweimal in der Woche kam dann ein alter, klappriger Kasten aus der Kreisstadt, da wurden die Beeren und Pilze abgewogen und in große Körbe geschüttet. Dafür bekam man ein wenig Geld, und der Vater konnte dann auch einmal ins Wirtshaus gehen und mitreden und vielleicht sogar auch die Frage aufwerfen, warum denn diesmal wieder der Langentaler Bürgermeister werden sollte. Der Langentaler wußte um diese Fragen und setzte sich mitten unter die Kleinhäusler und Waldarbeiter, war leutseliger als je zuvor und ließ ein paar Krüge Bier hinstellen.

Ja, prost, ihr lieben Leute. Er wäre ja froh, wenn ihm einmal einer das Amt abnähme. Es ist kein Ehrenamt, es ist eine Bürde. Aber im nächsten Jahr, falls er wieder gewählt werden sollte, das könnte er versprechen, daß in jedes Haus das elektrische Licht komme. Und ein neues Schulhaus. Selbstverständlich bekäme Siebenzell endlich ein neues Schulhaus. Er hätte da längst wegen eines Kreis- und Staatszuschusses verhandelt. Die Verhandlungen seien gerade im besten Fluß, aber er könnte ja nicht wissen, ob ein neuer Bürgermeister diese schwierigen Verhandlungen im gleichen Sinn weiterführe. Jawohl, so sei es nun einmal. Prost, ihr lieben Leute.

Natürlich wurde er wieder Bürgermeister, und zugleich feierte er seinen fünfzigsten Geburtstag. Seine Tochter Josefine, die bereits zur Schule ging, sagte ihm zu diesem Tag ein Gedicht auf, das der Gemeindeschreiber Stockinger gedichtet hatte und der Josefine einlernte in der Erwartung, daß sie ihrem Herrn Papa sagte, wer es gedichtet hätte.

Die Josefine war ein sehr schönes Mädchen geworden, mit langen nußbraunen Zöpfen. Sie hatte ein Kränzlein aus Margeriten im Haar und ein weißes Kleidchen an, als sie das Gedicht mit lispelnder Stimme vortrug, ohne steckenzubleiben:

»Ich wünsche, lieber Vater, dir
viel Glück auf allen Wegen.
Gesundheit, Glück, ein frohes Herz
und Gottes reichen Segen.
Bedenke, daß du diesen Tag
nur einmal kannst erleben,
drum möchte ich, wenn du es magst,
mein kleines Herz dir geben.
Nimm diese Blumen hier als Pfand
aus meiner kleinen, zarten Hand

als Dank für alles Liebe.
Ich wünsche mir
das Wort von dir,
daß alles noch lange so bliebe.«

Der Langentaler stand da und streckte das Kinn vor, griff sich ein paarmal ans Ohrläppchen, was darauf hindeutete, daß er doch ein wenig bewegt war.

»Das hast du aber schön gesagt!« lobte er seine Tochter.

»Ja, der Stockinger hat es gemacht«, plapperte die Josefine, die allgemein nur kurz Fini genannt wurde.

»Was? Der Stockinger? Wahrscheinlich während der Bürozeit! Ein Kreuz ist's schon mit den Leuten heutzutage! Da werden sie bezahlt, und nebenbei schreiben sie Gedichte!«

Hernach aber war er doch recht gnädig, als er in die Gemeindekanzlei ging, die sich in Ermangelung eines anderen Raumes in einem leeren Zimmer des Schulhauses befand.

Der Stockinger hatte ihn längst kommen sehen und tippte um so emsiger auf seiner alten Schreibmaschine. Erst als der Langentaler eintrat, stand er auf.

»Darf ich mir erlauben, Herrn Bürgermeister untertänigst meine Glückwünsche zu übermitteln?«

Der Langentaler warf seinen Hut auf das Fensterbrett und nahm die Zigarre aus dem Mund.

»Seit wann redest denn du so geschwollen daher? Ist Post gekommen?«

»Nichts von Bedeutung.«

»Also ja — dank schön für die Glückwünsche. Zu was eigentlich? Zu meiner Wiederwahl zum Bürgermeister oder zum Geburtstag?«

»Zu beiden, Herr Bürgermeister.«

»Dann ist's schon recht! Was ich noch sagen wollte: Das Gedicht, das hast du recht nett gemacht. Sag einmal, schreibst du die Sachen in der Dienstzeit oder daheim?«

»Daheim natürlich, bei Kerzenlicht.«

»Das will ich auch hoffen! Aber weil du mich grad an das Kerzenlicht erinnerst. Du wohnst doch beim Strangl, gelt? Der könnte sich auch das Elektrische schon lang einrichten lassen, wenn er nicht so knickerig wär. Glaubt er denn, daß das die Gemeinde zahlen soll?«

»Mindestens die Zuleitung zum Haus, wenn ich mir erlauben darf, Herr Bürgermeister. Nach Paragraph sieben des Abkommens mit den Überlandwerken —«

Der Langentaler zog die Oberlippe hoch, als verspüre er einen Schmerz.

»Hör mir nur mit den Paragraphen auf! Von unseren Kleinhäuslern kennt sich ja da doch keiner aus, und an meinem Geburtstag mag ich schon überhaupt nichts davon hören. Übrigens, daß ich nicht vergeß, du kannst heute zwei Halbe trinken auf meine Kosten. Auf das geht's jetzt auch nimmer zusammen! Hat mich wieder Geld genug gekostet. Aber was sagst dazu — der Sixt hat gleich achtzig Stimmen gekriegt!«

»So eine Gemeinheit! Obwohl er gar nicht aufgestellt war.«

»Das ist es ja eben! Aber ich kenne meine Pappenheimer schon, und die werden es auch zu spüren kriegen. Für die nächsten Jahre sitze ich jedenfalls wieder im Sattel.«

»Hoffentlich auch noch in den nächsten zwanzig Jahren, Herr Bürgermeister!«

Der Langentaler wollte gerade seine Zigarre wieder anzünden, hielt aber inne und schaute seinen Gemeindeschreiber mit schiefgehaltenem Kopf an.

»Scheinheiliger Tropf! Wer weiß, ob bei den achtzig Stimmen nicht die deine dabei ist!«

»Aber Herr Bürgermeister! Da täte ich mich doch meiner Sünden fürchten!«

»Ich trau überhaupt niemandem mehr! Übrigens, sind die Haus- und Grundsteuerbescheide schon hinausgegangen?«

»Ich bin gerade dabei.«

»Ist auch höchste Zeit! Und wer im Rückstand ist — ein bissel scharf durchgreifen, bitte ich mir aus! Und wie ich gesagt habe: zwei halbe Bier auf meine Kosten.«

»Vielen herzlichen Dank, Herr Bürgermeister!«

»Ist schon gut!« Der Langentaler nahm seinen Hut. Draußen spuckte er in weitem Bogen aus. »Hansdampf, z'ammzupfter! Schreibt Gedichte, anstatt daß er schaut, daß die Grundsteuer reingeht.«

Es herbstelte schon. Auf den höchsten Spitzen der Berge lag bereits Schnee. Die Wälder aber standen in ihrer leuchtenden Pracht. Der Zellerbach führte wenig Wasser um diese Zeit, und hinter der alten Sägemühle konnte man die Forellen durch das Schlingkraut huschen sehen. Eine ganze Weile stand der Langentaler vor dem alten Haus. Dann zog er den Schlüssel heraus, sperrte auf und trat ein. Es roch nach Moder überall, und er dachte, daß hier eigentlich gelüftet werden müßte. Vielleicht konnte er irgend jemanden in das Haus setzen, die Winninger-Traudl vielleicht, die sowieso die billige Miete im Gemeindearmenhaus nie bezahlte.

Er freute sich über diesen guten Einfall und machte sich sogleich auf den Weg, um ihn der Alten mitzuteilen. Aber so schön sein Tag heute begonnen hatte, die Alte verdarb ihm die Stimmung und erklärte, daß er sie schon eigenhändig hinaustragen müßte, bevor sie ihr Stübchen im Armenhaus freiwillig verlasse. Und überdies sagte sie ihm noch:

»Du kannst mich ja gar nicht in die Sägemühle einquartieren! Die gehört ja gar nicht der Gemeinde, sondern dem Buben, den du ins Waisenhaus gesteckt hast. Ein paar Jahre noch, dann kommt er zurück und braucht sein Häusl selber.«

»Wenn es bis dahin nicht zusammengefallen ist«, meinte der Langentaler und warf die Tür des Armenhäusls hinter sich zu, daß es wie ein Schuß durch das morgenstille Dorf hallte.

Dann lenkte er seine Schritte zum Zacklerwirt, um seinen Zorn mit einem Schoppen Wein hinunterzuschwemmen.

So wenig sich die Menschen von Siebenzell um den Simon Burgstaller kümmerten, so wenig dachte er an sie. Er hätte vielleicht einmal schreiben können, den Webersleuten zum Beispiel. Aber schrieben sie ihm? Nein, kein Mensch kümmerte sich um ihn. Niemals bekam er sonntags Besuch wie andere Kinder. Niemals bekam er ein Paket zu Weihnachten.

Aber das machte nichts. Die Menschen seines Dorfes verloren sich in seiner Erinnerung. Nur etwas war in ihm erhalten geblieben: das Bild der Heimat. Aber es quälte ihn nicht mehr, alles war ihm in der Erinnerung so vertraut, jeder Baum im Garten, der Bach, der Bergwald, die Berge und die Rindenhütte. Wenn ihn die Sehnsucht überkommen wollte, dann dachte er daran, daß er ja ein Stückchen Heimaterde bei sich hatte, eine Handvoll nur, und doch genug, um zu wissen, daß dieses Häufchen in seinem Taschentuch mehr wert war, ja, daß es heiliger war als alle Erde zusammen. Oder er brauchte auch nur an seinen Vater zu denken, wie er mit ihm vor der Rindenhütte gesessen und mit ihm gesprochen hatte, daß man in allen dunklen Lebenslagen immer gleich an etwas Schönes denken müsse.

War Reinhilde nicht so etwas Schönes? Sie war in den ganzen Jahren nie müde geworden, ihm nahe sein zu wollen. Sie hatte eine Tante in der näheren Umgebung, die sie zuweilen besuchte und ihr etwas mitbrachte. Reinhilde teilte immer redlich mit ihm. Schokolade, Pralinen, Buttergebäck und Obst. Sie fragte ihn gar nie, ob er es wolle, sie steckte es ihm einfach zu, auch wenn er sagte, daß er nicht wisse, wie er ihr das alles einmal zurückgeben solle. Dann lächelte sie nur und deutete ihm an, daß sie ihr Ziel in all den Jahren nie aus den Augen verloren hatte:

»Wenn wir einmal miteinander gehen, schenkst du mir alles hundertfältig zurück.«

Das machte ihm in letzter Zeit einiges Kopfzerbrechen, denn mittlerweile war er ein ganz ranker, schlanker Kerl geworden und stand im vierzehnten Jahr. Reinhilde hatte sich zu einem recht hübschen Mädchen entwickelt. Ihre Augen leuchteten in schönem Glanz, ihr Mund war so süß und verlockend, und sie sah auch in dem schlichten Anstaltskleid schon wie eine junge Dame aus.

Es war schön, die beiden miteinander zu sehen. Aber auch hier mußte Simon wieder an den Vater denken, der ihm gesagt hatte: »Wenn du einmal groß bist, Simon, und dir eine Frau suchst, dann achte darauf, daß sie auch solche Augen hat, wie deine Mutter sie gehabt hat.«

Nur darum vielleicht schaute Simon der Reinhilde so oft neugierig und suchend in die Augen. Und daraus folgerte sie, daß er sie so liebhätte wie sie ihn.

Von Zeit zu Zeit durften die Kinder Theater spielen. Simon war beim erstenmal ein Hirte, ein andermal ein Köhler und dann sogar ein Prinz in schimmernder Rüstung. Reinhilde war seine Partnerin, ein armes Mädchen, das er in sein Schloß führen wollte. Im Regiebuch stand, daß er sie bei dieser Gelegenheit zu küssen hätte. Aber Schwester Benedikta, die Regie in diesem Stück führte, gestattete das nicht. Er durfte sie nur auf die Stirne küssen. Und unter ihm war der junge, lockende Mund.

Aber das alles war noch Spielerei, und vielleicht wartete das wirkliche Leben erst hinter den Mauern des Waisenhauses. Lämmlein und eine Menge anderer hatten es bereits verlassen. Neue kamen immer wieder herein, das war Simon ein Zeichen, daß es da draußen immer noch Not und Armut gab.

Eines Tages, es war kurz vor Weihnachten, holte Schwester Agnes ihn von den Büchern weg, über denen er gesessen hatte, und sagte:

»Du hast Besuch bekommen, Simon.«

Simon konnte sich nicht denken, wer das sein könnte. Aber als er dann in den Besucherraum trat, hellte sich sein Gesicht auf, und ihm war, als setze sein Herzschlag für einen Moment aus, weil die Heimat zu ihm gekommen war.

Ja, da saßen sie auf der Bank, die Weberin von Siebenzell und ihre Tochter Barbara. Sie hatte einen Henkelkorb bei sich, aus dem sie zwei roggene Schmalznudeln nahm und Simon überreichte. Die Barbara hatte ein kleines Bündel Latschenzweige mit und sagte, wie zur Entschuldigung, daß es um diese Zeit keine Blumen mehr gäbe. Auf dem Weg hierher hätte sie zwar welche in den Geschäften gesehen, aber die seien sündhaft teuer gewesen.

Zwölf Jahre war sie jetzt alt, die Barbara. Die Zöpfe hatte sie schon wie eine Erwachsene um die Stirn geschlungen. Das ließ sie etwas größer erscheinen. Wie sie ihn jetzt so anlächelte, erinnerte er sich schlagartig an alles, wie er sie einst im Leiterwägelchen durch das Dorf gefahren hatte und daß sie herzzerbrechend geweint hatte, als er fortgegangen war. Ihre kleine, schon etwas rauhe Hand lag lange in der seinen, sie lächelten sich an, und Barbara sagte:

»Ich habe jeden Pfennig zusammengespart, daß ich hab mitfahren können zu dir. Wie groß du geworden bist, Simon!«

»Ja, und wie vornehm«, ergänzte die Weberin und mußte den Buben immerzu anschauen. Er sah wirklich gut aus in dem Anzug, den er trug. Weil Sonntag war, hatte er sich auch einen Selbstbinder umgebunden. Sein Haar war kurz geschnitten und sauber gekämmt. Und sein Gesicht leuchtete vor Freude über den Besuch.

Wie es denn daheim stünde, wollte Simon wissen. Ob der Langentaler immer noch Bürgermeister sei, und das Grab, sein Elterngrab, ob sich wohl jemand seiner erbarme?

»Da brauchst du dich gar nicht kümmern, Bub«, antwortete die Weberin. »Das Grab halte ich in Ordnung. Ein Efeustöckerl habe ich jetzt hingepflanzt, und der Efeu rankt sich immergrün um den Findling.«

Ergriffen nahm er ihre welke, verarbeitete Hand.

»Einmal werde ich dir's schon danken können, Weberin. Und wie geht es denn euch allen immer daheim?«

»Ja mei, viel Arbeit halt. Die Barbara — gelt, sie ist auch schon recht groß — hat noch zwei Geschwister gekriegt, so daß wir jetzt acht sind. Aber jetzt ist's schon ein bissel leichter. Weißt, der Maxl und die Rosl sind aus der Schule gekommen und sind fort. Der Maxl beim Sixten und die Rosl beim Johanniterbauern in Weidling. Schon lang habe ich dich einmal besuchen wollen, aber 's Geld habe ich halt nie zusammengebracht für die weite Fahrt. Aber heuer hat es viel Pilze und Beeren gegeben.«

Die Barbara sah immerzu den Simon an. Wenn sie lächelte, hatte sie zwei Grübchen in den Wangen.

Dann zeigte Simon ihnen, was in dem großen Waisenhaus zu sehen war. Die Barbara trippelte neben ihm her und machte vor allen Kruzifixen, die in den weiten Gangfluchten hingen, ein artiges Knickserl.

Simon stieß die Tür zum großen Festsaal auf, in dem schon alles für Weihnachten hergerichtet wurde, und erklärte: »Dort auf der Bühne, da hab ich einen Prinzen gespielt. Ich hatte ein silbernes Gewand an und einen roten Mantel. Da hättest du mich sehen sollen, Barbara!«

Dann gab es den Speisesaal noch zu besichtigen, den Schlafraum, und selbst in die große Bibliothek durften sie einen Blick werfen. Die Weberin erschauerte geradezu, weil alles so mächtig und groß und gediegen war. Und dazwischenhinein sagte sie immer: »Ich muß dich dann noch was fragen, Simon.« Diese Frage hielt sie aber zurück, bis es Zeit wurde, zum Bahnhof zu gehen. Und da mußte Simon sie erst noch daran erinnern.

»Was mußt du mir noch sagen, Webermutter?«

»Ja, weißt du, ich habe halt gemeint — und der Vater meint halt auch, wenn wir die Wiesen bei deinem Häusl abmähen dürften, könnten wir leicht eine Kuh füttern. Aber der Langentaler wird das halt mit dir so abgesprochen haben, daß er sie mäht.«

»Ich habe mit dem Langentaler überhaupt nichts abgesprochen«, antwortete Simon erstaunt.

»Dann wird er halt meinen, weil er dein Vormund ist, daß ihm die Wiese ohne weiteres zusteht, daß er sie aberntet.«

Zum erstenmal verspürte Simon einen Geschmack der Bitterkeit in seinem Mund. Vormund! Vormund! höhnte es in ihm. Wann hatte der Mann sich um ihn gekümmert in all den Jahren? Wer gab ihm das Recht, einfach über die zwei Tagwerk Wiesen zu verfügen, die der Vater mühsam dem Moor abgerungen hatte? Den Kopf zurückwerfend, sagte er mit harter Stimme: »Natürlich könnt ihr darüber verfügen und das Heu einbringen — und nicht der Langentaler.«

»Siehst du«, lächelte die Weberin in tiefer Glückseligkeit und sah Barbara an, »ich hab's ja gleich gesagt, der Simon wird uns die Wiesen sicher gönnen, wenigstens, bis er selber heimkommt. Wir brauchen bloß was Schriftliches, sonst glaubt es uns der Langentaler nicht.«

»Ich werde ihm schreiben, Weberin.«

»Vergelt's dir Gott, Simon. Und vom Vater soll ich dir auch noch schöne Grüße sagen. Ich bin sehr froh, daß es dir wenigstens gutgeht hier.«

»Ja, es geht mir gut«, sagte er mit der Höflichkeit, wie er sie hier gelernt hatte.

Dann sah er den beiden vom Tor aus nach, wie sie die Straße entlanggingen. Ein bißchen gebückt ging die Weberin, sie war bereits grau im Haar. Die Barbara trippelte neben ihr her und mußte gleich zwei Schritte machen, wenn die Mutter einen von den weiten Bauernschritten tat. Bevor sie um die Biegung verschwanden, drehte sich Barbara noch mal um und winkte. Er winkte zurück, dann kehrte er um, ein wenig bedrückt, ernst und nachdenklich. Die Begegnung mit den Menschen der Heimat hatte ihn doch tiefer berührt, als er sich eingestehen wollte. Den Blick zu Boden gesenkt, ging er mit hallenden Schritten durch den Hauptgang, als plötzlich Reinhilde hinter einer der Säulen hervortrat und ihn merkwürdig ansah.

»Hast du Besuch gehabt, Simon?«

»Ja. Leute aus meiner Heimat!«

»Wie alt ist die mit den Zöpfen?«

»Du Kindskopf!« lachte Simon und war froh, daß Reinhilde ihn aus seinen düsteren Gedanken riß.

»Wenn wir hier dürften, wie wir wollten, dann täte ich mir auch die Zöpfe um die Stirne legen«, schmollte Reinhilde.

»Ich glaube, das müßte dir ganz gut stehen.«

»Geh, du lachst mich ja bloß aus!«

»Nein, im Ernst, Reinhilde.«

Sie standen voreinander. Weit hinten hatte der Wind einen Fensterflügel aufgerissen, ein kalter Windhauch strich durch den Gang.

»Es dauert ja nicht mehr lange«, fiel es Reinhilde ein. »Dann kommen wir hier heraus.«

»Und dann?« fragte er.

Sie hob die Schultern und ließ sie wieder sinken.

»Du hast wenigstens eine Heimat, wo du hingehen kannst. Ich dachte schon, ob du mich vielleicht mitnehmen könntest.«

Er schüttelte den Kopf.

»Das geht auf keinen Fall.«

»Es war ja auch nur so ein Gedanke von mir, weil — das ist nämlich so, Simon —«

Eine Schwester erschien, schloß das Fenster und kam den

Gang herunter, blieb vor den beiden stehen, betrachtete sie und sagte dann lächelnd:

»Ach, ihr beide! Der Prinz und seine Dorfschönheit! Warum seid ihr nicht bei den anderen im Spielzimmer?«

»Wir sind gerade auf dem Weg dorthin«, sagte Reinhilde.

»Wie ist es?« wollte Simon nun wissen, als die Schwester wieder verschwunden war.

»Weil wir uns nämlich nicht verlieren sollten, Simon. Ich möchte Schneiderin werden. Kann sein, daß meine Tante mich doch zu sich nimmt. Aber dann müssen wir uns unbedingt schreiben.«

»Ja, gut«, nickte er. »Wir schreiben uns.«

Dann gingen sie in das große Spielzimmer, in dem sich an diesem grauen Wintertag fast alle Kinder versammelt hatten.

Kurz nach Weihnachten war es, als der Anstaltsleiter Simon zu sich kommen ließ. Simon erschrak ein bißchen, denn er war sich keiner Schuld bewußt, im Gegenteil, er war seit einiger Zeit sehr in sich gekehrt.

Der Direktor empfing ihn freundlich.

»Setz dich, Simon«, forderte er ihn auf, lehnte sich weit in seinem Schreibtischsessel zurück und verschränkte die Hände. »Du weißt, daß du heuer aus der Schule kommst. Und es ist bei uns ja nicht so, daß wir unseren Zöglingen nur Lebewohl sagen und uns dann nicht mehr um sie kümmern. Heute will ich dir sagen, daß du ein Muster für viele gewesen bist. Selbst damals, als das mit dem Lämmlein war. Aber nun zur Sache. Was willst du machen, wenn du entlassen wirst? Hast du dir schon Pläne darüber gemacht?«

Simon sah seinem Gegenüber fest in die Augen.

»Ja und nein. Ich möchte mehr werden, als mein Vater gewesen ist.«

»Im Wissen bist du es vielleicht heute schon. Ja, ich kenne deine Noten, und bei dir würde es ohne weiteres auch zum Studium reichen.«

»Nein, das auf gar keinen Fall. Die Zeit, von Almosen zu leben, muß endlich vorbei sein.«

»Du kannst doch nicht von Almosen sprechen, Simon! Ich glaube nicht, daß du bei uns auch nur einmal das Gefühl haben mußtest, von Almosen zu leben.«

»So habe ich es nicht gemeint.«

»Willst du in dein Dorf zurück?«

Simon überlegte eine Weile. Es ging ihm durch den Kopf, was er dort sein würde: ein Nichts, ein Bauernknecht wahrscheinlich, oder vielleicht durfte er im Wald arbeiten, weil sein Vater ja Holzfäller gewesen war. Dann wußte er, daß er so nicht zurückkehren dürfte.

»Ich will ein Handwerk erlernen«, sagte er dann beinahe trotzig.

»Es fragt sich nur, welches. So viele Berufe gibt es, Simon, es kommt dabei auf deine Neigung an. Handwerk hat immer goldenen Boden. Tischler zum Beispiel könntest du werden.«

Simon nickte lebhaft. In diese Richtung waren auch seine Gedanken schon gegangen. In Siebenzell gab es keinen Tischler, außer dem alten Jochen Pollert, mit dem es nicht recht weit her war, der nicht einmal eine Werkstatt, sondern nur einen Schupfen hatte.

»Ich würde dir natürlich eine gute Lehrstelle beschaffen und auch sonst meine Hand noch über dich halten, solange du es willst. Unterkunft gäbe es im Kolpingheim oder in einem Lehrlingsheim. Aber es ließe sich vielleicht auch machen, daß du bei uns wohnen bleibst. Wenigstens im ersten Lehrjahr.«

Simon war das ganz was Neues. Bis jetzt hatte er noch nie gehört, daß jemandem nach der Schulentlassung eine solche Begünstigung geboten wurde. War er vielleicht von allen Armen der Ärmste, bot man ihm deshalb diese Möglichkeit? Ein feines Rot färbte seine Stirne.

»Warum macht man mit mir eine Ausnahme, Herr Direktor?«

»Keine Ausnahme, Simon. Ich möchte dir nur helfen. Hier ist es doch friedsam, und da draußen, weißt du, da weht doch ein recht rauher Wind. Man kann leicht abgleiten, wenn einen das Leben da draußen umbraust. Aber gerade bei dir möchte ich nicht, daß das passiert. Aus dir soll ja etwas Tüchtiges werden, und ich glaube auch nicht, daß ich mich in dir täusche. Überlege es dir in aller Ruhe, komm dann wieder und sag mir Bescheid.«

Simon brauchte nicht lange nachzudenken, zumal auch Schwester Agnes mit ihm sprach und ihm riet, hier im Waisenhaus zu bleiben. Ihr konnte Simon keinen Wunsch abschlagen.

Aber eine war nicht damit einverstanden, als er mit ihr darüber sprach. Reinhilde schaute ihn nur ungläubig an und sagte: »Du wirst doch das Angebot nicht annehmen, Simon?«

»Aber selbstverständlich werde ich es annehmen!« sagte er erstaunt und konnte nicht begreifen, warum das Mädchen den Kopf schüttelte.

Die Wochen gingen dahin. Der große Sommer prangte, die Lindenbäume im Park dufteten und spendeten selbst in der größten Hitze wohltuenden Schatten. Die Abende waren hier so lau und still, wenn der Tageslärm der großen Stadt vor den Mauern verstummte.

Um neun Uhr wurden die Tore abgesperrt. Simon war eine lange Weile am Kanal gestanden, in dem sich der Mond schon spiegelte. Morgen begannen die großen Ferien. Die meisten Kinder, die entlassen wurden, verließen morgen das Waisenhaus. Nur ein paar blieben auch noch über die Ferien. Am Abend vorher war bereits eine Abschiedsfeier gewesen, bei der der Herr Direktor den Ausscheidenden alles Gute für den neuen Lebensabschnitt, der nun vor ihnen lag, wünschte und seiner Hoffnung Ausdruck verliehen hatte, daß die Jahre unter seiner Hand die jungen Menschen innerlich doch so gefestigt hätten, daß sie den Anfechtungen des Lebens tapfer widerstehen könnten. Es sollte ihn freuen, wenn sie das Haus nicht ganz vergäßen und zu ihm kämen, wenn dunkle Not sie bedrücke.

Simon gehörte zu denen, die blieben. Reinhilde aber ging morgen, und er hatte nun die ganze Zeit schon nachgedacht, was er ihr noch zum Abschied sagen sollte. So wie er Reinhilde kannte, würde sie es schon schaffen, daß sie sich allein voneinander verabschieden könnten.

Bei allem Nachdenken aber hatte er den Neun-Uhr-Schlag überhört und konnte nicht wissen, daß droben im Flur Reinhilde hinter einem Mauervorsprung auf ihn wartete.

Als sie hörte, daß drunten die Haustür zugesperrt wurde, wußte sie, daß Simon noch draußen sein mußte und sich vielleicht absichtlich hatte aussperren lassen. Rasch entschlossen öffnete sie das Gangfenster und setzte zunächst den einen Fuß auf das Blechdach des Vorbaues hinaus, und als sich nichts rührte, auch den zweiten. Sie zog das Fenster von außen wieder so zu, daß man bei nur flüchtigem Hinschauen glauben mußte, es sei geschlossen. Dann ging sie lautlos über das Blechdach, faßte den Ast eines Baumes, der herüberragte, und ließ sich gewandt am Stamm hinuntergleiten.

Zwar war ihr klar, daß sie gegen die Hausordnung verstieß, aber die Angst, Simon vor ihrem Fortgehen nicht mehr allein sprechen zu können, war doch stärker. Sie hatte ihn in der Dämmerung zum Kanal gehen sehen, und ein Gefühl sagte ihr, daß sie ihn irgendwo im Park finden müßte.

Bevor Simon noch meinte, die Nähe eines Menschen zu spüren, traf ihn schon ihre flüsternde Stimme.

»Ach, da bist du ja, Simon! Ich habe schon Angst gehabt, daß ich dich nicht mehr treffe. Hast du denn nicht gehört, daß es schon neun geschlagen hat?«

Erschrocken starrte er sie an.

»Nein, das hab ich überhört. Aber — wo kommst denn du her?«

Mit leuchtenden Augen stand Reinhilde vor ihm.

»Ausgestiegen.«

»Wenn das aufkommt!«

»Wie sollte das aufkommen? Du mußt mir nur helfen, daß ich den Stamm hinaufkomme zum Dach. Das andere ist eine Kleinigkeit. Wie schön es hier ist und — wie still. Schau, wie sich der Mond im Wasser spiegelt. Romantisch, gelt?«

Seine Stirne war etwas umwölkt. Unschlüssig blickte er auf ihr schmales Gesicht nieder, das vom Mondlicht wie verzaubert war.

»Ich finde es gar nicht romantisch, Reinhilde. Wenn es aufkommt, daß wir zwei hier so allein —«

»Hast du Angst, Simon?«

»Nein, nicht Angst, aber man wird falsche Schlüsse ziehen. Kein Mensch wird uns glauben, daß es nur ein Zufall ist.«

Sie senkte den Kopf, als überlegte sie genau, was sie jetzt sagen müßte.

Dann hob sie den Kopf wieder. In ihrem Gesicht war ein Zug von Entschlossenheit.

»Jetzt hör einmal zu, Simon. Es wird niemand erfahren, daß wir uns hier getroffen haben, und es ist auch kein Zufall. Ich habe dich gesucht, Simon, weil ich morgen fortgehe und nicht weiß, wann ich dich wiedersehe. Und« — ihre Stimme wurde ganz leise und flehend — »es ist doch so, Simon, daß du mir von allen der liebste Mensch bist, und ich weiß nicht, wie es jetzt werden soll, wenn ich dich nicht mehr sehen kann.«

»Wir können doch in Verbindung bleiben!«

»Ja, das will ich hoffen, Simon. Kannst du mir kein Pfand geben darauf?«

»Ich habe doch nichts«, sagte er ein bißchen verlegen.

»Ist ein Kuß gar nichts?« Sie streckte sich und hielt ihm verlockend die jungen Lippen hin. Ganz andächtig küßte er sie und erschrak, weil sie die Arme plötzlich um seinen Hals warf.

»Jetzt langt's aber«, sagte er fast ärgerlich und schob sie von sich. Am Lindenbaum stieg sie zuerst in seine Hände und dann auf seine Schultern, um den Ast zu erreichen. Vom Blechdach herunter winkte sie ihm noch einmal zu, und dann hörte er eine Fensterscheibe leise klirren.

Sein Herz klopfte jetzt doch ein bißchen, als er an der Pforte läutete. Die Nachtschwester, die das Milchglasfenster in der Tür öffnete, sah ihn verwundert an.

»Entschuldigung, Schwester, ich war am Kanal und habe ganz die Zeit vergessen.«

Das Milchglasfenster schloß sich wieder. Dann wurde ihm die Tür aufgesperrt.

»Komm nur herein.«

»Ich kann wirklich nichts dafür, Schwester.«

»Ist schon gut. Bei dir weiß ich ja, daß du mich nicht anlügst.«

Soviel blindes Vertrauen genoß er in diesem Haus, und es tat ihm weh, dieses Vertrauen mißbraucht zu haben.

Als in Siebenzell schon niemand mehr von Simon Burgstaller sprach und die alte Sägemühle beim Zellerbach drunten schon Moos auf den Schindeln und den Schaufeln des stillstehenden Mühlrades angesetzt hatte, ging ein Mann an einem schönen Maienmorgen durch das Dorf und bog dann zum Langentalerhof ein.

Er trug einen gutgeschneiderten Steireranzug mit grünen

Aufschlägen, ein weißes Hemd mit einer weinroten Krawatte und in der Hand einen moosgrünen Filzhut mit einer kleinen Reiherfeder.

Die Sonne schien auf sein dunkelblondes Haar, in seinen Augen war ein verträumter Glanz, nur auf seiner Stirne standen ein paar nachdenkliche Falten.

Die Heuernte hatte noch nicht begonnen, nur im Apfelgarten des Hofes war schon das Gras gemäht. Auf der hellen, abgemähten Fläche sah man wie Schneeflocken die zahlreichen Apfelblüten liegen, die der Wind heruntergeweht hatte.

Der Langentalerhof lag von der Straße gute zweihundert Schritt abseits auf einer sanften Anhöhe. Als der Wanderer sich schon dem Pflanzgarten näherte, schoß ihm mit heiserem Gekläff ein weißer Zwergspitz entgegen. Sofort rief ihn eine helle Mädchenstimme zurück.

»Fleckerl, gehst her!«

Das weiße Büschel zog es aber vor, noch ein paarmal um die Beine des Fremden zu springen, hatte jedoch zu kläffen aufgehört.

»Er tut nichts«, sagte die Stimme vom Haus her. Dort stand ein junges, schlankgewachsenes Mädchen mit einer Gießkanne und goß die Blumen an den Fenstern.

»Guten Morgen«, sagte Simon Burgstaller und hatte plötzlich eine ganz ferne Erinnerung. Gerade da vor dem Brunnen war es doch gewesen, daß ein kleines Mädchen jämmerlich in ihrem Wägelchen geschrien, bis er es trockengelegt und ihm den Schnuller in den Mund gesteckt hatte. Zum Dank dafür hatte ihn die Langentalerin davongejagt, geschmückt mit dem Schimpfnamen Rindensimmerl.

Das Mädchen musterte ihn mit schmalen Augen, die sich dann langsam wie in leisem Staunen öffneten, das dem jungen, hübschen Menschen galt, den sie noch nie gesehen hatte. Sie vermutete in ihm irgendeinen jungen Assessor vom Landratsamt oder einer anderen Behörde, wie sie manchmal zum Vater kamen. Aber der junge Herr trug nicht die übliche Aktentasche, und außerdem war ja auch Samstag, an dem die Ämter ihre Herren nicht mehr dienstlich hinausschickten.

Weil der Spitz noch immer um den Fremden herumschnüffelte, sagte das Mädchen nochmals:

»Er tut nichts.«

Ihre Stimme hatte einen schönen Klang, und Simon blickte ihr in die dunkelblauen Augen.

»Ich habe keine Angst vor Hunden«, sagte er.

»So sehen Sie auch nicht aus«, gab sie zurück und suchte wieder in ihren Erinnerungen. Nein, diesen Menschen hatte sie noch nie gesehen.

»Ist der Herr Bürgermeister daheim?« fragte er nun.

»Ja, in der Stube ist er. Gehn Sie nur rein.«

Simon machte einen Schritt auf die Haustür zu. Dort drehte er sich nochmals um.

»Sind Sie vielleicht die Tochter?«

»Ja, die bin ich.«

Simon lächelte und hätte gerne gesagt: Du hast dich aber sauber herausgemacht! Aber dazu kam er nicht mehr, aus der Stube kam die dröhnende Stimme des Langentaler:

»Wer ist denn da draußen?«

Simon klopfte an die Stubentür und trat ein. Der Langentaler saß an einem kleinen Tisch beim Ofen und hatte einen Stoß von Briefen und Amtssachen vor sich liegen. In der einen Hand hielt er einen dicken Federhalter, in der anderen eine halbgerauchte Zigarre.

»Guten Morgen, Herr Bürgermeister«, sagte Simon und legte seinen Hut auf das Kanapee, das gleich neben der Tür stand.

Der Langentaler hob den wuchtigen Kopf. Er war etwas grau geworden in den Jahren.

»Morgen«, sagte er mürrisch. »Was gibt's? Ich hab nicht viel Zeit.«

»Ich beanspruche Ihre Zeit nicht zu lange. Ich möchte nur einiges mit Ihnen besprechen. Sie werden mich nicht mehr kennen. Burgstaller ist mein Name. Simon Burgstaller.«

Der Langentaler machte ganz verdutzte Augen und legte den Federhalter weg.

»Ja, da legst dich nieder! Der Burgstaller-Simon!« Sein Gesicht heiterte sich zusehends auf, und dennoch konnte er seine Verlegenheit nicht ganz verbergen. »Das ist aber eine Überraschung!« Er stand nun auf und streckte seine fleischige Hand hin. »Du hast dich ja sauber rausgewachsen! Respekt, Respekt! Geh, setz dich doch nieder!«

»Bin so frei.« Simon setzte sich auf die Bank und legte beide Hände auf seine Knie.

»Nett, daß du wieder einmal herschaust nach Siebenzell. Dich hätte ich wirklich nicht mehr erkannt. Na ja, ist auch schon eine ganz schöne Zeit her, daß du fort bist.«

»Fast vierzehn Jahre sind es jetzt.«

»Da schau her, wie die Zeit vergeht! So genau hätte ich es gar nimmer gewußt.«

»So einen Tag vergißt man nie, wenn man die Heimat verlassen muß.«

»Die Heimat! Ja freilich, um die Heimat ist's schon was Schönes.«

»Besonders wenn man sein Häusl in einem so tadellosen Zustand antrifft, wie ich das meine«, sagte der Simon ganz ruhig.

Der Langentaler verzog den Mund ein wenig und griff sich mit dem Zeigefinger in den Hemdkragen, als wäre er ihm plötzlich zu eng. Am besten, man überhörte so eine Anspielung.

»Bist du ein bissel auf Urlaub gekommen?« fragte er dann.

»Ja, vorerst. Aber im Herbst werde ich wieder ganz heimkommen.«

»Soso, im Herbst. Na ja, Arbeit wirst du wohl finden hier. Wie ich gehört habe, will das Forstamt im Herbst die ganze Ludererschneise abschlagen. Die Nonne, weißt, die Nonne hat den Wald kaputtgemacht. Da brauchst du keine Angst zu haben, daß dich das Forstamt nicht einstellt. Dein Vater war ja auch Holzknecht, und was für einer! Der hat einmal im Akkord im Tag zehn Kubikmeter, glaube ich, geschlagen und ausgeastet. Das hat ihm bisher noch keiner nachgemacht.«

Ganz leicht spielten Simons Finger auf seinen Knien. Es belustigte ihn beinahe, wie sehr sich der Langentaler bemühte, ihm etwas schmackhaft zu machen. Er fühlte auch die ganze Erbärmlichkeit, mit der der Mann sich anstrengte, sein schlechtes Gewissen zu verschleiern.

»Damit wir uns recht verstehen, Herr Bürgermeister«, sagte er schließlich. »Mich interessiert im Augenblick nicht, was mein Vater einmal war. Ich will auch nicht in den Wald gehen, sondern wieder in mein Haus einziehen und meinen erlernten Beruf ausüben.«

»Du hast ein Handwerk gelernt? Da schau her!«

»Jawohl. Das Tischlerhandwerk. Und falls es Sie interessieren sollte, derzeit bin ich Abteilungsleiter in einem Lehrlingsheim und habe dreißig Lehrlinge unter mir. Aber das nur nebenbei. Im Herbst läuft dort mein Vertrag ab, dann will ich mich hier selbständig machen.«

»Ja so was!« spielte der Langentaler Erstaunen. »Mit dem Alter schon Meister und Abteilungsleiter! Da legst dich nieder! Siehst, dann hat es also doch was Gutes gehabt, daß ich dich damals ins Waisenhaus gebracht habe. In Siebenzell hättest du keine Gelegenheit gehabt, einen Beruf zu erlernen. Allerdings — ob du bei uns als Tischler ein Geschäft machen wirst, das bezweifle ich stark. Die Leute kaufen sich heute die Möbel alle fertig.«

Simon lächelte dem anderen herausfordernd ins Gesicht. Mit welcher Ehrfurcht er einmal zu diesem Mann aufgeblickt hatte! Er war doch so etwas wie ein König im Dorf gewesen. Heute war es ihm, als sähe er mitten durch ihn hindurch und sähe wie unter einer Röntgenaufnahme alle Fehler und Schwächen dieses Menschen.

»Das müssen Sie schon meine Sorge sein lassen, Herr Bürgermeister. Zunächst brauche ich einmal eine Werkstatt, und die werde ich mir bauen.«

»Ja, natürlich, eine Werkstatt. Geld dazu wirst du ja haben?«

»Das, was ich mir gespart habe, wird so annähernd reichen. Weil ich aber auch Maschinen brauche, fühle ich mich Ihnen, Herr Bürgermeister, zu außerordentlichem Dank verpflichtet, daß Sie mir mein Geld so gut und zinsenbringend angelegt haben.«

Der Langentaler nahm seine Zigarre aus dem Mund und starrte Simon halb zweifelnd, halb belustigt an.

»Du bist, scheint mir, ein kleiner Witzbold?«

»Wenn es sein muß, kann ich einer sein, jawohl. Aber Sie scheinen mich nicht zu verstehen: Hier geht es um ganz reale Dinge.«

»Du machst mir Spaß! Wo hättest denn du Geld herhaben sollen?«

Mit der ganzen Liebenswürdigkeit, die ihn das Leben gelehrt hatte, antwortete Simon:

»Aber Herr Bürgermeister, das sollten Sie doch besser wissen! Bei meinem Häusl sind immerhin zwei Tagwerk recht gute Wiesen.«

Zum erstenmal dämmerte dem Herrn über die tausend Seelen seines Dorfes etwas, und eine leichte Verdrießlichkeit zeichnete sich auf seiner Stirne ab, die bis zu den eisengrauen Schläfen hinlief und schließlich über das ganze Gesicht weitereilte.

»Mit mir mußt du schon deutsch reden! Dein Gefasel versteh ich nicht.«

Simon legte jetzt das eine Bein über das andere und

spannte seine Hände darum. Mit beinahe fröhlicher Heiterkeit erklärte er dem Bürgermeister:

»Sehen Sie, auch das habe ich Ihnen zu danken. Mein gutes Deutsch. Darin bekam ich Note Eins im Waisenhaus. Auch im Rechnen war ich nie schlecht, wobei es, nebenbei bemerkt, gar keiner großen Kunst bedarf, auszurechnen, was zwei Tagwerk Wiesen in dreizehn Jahren abwerfen.«

Einen Augenblick schwankte der Langentaler, ob er in seiner gewohnten Art einem Kerl, der so renitent war wie dieser Simon, nicht die Tür weisen oder ob er weiterhin den Unwissenden spielen sollte.

»Ich kann mich nicht erinnern, mit dir einen Pachtvertrag abgeschlossen zu haben.«

Simons Gesicht troff jetzt geradezu vor Genugtuung und Spott.

»Ja, das war eben ein Fehler. Aber ich nehme an, daß Sie für sich selbst etwas Schriftliches darüber angefertigt haben, das ich nur mehr zu unterschreiben brauche. Im anderen Fall wäre es ja glatter Diebstahl gewesen, und das traue ich Ihnen denn doch nicht zu.«

Der Langentaler schnappte nach Luft. Dann hob er die Hand und deutete mit dem Daumen zur Tür.

Simon erhob sich und nahm einen imaginären Faden von seinem Joppenärmel.

»Es täte mir sehr leid, Herr Bürgermeister, wenn ich die Ursache Ihres Unwillens sein sollte. Ich glaube, Sie erregen sich um einer Sache willen, die eigentlich nur mich erregen sollte. Aber so wie ich Sie kenne, Herr Vormund — Sie waren mir immer ein trefflicher und treuer Vormund —, werden Sie sicherlich am Montag gleich bei der Raiffeisenkasse die Anweisung geben, daß ich das Geld in Empfang nehmen kann, weil ich sonst —«

»Was sonst?«

»Glauben Sie nur nicht, daß ich mein Recht nicht zu finden weiß.«

»Hinaus, sag ich! Aber sofort!«

»Natürlich gehe ich. Sie wissen ja jetzt Bescheid. Ach, da fällt mir gerade noch ein: Ich habe Ihnen einen Brief geschrieben. Moment, wann war das gleich? Es dürfte einige Jahre her sein.«

»So kurz erst?«

»In diesem Brief habe ich Ihnen mitgeteilt, daß nicht Sie meine zwei Tagwerk Wiesen mähen sollten, sondern die Weber. Ich habe gestern erfahren, daß die Weber nie in diesen Genuß gekommen sind und daraus die Folgerung gezogen haben, daß irgendwie ein stillschweigendes Übereinkommen zwischen uns beiden herrschte, demzufolge Sie mir jetzt die Pachtsumme ausbezahlen werden.«

Diesmal konnte der Langentaler gar nicht mehr »hinaus« schreien. Sein Gesicht war krebsrot, und er deutete mit ausgestreckter Hand gegen die Tür.

Simon griff nach seinem Hut.

»Ich bin noch vierzehn Tage hier. Sie können mir also das Geld auch ins Haus schicken lassen. Auf Wiedersehen, Herr Vormund.«

Das war offensichtlicher Spott. Wütend warf der Langentaler die halbgerauchte Zigarre gegen die Tür, die sich in diesem Augenblick schloß.

Simon aber ging leise vor sich hin pfeifend durch den blühenden Obstgarten zur Straße hinunter, betont straff und gerade aufgerichtet, weil er wußte, daß ihm vom Fenster aus nachgesehen wurde.

Darin täuschte er sich auch nicht. Gerade als er auf die Straße einbog, trat Frau Moni Langentaler droben vom Küchenfenster zurück und sagte in ehrlicher Anerkennung zu ihrem Mann, der in die Küche gekommen war:

»Rausgewachsen hat er sich sauber, da kann man nichts sagen! Und was das andere betrifft, na ja, Gregor, da wirst du schon zahlen müssen.«

»Einen Pfifferling zahl ich! Da könnte jeder daherkommen und Geld verlangen! Für die saueren Wiesen! Der Kerl ist ja verrückt!«

»Verrückt weniger, nur ein bissel unbescheiden, möcht ich sagen. Und was die saueren Wiesen betrifft, du selber hast den guten Grund da hinten über den Schellenkönig gelobt.«

»Ja, weil ich Mist genug hingeschmissen habe! Aber der Lump muß sich zuerst erkundigt haben, was man für ein Tagwerk Pacht bezahlt! Im Waisenhaus wird er das nicht gelernt haben.«

Die Langentalerin hob den Deckel von einem großen Topf und stach mit der Gabel hinein, um das mächtige Stück Rauchfleisch umzudrehen, das im Kraut sott.

»Was willst du denn jetzt machen?« fragte sie.

»Einen Dreck kriegt er! Aufs Gericht geh ich!«

»Dann kommt es dich noch teuerer, denn so wie ich es ansehe, gewinnt er, weil das Recht auf seiner Seite ist. Oder willst du dich vielleicht ausrichten lassen, daß du dein Mündel betrogen hast?«

»Wer hat betrogen? Das verbitt ich mir!«

»Schrei nicht so! Schreien kannst in deinem Gemeinderat, aber bei mir wirkt das nicht. So gut solltest du mich kennen.«

»Sag nur gleich, daß du auf der Seite des Rindensimmerl stehst!«

»Ich steh gar nirgends. Aber was Recht ist, muß Recht bleiben. Darüber kannst auch du dich nicht hinwegsetzen, Herr Bürgermeister!«

Sie schrien einander an, Frau Moni fuchtelte ihrem Mann mit der zweizinkigen Gabel vor dem Gesicht herum und wählte ihre Worte weniger sorgsam, als Simon es vorhin getan hatte.

Und inmitten dieses Tumults stand die siebzehnjährige Fini ans Fensterbrett gelehnt, hatte die Arme über der Brust verschränkt und sagte jetzt:

»Ich finde, daß die Mutter recht hat.«

Der Langentaler fuhr mit dem Gesicht herum, als hätte ihn eine Wespe gestochen.

»Du bist ganz stad! Dich geht's überhaupt nichts an! Hast du keine Arbeit, daß du da herumstehst?«

»Im Augenblick nicht«, sagte Fini und strich dabei ein paar Härchen hinters Ohr.

»Ich hab dich gewarnt, als damals der Brief gekommen ist, daß er die Weberleute die zwei Tagwerk Wiesen mähen lassen will«, sagte die Bäuerin.

»Was heißt gewarnt!« fuhr er auf. »Mich braucht man nicht zu warnen, weil ich selber weiß, was ich zu tun habe!«

»Na ja, daran möchte man in letzter Zeit manchmal zweifeln! Da hast schon ein paar Schnitzer gemacht«, hielt ihm die Frau vor. »Vor einer Wahl versprichst du den Siebenzellern das Blaue vom Himmel, obwohl du weißt, daß du es nicht halten kannst.«

Die Langentalerin sprach ganz sachlich. Sie war in all den Jahren im Gegensatz zu ihrem Mann schlank und jugendlich geblieben. Die Fini sah ihr ganz und gar ähnlich.

Auf diese Vorhalte hatte der Langentaler nicht viel zu sagen und flüchtete hinter die schützende Wand seiner Grobheit.

»Du redest halt auch, nur um zu reden! Aber verstehn tust du nichts! Und du lach nicht so hinterlistig!« schrie er seine Tochter an und schwenkte dann um, weil er seinen Sohn Benno mit dem Pferdegespann zum Hof hereinfahren sah. »Wenn halt der auch ein bissel Ehrgeiz hätte! Jetzt wird er vierundzwanzig Jahre und versteht von der Politik überhaupt nichts!«

»Das ist nur gut so!« sagte die Frau.

»Da sieht man's wieder, wie du eingestellt bist! Wer soll denn nach mir einmal Bürgermeister werden, meinst?«

»Du tust ja grad, als wenn du das Amt auch schon für die nächste Generation in Pacht genommen hättest!«

»Geh, hab mich doch gern!« schrie er beleidigt. »Du versteht von der Gemeindepolitik genauso viel wie der Ochs vom Sonntag!«

Damit schlug er krachend die Tür hinter sich zu und ging in den Hof hinaus, um seinem Sohn zu berichten, daß der Rindensimmerl zurückgekommen sei.

Währenddessen ging Simon auf das Sägewerk Plank zu und traf dort zwischen den hohen Bretterstapeln einen jungen Mann in Bundhose und schweren Haferlschuhen. Das war Robert Plank, der Sohn von Erasmus Plank, der das Sägewerk jetzt führte, weil sein Vater an schwerem Asthma litt.

Simon hatte ihn kaum noch in Erinnerung, weil er ihn nur selten einmal gesehen hatte, wenn er in den Ferien heimgekommen war. Auch Robert Plank hatte an den Burgstaller-Simon keine Erinnerung und sagte, als Simon sich vorgestellt hatte:

»Von dem Burgstaller, der seinerzeit in der Kiesgrube verunglückt ist?«

»Ja, von dem.«

»Soso. Warst du nicht einmal im Waisenhaus? Und was treibst du jetzt?«

»Im Augenblick gar nichts, aber ab Montag werde ich was treiben.«

»Du wirst doch nicht den alten Krempl da drüben zusammenflicken wollen?«

»Genau das will ich«, lachte Simon.

»Menschenskind, wenn du das abreißt und gleich neu aufbaust, bist besser dran!«

»Möglich. Aber dazu fehlt mir vorerst das Geld. Also zunächst einmal zusammenflicken.«

Robert Plank hatte sich jetzt auf einen Baumstamm gesetzt und deutete neben sich, daß auch Simon Platz nehmen möge. Dann hielt er ihm eine Zigarettenschachtel hin, aber Simon rauchte nicht. Plötzlich gab es dem jungen Plank einen kleinen Riß, und er sah den anderen etwas mißtrauisch an.

»Möchtest du etwa gar das Sägewerk auch wieder in Gang setzen?«

Davon könne zunächst keine Rede sein, aber es sei nicht ganz ausgeschlossen, daß er es später tun würde. Das käme ganz auf ihn, den Robert Plank, an. Wenn er ihm das Holz so liefern könnte, wie er es brauchte, auch preismäßig gesehen, dann könnten sie ja ins Geschäft miteinander kommen.

»In was für ein Geschäft?« fragte der Plank.

Simon erzählte von seinen Plänen, daß er die Meisterprüfung im Tischlerhandwerk abgelegt und augenblicklich noch Abteilungsleiter in einem Lehrlingsheim sei. Im Herbst aber, wenn sein Vertrag abgelaufen war, wolle er heimkommen und ein Geschäft gründen.

Robert Plank sah den Wölkchen seiner Zigarette nach. Das Singen der Sägeblätter und Summen der Transmissionen drang kaum hörbar bis hinter die Bretterstapel. Dann nickte er.

»Na ja, so schlecht ist die Idee nicht. Es gibt ja bis Durmbach hinein nirgends einen Tischler. Soviel geht immer, daß du zu leben hast.«

»Die Ansicht freut mich. Der Bürgermeister war soeben ganz anderer Meinung.«

»Ach der«, lachte Robert. »Warst du also schon bei ihm? Der traut ja keinem was zu. Aber eine Tochter hat er. Hast du sie gesehen?« Robert spitzte die Lippen und schnalzte. Dann warf er den Zigarettenstummel auf den Boden und trat darauf. »Also, um was geht es jetzt eigentlich?«

»Ich brauche Holz. Bretter und Schnittholz. Die Maße habe ich schon aufgeschrieben.«

Er zog eine Liste aus der Tasche und reichte sie dem anderen, der sie genau durchsah.

»Ach, einen neuen Dachstuhl auch. Den müssen wir allerdings erst herausschneiden.«

»Aber nur trockenes Holz«, sagte Simon. »Besonders für die Tür- und Fensterstöcke. Und vielleicht kannst du mir auch gleich sagen, wie hoch das kommt?«

»Aus dem Kopf kann ich dir das auch nicht sagen. Ich lasse es im Büro gleich ausrechnen. Aber billig wird es nicht sein.«

»Und bekomme ich drei Prozent Skonto?«

Der junge Plank stand auf und lachte.

»Ah, da schau her! Dumm bist du auch grad nicht! Aber meinetwegen. Bei Barzahlung allerdings.«

»Natürlich, Barzahlung.«

Es tat Simon ungemein wohl, dies sagen zu können. Dann gingen sie zusammen noch über den Sägehof, in dem gerade zwei mächtige Lastwagen mit Brettern beladen wurden.

»Wo gehen denn die hin?« fragte Simon interessiert.

»Ins Rheinland zu einer Möbelfabrik.«

»Hm. Schöne Ware«, bestätigte Simon und fuhr mit der Hand über eins der Bretter.

»Mir scheint, du verstehst etwas. Also, am Montag schneiden wir dir gleich den Dachstuhl!«

Sie verabschiedeten sich durch Handschlag, und Simon schlenderte frohgemut zur Straße hinaus. Vor dem Zacklerwirt blieb er stehen, überlegte ein wenig und ging dann weiter. Auf dem Friedhof war er gestern bereits gewesen, und im Pfarrhof wollte er heute abend vorsprechen. Eiligen Schrittes ging er nun heimwärts zu seinem Häusl, das die Weberin und ihre jüngste Tochter Gaby seit den frühen Morgenstunden buchstäblich auf den Kopf stellten. Fenster und Türen standen weit offen, es roch schon nicht mehr so nach Feuchtigkeit und Moder wie gestern abend. Die Weberin schrubbte gerade den Stubenboden mit Schmierseife, und die Gaby hatte sich übers Geschirr gemacht. Keine Spinnweben mehr in den Ecken, in der Kammer war das Bett frisch überzogen, im Herrgottswinkel waren bereits frische Blumen.

Simon überkam ein Gefühl des Reichtums und der Würde, wie er es in seinem ganzen Leben noch nicht gekannt hatte. Er setzte sich hinter den Tisch und bat die Weberin, sich zu ihm zu setzen.

»Jetzt paß einmal auf, Weberin. Beim Bürgermeister bin ich gewesen. Heuer mähst du die Wiesen da draußen. Aber jetzt was Wichtigeres. Am Montag kommen zwölf junge Burschen von meinem Lehrlingsheim und werden mir helfen. Zuerst habe ich gedacht, wir werden beim Zacklerwirt essen, aber ich habe mir's anders überlegt. Könntest nicht du für uns kochen, Webermutter?«

»Freilich, Bub! Kommt dich doch viel billiger!« Sie schlug sich mit der flachen Hand auf den Mund. »Bub sag ich, und du bist doch jetzt ein feiner Herr!«

»Für dich bleib ich immer der Simon. Da wird sich nichts ändern, Webermutter. Ich gebe dir Geld, und du kaufst dann alles ein, was wir für die Verpflegung brauchen. Schlafen können sie im Stadel draußen im Heu. Du wirst staunen, was wir in vierzehn Tagen aus dem alten Krempel machen! Du übernimmst dann die Schlüssel und tust jede Woche ein paarmal lüften. Wenn ich im Herbst wiederkomme, soll es nicht wieder so nach Moder und Fäulnis riechen.«

Die Alte war ganz glücklich über so viel Vertrauen und versprach, daß sie alles in bester Ordnung halten würde, bis er dann im Herbst für immer käme.

Am Montag kamen dann die zwölf Burschen in einem Lieferwagen des Lehrlingsheimes, der nach einer Stunde wieder leer zurückfuhr, als die Männer das Werkzeug abgeladen hatten. Es waren vier Gesellen und acht Lehrbuben. Keiner von ihnen war bisher noch aus der Stadt herausgekommen, und Simon mußte gleich eine Ansichtskarte von Siebenzell mit den Bergen im Hintergrund besorgen, die sofort ins Heim geschickt wurde.

Vierzehn Tage hatten sie Urlaub genommen und wollten Simon helfen, dem heruntergekommenen Anwesen ein würdiges Aussehen zu verleihen. Für sie war alles ganz neu und ungemein erregend, das Schlafen im Heu, die kräftige Bauernkost, und was sich ihnen am ersten Tag noch so unwirtlich dargeboten hatte, bekam mit jedem Tag ein besseres Aussehen. Der Dachstuhl wurde abgerissen und ein neuer mit hellroten Ziegeln aufgesetzt. Neue, etwas größere Fenster wurden eingesetzt und neue Türen. Im Stall wurden die Zwischenwände herausgerissen und ein neuer Boden gelegt. Das ergab dann einen Werkstattraum von etwa achtzig Quadratmetern.

Die Siebenzeller sahen staunend, was da entstand. Sie sahen es, wenn sie von ihrer Arbeit auf den Wiesen heimgingen, wo mittlerweile die Heuernte begonnen hatte. Sie standen dann ein bißchen herum und wunderten sich. Nur der Bürgermeister kam nie des Weges, er hatte vielmehr eiligst eine Anfrage an das Baureferat in Durmbach gerichtet, ob denn für dieses Bauvorhaben ein Bauplan eingereicht und dieser genehmigt worden sei. Seines Wissens sei dies nicht geschehen, weil ja solche Ansuchen zuerst über die Gemeinde laufen müßten.

So kam denn am Samstag ein Gendarm mit seinem Fahrrad vorbei und fragte, wer hier der Bauherr sei, und als Simon sich meldete, fragte er nach dem Bauplan.

»Wer hat mich angezeigt?« fragte Simon.

Der Gendarm nahm seine Mütze ab, wischte sich den Schweiß von der Stirne und schüttelte den Kopf.

»Das weiß ich nicht. Aber ist nun ein Bauplan da oder nicht?«

»Nein, es ist keiner da. Aber er ist unterwegs, er müßte eigentlich beim Kreisbauamt schon eingelaufen sein. Das verstehe ich nicht. Und dann ist hier ja kein Fundament betoniert, sondern nur Altes durch Neues ersetzt worden. Ich glaube, daß man gar keinen Bauplan braucht.«

»Doch, doch! Die Fensterstöcke sind ja größer geworden.«

»Aber nicht bedeutend.«

»Na, wenn der Plan unterwegs ist, ist ja alles in Ordnung.« Der Gendarm setzte seine Mütze wieder auf. »Sonst hätte ich den Bau einstellen müssen.«

Am selben Abend ging noch eine sauber gezeichnete Skizze ab. Bis das den Instanzenweg ging, war der Umbau längst fertig.

Auf alle Fälle sollte weitergearbeitet werden. Zunächst aber wurde der Sonntag gefeiert.

Heute mußten sie nicht um vier Uhr morgens aus dem Heu, sondern erst um acht. Gemeinsam besuchten sie dann das Hochamt, und bei dieser Gelegenheit sah Simon die Tochter vom Langentaler wieder. Sie begegneten sich auf den Stufen, die zum Friedhof hinaufführten, und unbewußt zog Simon wie in Bewunderung die Brauen hoch. Das erstemal hatte er sie gar nicht so genau betrachtet.

Fini lächelte ihm zu. Ihr Gesicht war von der Frühlingssonne schon leicht gebräunt. Sie war zweifellos eine ländliche Schönheit. Nicht mit Reinhilde zu vergleichen, die sich zu einer Dame herausgewachsen hatte. Reinhilde war wie ein Stern, der leuchtete, die Fini dagegen wie ein junger Baum, an dem alles blühte.

Sie grüßte ihn mit einem leichten Neigen des Kopfes, dann war sie vorüber.

Gleich nach dem Mittagessen stürmten die Lehrlinge los, in die Berge hinauf. Simon blieb allein zurück. Es war ein Sonntag von feierlicher Schönheit. Kleine weiße Wolken segelten am Himmel hin, die Berge standen in einem ganz hellen Blau über dem dunklen Wald. Wenn sich eine der Wolken vor die Sonne schob, glitt ein breiter Schatten über das Moor. Gleich darauf aber wurde es wieder hell, und die jungen Birken leuchteten in ihrem zarten Grün.

Simon saß auf der Bank vor seinem Haus. Alle Bangnis und alles Herzklopfen waren wie verflogen, weil er sah, wie sich Zug um Zug sein jahrelanges Wünschen verwirklichen ließ. Und doch sollte alles nur ein Anfang sein. Das Ziel lag noch in nebelhaften Fernen, aber es ruhte bereits mit festen Begriffen und Vorstellungen in ihm. In zehn Jahren könnte es soweit sein. Er durfte nur nicht ungeduldig werden, nichts überstürzen, mußte alles genau berechnen, denn ihm schwebte vor, daß hier einmal etwas ganz anderes entstehen sollte als nur eine kleine Tischlerei. Manchmal kam ihm solches Wünschen hoffärtig vor, und stolzen Höhenflügen folgten dann Stunden und Tage tiefster Depressionen, in denen er an die Armseligkeit seines Herkommens dachte, und daß es vielleicht frevlerisch wäre, so hoch nach den Sternen zu greifen.

Aber dann war es Reinhilde, an die er denken mußte. Reinhilde, die einen ungeheuren Ehrgeiz hatte, die selbst bereits einen kleinen Schneidersalon besaß.

Reinhilde war so selbstverständlich in seinem Leben geblieben, wie er es nicht für möglich gehalten hätte. Als sie nach ihrer Entlassung aus dem Waisenhaus bei ihrer Tante in Ottobrunn war, kam sie jeden Sonntag mit einer Pünktlichkeit zu ihm, als hätte sie ein Gelübde einzulösen. Daran gewöhnte er sich so sehr, daß ihn, als sie dann einmal zwei Sonntage nicht kam, ein heißer Schrecken befiel. Damals begriff er zum erstenmal, wie sehr sie bereits mit seinem Leben verbunden war.

Sie war krank gewesen und hatte deshalb nicht kommen können. Als sie dann am dritten Sonntag wiederkam und mit ihm Hand in Hand am Ufer des Kanals entlangwanderte, erklärte sie ihm, sie hätte bei dem Grübeln während des Krankenlagers erkannt, daß es sich nur dann zu leben lohne, wenn ihr weiterer Lebenslauf gemeinsam sei.

Sechzehn Jahre waren sie damals alt. Beide hatten noch ein Jahr zu lernen. Aber auch das war vorübergegangen, und als sie achtzehn waren, wurde Reinhilde fast vom Ehrgeiz zerfressen, die Meisterprüfung in ihrem Handwerk noch vor Simon abzulegen, weil sie ja nie einen Schritt hinter ihm sein wollte.

Zu dieser Zeit war sie bereits eine vollerblühte Schönheit. Wenn sie manchmal durch die Straßen gingen, drehten die Leute die Köpfe nach diesem gutaussehenden Paar um. Reinhilde hatte großen Einfluß auf Simon. Sie bestimmte seine Anzüge, nähte ihm die Hemden selber und sorgte für die richtigen Selbstbinder. Manchmal gingen sie miteinander ins Kino. Reinhilde war nach ihrer Meisterprüfung ganz in die Stadt übersiedelt und trieb tatsächlich in einem Außenbezirk der Stadt zwei Zimmer auf, von denen sie eines als Werkstatt einrichtete und das andere als Wohn- und Schlafraum.

»Noch ein Zimmer mehr, und wir könnten heiraten«, hatte sie gemeint. Simon wohnte im Lehrlingsheim äußerst billig und dachte nicht im Traum daran, schon zu heiraten. Er hatte sich auch kaum schon Gedanken darüber gemacht, ob Reinhilde die richtige Lebensgefährtin sei. Sie aber behauptete es einfach und zwang ihn, auch daran zu glauben.

»Wenn du es auch nicht sagst, Simon, weil dir das Wort eben schwerfällt, so weiß ich doch, daß du mich liebst und daß du, selbst wenn du es möchtest, gar nimmer von mir loskommst. Das ist ja auch ganz natürlich so. Wir haben so ziemlich das gleiche Schicksal, wir sind in Armut, nur in geliehenen Kleidern, aufgewachsen und streben nun beide nach Höherem. Du hast mir früher einmal von einem kleinen Haus am Waldrand erzählt, das du umbauen willst.«

Ganz in der Nähe schrie ein Kuckuck, so laut, daß Simon erwachte.

Hatte er tatsächlich geschlafen und geträumt? Würde er immer, wenn er schlief, nur mehr von Reinhilde träumen? Ein schmerzliches Lächeln zuckte um seinen Mund. So zu träumen war schön. Wenn ihm nur nicht von dem Schrecklichen träumte, über das sich jetzt langsam das Vergessen breitete.

Er verschränkte die Arme über der Brust und lehnte den Kopf wieder zurück an die warme Holzwand des Hauses. Vom Moor her wehte ein kühler Wind, und die Birkenblätter flüsterten geheimnisvoll. Löste sich nicht zwischen den weißschimmernden Stämmen eine Gestalt und kam langsam auf ihn zu? Aber das war vielleicht schon wieder ein Traum. Auch die weißen Flocken, die plötzlich vom Himmel fielen, waren Traum, aber Simon vermeinte sie hinter den geschlossenen Augen ganz deutlich zu sehen. Und er sah sich durch das Flockengewirbel gehen mit einem Rucksack, prall gefüllt mit Hobelspänen und Abfallholz. Die Straßenlaternen brannten, und der Schnee knirschte unter seinen Schritten, bis er vor dem grauen Mietshaus stand und auf den Klingelknopf in der unteren Reihe drückte.

Reinhilde öffnete ihm, fiel ihm um den Hals und führte ihn dann durch die halbdunkle Werkstatt, zwischen den beiden Nähmaschinen hindurch in den kleinen Wohnraum, in dem das Feuer so lustig im Ofen brannte von dem Holz, das er ihr jede Woche zweimal brachte.

Sie hatte schon den Tisch gedeckt, er hielt die kalten Hände um die heiße Teetasse und sah Reinhilde an. Er war still und glücklich, fühlte sich wie daheim und sah ihr mit beglückten Augen nach, wie sie leichtfüßig durch den Raum ging, mit leise summenden Lippen das Geschirr abwusch und sich dann zu ihm setzte und den Arm um seine Schulter legte.

Bei solch einem Besuch sagte sie eines Tages: »So kann es aber wirklich nicht ewig weitergehen! Was hab ich denn von meiner Jugend? Wir sitzen hier, als hätten wir das

Leben schon hinter uns. Du führst mich höchstens einmal ins Kino, als ob du nicht wüßtest, wie gerne ich tanze.«

Er beugte sich so dicht über sie, daß er den feuchten Glanz in ihren Augen sah, und erschrak. Daran hatte er gar nicht gedacht. Nicht an Tanz und nicht daran, daß sie jung war und mehr verlangte, als hier neben dem warmen Ofen zu sitzen.

»Draußen in meinem Dorf ist auch nur einmal zu Kirchweih Tanz«, sagte er.

»Eben darum sollten wir es jetzt nützen. Gestern hat der Fasching begonnen.«

»Also, dann gehen wir am Samstag.«

Reinhilde besorgte zwei Karten und schneiderte sich ein Faschingskostüm. Carmen wurde aus ihr, eine rassige Zigeunerin.

Der Saal war prächtig geschmückt, die Prinzengarde marschierte auf, zwei Musikkapellen spielten. Das alles erlebte Simon zum erstenmal. Reinhilde war in ihrem Element, geradeso, als ob sie dies alles nicht zum erstenmal erlebte.

»Du mußt auch mit anderen tanzen!« befahl sie ihm, ließ ihn stehen und verschwand mit einem blauen Domino im Gewühl.

Nach der Demaskierung setzte sich der Domino zu ihnen an den Tisch. Der Mann sah blendend aus und erzählte eine Anekdote nach der anderen. Er bestellte Sekt, sie tranken einander zu und duzten sich. Er sagte, daß er Maximilian heiße, und machte Simon ein Kompliment über seine wunderschöne Braut.

»Ja, du darfst ihm das schon sagen«, kicherte Reinhilde, die einen kleinen Schwips hatte, »sonst begreift er es am Ende gar nicht, was er an mir hat.«

»Ein Juwel!« sagte Maximilian und küßte Reinhilde die Hand.

Dann tanzte er wieder mit ihr, und als Simon so gegen

zwei Uhr früh sagte, daß er nun heimgehen wolle, hätte Reinhilde beinahe einen Streit vom Zaun gebrochen.

Simon stand mit zornroter Stirne auf.

»Du kannst ja bleiben. Ich aber werde gehen.«

Als er sich an der Garderobe den Mantel geben ließ, stand sie plötzlich doch neben ihm.

»Sei doch nicht gleich so garstig!«

Sie sprachen auf dem ganzen Heimweg nichts. Vor der Haustür trennten sie sich.

»Kommst du noch auf einen Sprung mit herein?« fragte sie wohl, aber Simon fühlte, daß sie es gar nicht ernst meinte.

»Nein, es ist schon spät.«

Ein Riß war da, aber Simon wußte, daß auch im Holz zuweilen ein Riß war. Man konnte ihn spachteln oder leimen. Auch das würde wieder zu leimen sein. Und siehe da, am Mittwoch kam sie zu ihm in die Werkstatt und ließ ihn herausbitten. Ganz rührend war sie in ihrer Reue, und ihre Stimme zitterte ein wenig, als sie ihn fragte:

»Bist du mir noch bös, Simon?«

»Unfug! Du hattest halt zuviel getrunken. Sprechen wir nicht mehr darüber.«

»Ja, bitte. Jetzt bin ich schon wieder zufrieden. Mir war gar nicht wohl in all den Tagen, zumal du am Sonntag nicht gekommen bist.«

»Na ja, ein bißchen Strafe mußte ja schließlich sein, sonst meinst du vielleicht, mit mir könnte man Hanswurstl spielen.«

»Ach, Simon.« Sie streichelte seine Wange, zupfte dann ein paar Hobelspäne von seinem Arbeitsmantel und sah ihn hingebungsvoll an. »Du verstehst hart zu strafen«, sagte sie. In ihrer Stimme war ein bißchen Wehmut, in ihren Augen ein feuchter Schimmer. Es war ihm, als sähe er jetzt erst ihre Schönheit, zu selbstverständlich war ihm der Besitz schon geworden. Er sah sich um und küßte sie schnell.

»Heute abend sehen wir uns sowieso«, meinte er.

»Heute abend? Ach ja — das wollte ich dir noch sagen, Simon. Die Tante hat mir geschrieben, daß sie krank sei, ich solle doch nach ihr sehen. Vielleicht hätte es Zeit bis zum Sonntag. Aber nun läßt es mir doch keine rechte Ruhe. Ich werde doch lieber heute abend schon nach Ottobrunn hinausfahren, es sei denn, es ist dir nicht recht.«

»Natürlich ist es mir recht. Hoffentlich ist es nichts Ernstliches?«

»Ich weiß es nicht, Simon. Darum will ich ja heute abend hinausfahren. Vielleicht werde ich draußen bleiben und erst morgen früh wieder hereinfahren. Könntest du dann vielleicht am Donnerstag zu mir kommen?«

»Also gut, dann am Donnerstag.«

Sie küßte ihn schnell und flüchtig und eilte rasch davon.

Nachdenklich blieb er noch eine Weile im Gang stehen und sah ihr durchs Fenster nach. Ein merkwürdiger Gedanke durchzuckte ihn, er schob ihn aber gleich wieder beiseite. Aber während des ganzen Tages mußte er immer wieder daran denken. Irgendwie war Reinhilde doch verändert gewesen, ein bißchen unsicher, nervös oder zerstreut.

Abends dann spielte er mit einem jungen Meister von der Furnierabteilung so schlecht Schach, daß der andere ihn ein paarmal ganz verdutzt ansah und fragte:

»Was hast du denn heute, Simon? Du machst ja ganz falsche Züge.«

»Ja, ich weiß, ich bin heute nicht bei der Sache. Entschuldige, wenn wir aufhören, aber ich muß an die frische Luft.«

Reinhilde hatte ihm schon früher einen Haustorschlüssel und den Schlüssel zu ihrer Wohnung gegeben, weil es manchmal vorkam, daß sie abends noch zu einer Kundin mußte, dann sollte er nicht vor der Haustür warten müssen.

Als er das Licht angedreht hatte, wußte er plötzlich nicht

mehr, warum er hierhergekommen war, und schämte sich seines Mißtrauens. Und doch ließ ihn etwas nicht zur Ruhe kommen. Und je länger er sich umschaute, desto mehr fiel ihm auf. Reinhilde, sonst an peinliche Ordnung gewöhnt, mußte ganz überstürzt davongerannt sein. Verstreut lagen die Kleidungsstücke des Tages herum, auf der Anrichte stand noch das Kaffeegeschirr vom Nachmittag, die eine Schranktür stand halb offen. Blitzartig überfiel ihn ein Gedanke, schon öffnete er beide Schranktüren weit und suchte. Dann trat er zurück und faßte sich mit den Händen an die Schläfen. Das Carmenkostüm, das sie am letzten Samstag getragen hatte, fehlte. Alles weitere ließ sich leicht ausdenken. Er hatte also den Beweis, daß sie ihn hinterging. Aber konnte sie das Kostüm nicht auch verliehen haben? Den letzten Beweis, daß sie ihn angelogen hatte, erhielt er aber gleich darauf, als er in ihrer Schreibmappe, die auf dem Bücherregal lag, den Brief der Tante entdeckte, die ihr keineswegs mitteilte, daß sie krank sei, sondern daß es ihr im Gegenteil recht gut erginge, und die nur anfragte, wann Reinhilde einmal mit ihr ins Theater gehen wolle. Sie möge rechtzeitig zwei Karten besorgen. In etwa drei Wochen wäre es ihr recht, weil sie da auch in einer anderen Sache in die Stadt kommen müsse.

Jetzt hatte er es schwarz auf weiß! Alles war Lüge gewesen, was sie ihm heute vorgebracht hatte. Diese Enttäuschung verletzte ihn so tief, daß ihm Tränen in die Augen kamen. Wie zerschlagen saß er eine Weile auf dem Sofa, dann spielte er mit dem Gedanken, ihr einen Brief zu schreiben und still wegzugehen. Doch dann beschloß er plötzlich, zu warten, bis sie zurückkam.

Lange, sehr lange mußte er warten. Er hatte im Wohnzimmer das Licht ausgedreht und sich in der Werkstatt auf einen Polsterstuhl hinter der spanischen Wand gesetzt, hinter der sich die Kundinnen umzuziehen pflegten, wenn sie zum Probieren kamen.

Ganz still war es. Von einer nahen Kirchenuhr hörte er die Stunden schlagen. Manchmal klapperten Schritte draußen vorüber, und einmal wurde die Haustür aufgesperrt. Aber das war jemand anderer. Bis um drei Uhr früh mußte er warten, dann erschien Reinhilde mit ihrem Begleiter, jenem Maximilian Endres, vom letzten Samstag. Sie gingen durch die Werkstatt ins Wohnzimmer, und Reinhilde meinte:

»Ich hätte eigentlich noch nachlegen sollen, bevor ich ging. Jetzt ist es hier doch etwas kühl geworden. Meinst du nicht auch?«

»Ach wo«, antwortete der Mann. »Wir werden jetzt diese Flasche Sekt noch trinken, dann muß ich sowieso gehen. Das heißt — muß ich gehen?«

»Ja, du mußt, weil schon um sieben Uhr die Mädchen kommen.«

Ein Sektpfropfen knallte, dann klangen zwei Gläser aneinander.

»Prost, Kleine!«

»Prost, Maxi! Ach, war das heut schön mit dir.«

»Es wird noch öfter schön sein, Liebling.«

Stille. Simon krampfte in seinem Versteck die Fäuste ineinander. Er wußte genau, daß sie sich küßten. Hernach sagte der Mann:

»Wie wäre es denn nächsten Samstag?«

Ein perlendes Lachen.

»Was werde ich meinem Tischler da wieder sagen müssen, daß er es glaubt?«

»Laß die Tante ruhig noch kränker werden! Um so länger lebt sie dann.«

»Es besteht nur die Gefahr, daß er dann darauf besteht, nach Ottobrunn mitzukommen.«

»Aber Kind, es dürfte dir doch nicht schwerfallen, ihm das auszureden. Weißt du, Liebling, im Grunde genommen paßt dieser Simon ja gar nicht zu dir. Du bist viel zu temperamentvoll für ihn, und er ist zu schwerfällig für dich!«

»Ja, das begreife ich erst jetzt durch dich.«

»Er ist viel zu ernst für dich. Halftere ihn doch ab.«

»So einfach geht das auch nicht. Zumindest habe ich mir immer eingebildet, daß ich ihn liebe. Aber wenn ich bedenke, was mich an seiner Seite einmal erwarten würde. In einem abgelegenen Bauernnest sitzen und ein halbes Dutzend Kinder haben!« Sie lachte wieder hell und belustigt auf. »Das wünscht er sich wenigstens.«

»Dazu bist du schließlich ja auch nicht auf der Welt. Kindl, Kindl, überleg einmal: das ganze Leben liegt doch noch vor dir.«

»Ja, und meine ganze Existenz, die ich dann aufgeben soll, wie er meint. Also — paß auf, Maxilein: Ich werde ihn morgen wieder in seiner Werkstatt aufsuchen —« Sie hielt inne und horchte. »War da nicht etwas?«

»Höchstens ein Mäuslein.«

»Ich werde ihm sagen —«

»Du brauchst mir gar nichts zu sagen, denn ich weiß ja jetzt Bescheid, wie ich dran bin.«

Hoch aufgerichtet stand Simon unter dem Türrahmen, grau im Gesicht und doch ruhig, beherrscht.

Reinhilde war auf dem Schoß des Mannes gesessen und hatte ihren Arm um seinen Hals geschlungen. Nun sprang sie auf und starrte Simon in ratloser Verlegenheit an. Der Mann aber versuchte, der peinlichen Sache eine scherzhafte Note zu verleihen, und fragte:

»Ja, wo kommst denn du her, Simon? Bist du denn ein Heinzelmännchen?«

»Nein, eher ein Hampelmann. Für euch wenigstens, wie ich jetzt weiß.« Er ballte die Faust. Reinhilde trat ihm erschrocken in den Weg.

»Nein, Simon —«

Er sah sie eiskalt an.

»Was denn? Du meinst, daß ich mich an dem da vergreife?« Er schüttelte den Kopf. »Er kann doch nichts dafür. Du bist ja so schlecht gewesen und hast mich belogen und betrogen!«

»Aber laß dir doch erklären, Simon ...«

»Erklären? Da braucht es doch keine Erklärung mehr! Ich hab ja alles gehört da draußen. Auch daß du dir eingebildet hättest, mich zu lieben. Ich aber« — seine Stimme schwankte ein wenig — »habe alles für Wahrheit genommen. Und ich kann dir auch nicht zumuten, mir in einem abgelegenen Bauernnest sechs Kinder auf die Welt zu bringen. Bitte, unterbrich mich jetzt nicht mehr. Vielleicht habe ich auch Fehler gemacht, oder ich war zu schwerfällig für dich, wie der da sagt. Nur betrogen und belogen habe ich dich nie. Hier sind deine Schlüssel.« Er warf sie auf den Tisch, daß es klirrte. »Vielleicht kannst du sie ihm gleich geben und — nach ihm wieder einem anderen. Bei deiner Klugheit dürfte dir das nicht allzu schwerfallen.«

Dann drehte sich Simon um und stürzte hinaus.

Durch irgendein Geräusch wurde Simon aufgeschreckt. Jemand sagte: »Ich glaube, der schläft gar!«

Er rieb sich die Augen. Vor ihm stand die Weberin und lachte ihn an.

»Ja, tatsächlich, ich bin eingeschlafen und habe geträumt.« Er stand auf und streckte sich. »Und wie ich geträumt habe!«

»Hoffentlich war es etwas Schönes?« wollte die Frau wissen.

»Na ja, wie man es nimmt. Manchmal kehrt einem im Traum die Vergangenheit zurück, und da war nicht gerade alles schön.«

»Ich bin bloß gekommen, um zu fragen, was ihr heute abend essen wollt.«

»Ich weiß nicht, wann die Jungen vom Berg zurückkommen. Aber laß nur sein, Weberin. Wir werden heute alle miteinander zum Zacklerwirt gehen und so etwas wie eine kleine Hebfeier veranstalten.«

Wieder versank ein regenreicher Sommer in den Herbst hinein, der noch einmal herrliche Tage voll blauen Himmels aufsteigen ließ, als wollte er die Menschen entschädigen für das, was ihnen der Sommer verwehrt hatte. Juli und August hatten nur ein paar Sonnentage gehabt, sonst nur grauen Himmel und Regen. Der Zellerbach war so hoch angeschwollen, daß Simon Burgstaller schon fürchtete, das Wasser könnte ihm in die Werkstatt dringen. Aber dann war die Gefahr vorüber, er räumte mit seinen Gesellen die Sandsäcke vom Ufer wieder weg, die sie vorsorglich aufgebaut hatten.

Ja, es war ein Herbst voll goldener Schönheit. In den Nächten ging der Wind etwas lauter, und das Rauschen der Blätter mischte sich in das Geplapper der Wellen des Baches, in denen der große gelbe Mond sich schaukelte. Dann kamen noch die Sterne dazu und tanzten mit übermütigem Gefunkel und belebten wie flirrende Geisterchen den Wasserspiegel, darin Himmel und Erde sich wie zu einem Kuß begegneten.

Der junge Tischlermeister Simon Burgstaller war nun schon den vierten Sommer wieder in Siebenzell, arbeitete bereits mit vier Gesellen, die er aus dem Lehrlingsheim mitgebracht hatte, und, was das Allerneueste für Siebenzell war, er hatte drei Lehrlinge aus dem Dorf. Zum erstenmal war die Möglichkeit gegeben, daß man in Siebenzell ein Handwerk erlernen konnte. Aber das war nur ein Anfang. Er hatte noch viel größere Pläne, so kühn und gewaltig, daß ein anderer davor erschrocken wäre.

Bisher hatte er für eine große Möbelfabrik im Rheinland

gearbeitet, aber auch die Siebenzeller gingen jetzt nicht mehr nach Durmbach, wenn sie Möbel brauchten. Einmal, so träumte er seinen kühnen Traum mit wachen Sinnen und Augen, einmal würde er das halbe Dorf beschäftigen können, wenn ihm das Glück weiterhin treu blieb.

Nur einer wußte von seinen Plänen, jener Herr Diepold, dem einst sein Vater den Weg zu seiner Jagdhütte gebaut hatte. Dieser welterfahrene Geschäftsmann hatte eine Zuneigung zu Simon, teilte ihm den reichen Schatz seiner Erfahrungen mit, gab ihm Ratschläge und wies ihm die Wege, die er gehen müßte. Manchmal erschrak Simon selber vor der Kühnheit seiner Pläne. Dann saß er halbe Nächte über seinen Büchern, rechnete und kalkulierte, überschlug die Umsätze, die von Jahr zu Jahr gestiegen waren und nun nicht mehr steigen konnten, weil eben die Werkstatt zu klein war, um mehr als vier Gesellen und drei Lehrbuben unterbringen zu können. Den Aufträgen nach hätte er zwanzig Gesellen beschäftigen können. Anzubauen hatte wenig Zweck. Gleich neu müsse er bauen, hatte Herr Diepold ihm gesagt, und zwar gleich so groß, daß er in ein paar Jahren nicht schon wieder anbauen müsse.

Gefragt waren vor allem seine Bauernstuben in Eiche, Lärche oder Föhrenholz. Dabei legte er sich nicht auf eine einzige Richtung fest oder nicht auf den Geschmack, der in seiner Gegend bestimmend war. Nein, er fertigte auch friesische Bauernstuben an und solche, die auch im Schwarzwald gefragt waren.

Die Möbelfabrik im Rheinland, für die er arbeitete, machte ihm ebenfalls das Angebot, daß er vergrößern solle, und bot ihm sogar finanzielle Hilfe an. Aber das wollte er nicht. Dann war er abhängig und gebunden. Etwas Eigenes wollte er aufbauen, das unbekannte Dorf Siebenzell aus dem Staub der Armut in den Glanz der Wohlhabenheit, des Reichtums heben.

Eines Tages war es dann soweit. In der Frühe eines Septembertages setzte er sich mit einer schon fertig gepackten Aktentasche in seinem besten Anzug an den Frühstückstisch in der Stube aus Lärchenholz und sagte der Gaby Weber, die ihm mit ihren neunzehn Jahren den Haushalt führte:

»Ich fahre jetzt mit dem Omnibus nach Durmbach und werde erst am Abend wieder zurückkommen. Sollte angerufen werden, dann sag Bescheid.«

Die Gaby gab ihm Zucker in den Kaffee und schob ihm die Butter hin. Dabei sagte sie:

»Dann mußt du auch ein frisches Hemd anziehen, Simon.«

»Dies hab ich aber doch erst einmal angehabt, am Sonntag«, meinte er, worauf die Gaby nachsichtig lächelte.

»Du vergißt immer, Simon, daß du ein Herr bist und immer wie aus dem Ei geschält sein mußt, wenn du irgendwo vorsprichst. Schau nur her, am Hals ist es ganz verschwitzt. Könnte doch sein, daß dich jemand fragt, wer dir den Haushalt führt, und du sagst, die Weber-Gaby, dann heißt es gleich, was muß denn das für eine schlamperte Person sein.«

»Geh, geh, jetzt übertreib es nur nicht, Gaby! Wo hast du denn die Weisheiten alle her?«

»Aus dem Büchl, das du mir gegeben hast.«

Er hatte es ihr nicht ganz ohne Absicht gegeben, nachdem einmal ein paar Herren von der Möbelfirma bei ihm gewesen waren und sie jeden geduzt hatte. Einer hatte ihr dann die Hand küssen wollen, die sie rasch zurückgezogen hatte mit der Bemerkung: »Solche Krampf mag ich nicht.«

Sonst war sie ein recht aufgeschlossenes und hübsches Mädel, peinlich sauber im Haushalt und unablässig bemüht, an sich selber zu arbeiten, weil sie begriff, daß dieser Simon der kleinen, bescheidenen Dorfwelt mit Riesenschritten davonlief und zu Höhen strebte, vor denen sie nur hilflos zurückbleiben müßte, wenn sie nicht versuchte, ein bißchen Schritt zu halten.

Es half nichts, Simon mußte nochmals in seine Kammer

hinauf und ein frisches Hemd anziehen. Dann ging er zur Omnibushaltestelle.

Sein erster Weg in Durmbach war zur Kreissparkasse, wo er dem Herrn Direktor klipp und klar sein Vorhaben unterbreitete. Er legte auch die Baupläne vor und ließ keinen Zweifel darüber, daß er dieses gewaltige Projekt nur dann anpacken könnte, wenn ihm die Sparkasse den nötigen Kredit einräumte. Es war eine langwierige Verhandlung, der Direktor wollte allein nicht entscheiden, war aber klug genug, den jungen Mann nicht vor den Kopf zu stoßen, indem er über die Höhe des Kredits etwa die Stirn gerunzelt oder Bedenken geäußert hätte. Dieser Siebenzeller hatte in den letzten zwei Jahren unzweifelhaft Großes geleistet, und mit dem ganzen Schwung, der ihn erfaßt zu haben schien, war es ihm ohne weiteres zuzutrauen, daß er seinen Plan durchsetzte. Endlich, nach einer Stunde, schien der Mann überzeugt zu sein, nahm seine Brille ab und wurde ganz menschlich.

»Also, passen Sie mal auf, Burgstaller. Sie sind mir äußerst sympathisch und —«

»Danke«, unterbrach ihn Simon.

»Ich kann zwar nicht allein entscheiden über diese hohe Summe, aber ich glaube, Ihnen mit neunzig Prozent Sicherheit sagen zu können, daß Ihr Antrag durchgehen wird.«

»Fünfundneunzig Prozent gehen nicht?« lächelte Simon bezwingend.

»Also gut, meinetwegen. Wenn halt jemand für Sie bürgen könnte, wäre es besser.«

»Damit kann ich aufwarten. Herr Diepold, ein alter Bekannter meines Vaters, steht mir gut.«

Erfreut streckte ihm der Direktor die Hand hin.

»Dann brauchen wir gar nicht mehr weiterzuverhandeln! Es ist so gut wie genehmigt! Nehmen Sie nur gleich diese Formulare mit, und schicken Sie sie ausgefüllt wieder herein.«

Inzwischen war es Mittag geworden. Weil im Landratsamt doch erst um zwei Uhr wieder die Arbeit begann, schlich Simon an ein paar besseren Gasthäusern vorbei zu einer schlichten Bauernwirtschaft und ließ sich dort die Speisenkarte geben. Er suchte lange und bedächtig und bestellte dann Leberkäs mit Ei, weil das in der ganzen Speisenskala das billigste Gericht war.

Punkt zwei Uhr sprach er im Landratsamt bei dem Kreisbauamt vor, wo ihm von einem Mädchen im Vorraum bekundet wurde, daß der Herr Kreisbaurat eine wichtige Sitzung hätte und wahrscheinlich erst um halb drei käme.

Dagegen war natürlich nichts zu machen. Wichtige Sitzungen gingen einem simplen Antragsteller vor, zumal es sich nur um einen einfachen Tischlermeister aus einem unbedeutenden Dorf handelte.

Die Sitzung dürfte aber kaum etwas anderes gewesen sein als ein ausgiebiger Mittagsschlaf, denn der Herr Kreisbaurat kam mit Hut und Mantel, den Regenschirm über den Arm gehängt, ins Amt, obwohl draußen die Sonne schien — und hatte noch verschlafene Augen.

Als er hörte, um was es sich handelte, hob er gleich abwehrend beide Hände und sagte, daß bis jetzt ein Bauplan dieser Art nicht eingelaufen wäre. Wahrscheinlich hätte ihn die Gemeinde schon nicht genehmigt. Aber Simon wußte, wie man solche Leute zu nehmen hatte, und sagte:

»Er kann noch nicht bei Ihnen eingelaufen sein, Herr Oberkreisbaurat, weil ich ihn nämlich in Siebenzell noch nicht eingereicht habe, und zwar aus dem einen Grund, weil ich zuerst Ihr hochgeschätztes fachliches Urteil hören wollte. Darf ich Ihnen jetzt zunächst einmal den Plan zeigen?«

Der Schlaf war plötzlich aus den Augen verschwunden. Der Kreisbaurat strich sich mit spitzen Fingern das schmale Bärtchen auf seiner Oberlippe und blickte ganz gönnerhaft drein.

»Ich bin zwar nicht Oberkreisbaurat, sondern nur ganz schlicht Kreisbaurat, ein von den Leuten verfluchter Kreisbaurat, wenn er ihnen etwas ablehnen muß. Na — dann geben Sie mal her.«

Simon faltete geschäftig den weißen Bogen auseinander und schob ihn vor die Augen des Kreisbaurates.

»Oh la la«, sagte er und zog die dünnen Augenbrauen hoch. »Das wird ja die reinste Fabrik.«

»Allerdings.«

»Wer hat den Plan gemacht?«

Simon lächelte verhalten.

»Wenn ich mir zu bemerken erlauben darf, das ist noch kein Plan, sondern nur eine vorläufige Skizze.«

Der Kreisbaurat machte ein sehr verdrießliches Gesicht. »Das sehe ich doch selber!« Er schüttelte den Kopf. »Paßt absolut nicht in den Rahmen der Landschaft. Ich glaube kaum, daß ich das genehmigen kann.«

Simon sah alle seine Hoffnungen schwinden und dachte sich: Jetzt kann nur noch Frechheit siegen. Er legte ein Bein über das andere und lehnte sich im Sessel zurück.

»Dann ist es ja ein Glück für mich, daß hier nicht die letzte Instanz ist.«

»Was wollen Sie damit sagen?«

»Herr Staatssekretär Burghardt in der Regierung steht meinem Vorhaben sehr wohlwollend gegenüber.«

»Ach, Sie kennen Herrn Staatssekretär Burghardt?«

Simon lächelte auf eine Art, als sei er ein guter Dufreund des Herrn Staatssekretärs, den er nie im Leben gesehen hatte.

»Wissen Sie, Herr Kreisbaurat, der Herr Staatssekretär hat gemeint, man könne mir nur gratulieren zu diesem Vorhaben. Arbeitsbeschaffung für Siebenzell, Aufschwung für das ganze Dorf und so weiter.«

»Ja, das schon, aber —«

»Der Plan müßte halt fachmännisch bearbeitet und entworfen werden. Und da habe ich an Sie gedacht, Herr Kreisbaurat. Wenn Sie vielleicht die Güte hätten?«

Der Kreisbaurat tat so, als müßte er sich das noch überlegen, obwohl aus seinen Augen die Freude leuchtete, die Freude und die Erwartung eines ganz saftigen Honorars.

»Ja, wissen Sie, ich bin zwar sehr beschäftigt, Herr —?«

»Burgstaller«, half ihm Simon nach.

»Sehr beschäftigt, aber in Anbetracht dessen, daß es schon so sein wird, wie Sie sagen, ein Aufschwung für das ganze Dorf, müßte ich halt zusehen — in meiner Freizeit oder so.«

»Das wäre zu gütig, Herr Kreisbaurat. Dann wäre mit Sicherheit anzunehmen, daß der Plan auch im Gemeinderat durchgeht.«

»Das sowieso«, sagte der Kreisbaurat und war auf einmal wie umgewandelt. Nichts wie Güte und Wohlwollen schauten aus seinen Augen, und dann begleitete er den jungen Mann persönlich hinaus. Er sagte zwar, es könnte schon vierzehn Tage dauern, bis der Plan fertig wäre, aber er kam dann schon nach vier Tagen per Einschreiben zu Simon, mit der Bitte, der sehr geehrte Herr Burgstaller möge den Plan nun unverzüglich bei der Gemeinde einreichen, wenn er selbst ihn für gut befinde. Andernfalls müßte man nochmals darüber diskutieren.

Der Plan war gut, er war geradezu glänzend, und Simon wurde fast ein bißchen bang vor dem Gewaltigen, das nun auf ihn zukam. Aber dann sagte er sich, daß er es ja so gewollt habe, und schickte die Gaby mit dem Originalplan, den Lichtpausen und den sonstigen Unterlagen zum Gemeindesekretär Stockinger, damit sein Bauvorhaben bei der nächsten Gemeinderatssitzung vordringlich behandelt würde.

In dieser Gemeinderatssitzung sagte der Bürgermeister Langentaler, daß der junge Burgstaller jetzt übergeschnappt wäre.

Andere fanden das wieder nicht, aber der Langentaler behauptete stur:

»Das bricht ihm das Genick! Der hat ja einen Größenwahn! Und überhaupt, was brauchen wir hier in Siebenzell eine Fabrik? Das verschandelt ja die ganze Gegend. Und dann der Rauch! Die ganze Luft wird verpestet!«

»Von welchem Rauch?« fragte Robert Plank, der seit einigen Jahren im Gemeinderat war. »Ich sehe auf dem Plan nirgends einen Fabriksschlot. Es ist auch keiner nötig, weil alles elektrisch betrieben wird.«

»Na ja, von dir versteh ich es ja, daß du für diese Fabrik bist«, brummte der Langentaler. »Dir kauft er ja 's Holz ab.«

»Und das nicht wenig«, gestand Robert.

In diesem Augenblick dachte der Langentaler daran, daß ja im übernächsten Jahr wieder Gemeindewahlen waren und daß es vielleicht besser wäre, nicht ganz so stur zu sein. Im Grunde genommen hatte er ja auch nichts gegen die Fabrik, nur daß dieser Simon sie bauen wollte und dadurch vielleicht einen gewissen Einfluß auf die Leute im Dorf bekam, das ging ihm gegen den Strich.

»Na ja«, meinte er dann. »Nachdem ja der Plan vom Kreisbauamt schon soviel wie genehmigt ist, bleibt uns ja wohl nichts anderes übrig, als auch ja und amen zu sagen. Wenn er dann pleite geht, ist es seine Sache und nicht die unsere.«

Vielleicht wünschte der Langentaler dem jungen Streber, den er in seinem engsten Kreis immer geringschätzig den Rindensimmerl nannte, diese Pleite, denn wenn er es genau betrachtete, dieser junge Burgstaller stellte einfach alles auf den Kopf und strotzte geradezu vor Eigenmächtigkeit. Hatte er da nicht kürzlich, ohne mit ihm Rücksprache zu halten, ein Gesuch an die Regierung und eines an den Verkehrsminister gerichtet, man möge es doch ernstlich und wohlwollend prüfen, ob dieses herrliche Stück Land um Siebenzell nicht erschlossen werden könnte, indem man von Durmbach eine Bahnlinie herüberbaue?

Öffentlich getraute er sich dagegen zwar nicht zu protestieren, aber daheim schrie er oft wie ein Berserker und bekundete, daß es ihn so viel reue, wie er Haare auf dem Kopf habe, diesen Rindensimmerl überhaupt in das Waisenhaus gegeben zu haben. »Dort hat er ja diese Hinterfotzigkeit gelernt!« schrie er. »Im anderen Fall wäre er jetzt höchstens Knecht beim Sixt oder Holzknecht, wie sein Vater einer war.«

Dessenungeachtet aber ging Simon seinen geraden Weg. Drei Wochen später brachten Lastwagen das erste Baumaterial heran. Eine Baufirma aus Durmbach begann mit den Erdarbeiten, und noch ehe der erste Frost kam, waren die Kellerräume betoniert und das Erdgeschoß aufgemauert. Dann fiel in der ersten Adventswoche Schnee, und es wurde still da hinten beim Zellerbach am Rande des Moores.

Als im neuen Jahr schon früh das Schneewasser von den Dächern fröhlich niedertröpfelte und im Moos sich wieder das erste Leben zeigte, wurde an diesem gewaltigen Bau weitergearbeitet. Während des Winters hatte Simon mit seinen Gehilfen in der kleinen Werkstatt bereits alle Türen und Fensterstöcke vorgearbeitet, damit überhaupt nichts ins Stocken gerate.

Um diese Zeit war es, daß beim Zacklerwirt ein Faschingsball stattfand, den der Siebenzeller Burschenverein veranstaltete.

Auf handgemalten Plakaten, welche die Burschen an Scheunentoren und Lichtmasten mit Reißnägeln befestigten, stand dick und weit sichtbar geschrieben, daß Masken erwünscht wären, und es war in Siebenzell immer so gewesen, daß bei einem Maskenball sich die Burschen als Bauernmädchen verkleideten und die Mädchen als Jäger oder Holzknechte. Zu teueren Masken hatten sie kein Geld.

Der Ball fand an einem Samstag statt, und als die Maurer

um drei Uhr Feierabend machten, ging auch Simon in sein Haus hinüber, warf seinen mörtelbespritzten Janker im Waschhaus auf die Bank und ging in die gutgeheizte Stube hinüber, in der die Gaby gerade Wäsche einspritzte, dann zusammenwickelte und in einen Korb legte.

Immer, wenn er so in die Stube trat, leuchtete es in ihren hübschen braunen Augen auf, und es war ein Wunder, daß er es noch nie gemerkt hatte. Er lebte einfach so neben ihr her, seine Einstellung zu ihr war die eines Bruders, schließlich hatte er ja auch mal im Weberhäusl gelebt, auch wenn dies schon so lange her war, daß die Gabriele, wie die Gaby getauft war, mittlerweile zwanzig Jahre alt geworden war. Keine Schönheit auf den ersten Anblick hin. Der Winter hatte ihr schmales Gesicht bleich werden lassen, zumal sie sich ja nicht wie andere an einem freien Sonntag, den sie sich sowieso nicht gönnte, draußen in Schnee und Kälte auf Schiern oder Schlitten herumtummelte.

Geheimnisse hatten sie nicht voreinander, wenigstens Simon nicht vor ihr. Sie war immer die erste gewesen, die er in seine Pläne einweihte, mit ihr besprach er es, wenn er Ärger oder Sorgen hatte. Und die Gaby konnte dann dasitzen, ganz still und mit staunenden Augen. Sie nahm innersten Anteil an seinem Höhenflug und drückte die Angst hinunter, die sie manchmal empfand, weil sie dachte, wenn er erst einmal oben sei auf seiner Höhe, würde er noch viel weniger merken, wie es um ihr kleines Herz stand, das ihm in Liebe und Verehrung zugetan war.

Nein, davon hatte Simon wirklich keine Ahnung. Für ihn war sie einfach die Gaby, die für ihn sorgte. Freilich bezahlte er sie, gab ihr sogar mehr, als ihr zustand, und hatte sie bei der Krankenkasse angemeldet, weil ja schließlich alles seine Ordnung haben mußte.

Diese immerwährende kleine Angst flatterte auch jetzt durch ihr Herz, als Simon ihr eröffnete, daß er heute abend auf den Faschingsball gehen wolle.

Das war genauso, als wenn er gesagt hätte: Ich hole mir heut abend einmal den Mond herunter; denn solange sie ihm jetzt den Haushalt führte, war er noch kein einziges Mal zu irgendeiner Veranstaltung gegangen.

»Vielleicht gar maskiert?« fragte sie.

Er dachte einen Augenblick nach. Eine schmerzliche Erinnerung rührte an sein Gedächtnis. Dann schüttelte er den Kopf.

»Nein. Ich hätte übrigens auch gar kein Faschingskostüm. Kannst du nicht den Waschkessel heizen, daß ich mich baden kann?«

»Ich werde den Kessel gleich anheizen, Simon. Magst jetzt Brotzeit machen?«

Und während sie dann den Kessel heizte und frische Wäsche für ihn herrichtete, mußte sie immer wieder denken, ob er sie vielleicht doch noch aufforderte, mitzukommen zum Ball. Aber als es dann soweit war, als er schon fertig angezogen in der Stube stand, sagte er plötzlich:

»Was habe ich denn davon, wenn ich hingehe. Ich bleibe daheim!«

Weil die Gaby mittlerweile auch ihre Pläne gemacht hatte, meinte sie:

»Geh, jetzt bist du schon angezogen! Und ein bissel Ablenkung tut dir auch gut!«

»Ablenkung?« Er schaute sie nachdenklich an, griff dabei in die Westentasche und zog die Uhr heraus, um sie aufzuziehen. »Das sind halt noch Uhren. Siehst du, Gaby, die hab ich noch von meinem Vater, und der hat sie wieder von seinem Vater gehabt. Und gehen tut sie noch auf die Minute! Das nenne ich Verläßlichkeit! Was hast du gemeint? Ablenkung? Ja, schau, Gaby, das ist es gerade, was ich nicht brauchen kann. Ich darf mich durch nichts ablenken lassen von meinem Ziel.«

»Das brauchst du auch nicht. Da drüben geht ja sowieso alles ganz programmäßig voran. Da darfst du schon auch einmal ein bissel unter die Leut gehn, schließlich bist du ja schon jemand in Siebenzell. Wer baut gleich so etwas, und wer arbeitet denn hier schon mit sechs Gesellen und vier Lehrbuben!«

»Laß mich nicht vergessen, der Pointner hat gestern nachgefragt, ob ich seinen Buben nicht in die Lehre nehmen will, wenn er heuer aus der Schule kommt. Na also, dann werde ich halt doch gehn. Leg noch ein paar Briketts nach, wenn du heimgehst, und sperr gut zu.«

Sie reichte ihm den dunkelgrünen Samthut mit dem Gamsbart.

»Dann wünsche ich dir halt recht viel Vergnügen, Simon.«

»Na ja, ich laß mich überraschen.«

Dann ging er. Eine halbe Stunde später sperrte auch Gaby das Häusl ab und ging zu ihren Leuten heim.

Im Saal droben war noch nichts los. Simon setzte sich zunächst in die Gaststube und bestellte sich das billigste Gericht.

Der Saal faßte etwa dreihundert Menschen, aber vierhundert wollten auf der freien, mit Seifenflocken rutschig gemachten Fläche all das zeigen, was ihnen Einbildungskraft, Erfindergeist oder Faschingslaune zu tun gebot.

Simon stand auf, als ihm ein schlankgewachsenes Rotkäppchen auf die Schulter tippte und ihn zum Tanz aufforderte. Es sprach kein Wort dabei und kicherte nur hinter der rotbackigen Maske, als er sagte:

»Schade um ein so schönes Rotkäppchen, wenn es hernach der Wolf auffrißt!«

Die blonden Zöpfe gehörten unverkennbar zu einer Perücke, um den Hals trug das Rotkäppchen ein silbernes Kettchen mit einem Schutzengel. In seinem Körbchen befanden sich zwei Flaschen Wein, die bei jeder Drehung leise klirrten.

Es tanzte leicht wie eine Feder, und als Simon ihm das sagte, antwortete es mit einer sicherlich verstellten Stimme:

»Beruht ganz auf Gegenseitigkeit! Ich werde hernach noch mal zu dir kommen.«

Aber das war nicht nötig, denn Simon holte sich dieses blonde Kind aus der Märchenwelt, das so hingebungsvoll während des Tanzes in seinem Arm lag und ihn mit lustigen Augen anfunkelte.

Eine Bar, an der man Sekt trinken konnte, gab es hier nicht, aber hinter einem Vorhang standen ein paar Tische vor einem kleinen Schanktisch, an denen es Zwetschken- und Birnenschnaps und ein paar süße Liköre gab.

Danziger Goldwasser bestellte Simon für sich und sein Rotkäppchen und wollte dann die Larve ein wenig heben. Sofort aber klopfte ihm das Rotkäppchen auf die Hand, und ein schmalaufgeschossener Jägersmann neben ihnen lachte hinter seiner Maske. Es klang irgendwie schadenfroh.

Später tanzte dieser Jägersmann in Bundhose und Lodenjoppe auch mit Simon, der sofort erkannte, daß der Jäger zur Weiblichkeit zählte.

»Du bist doch ein Mädl?« fragte er während des Tanzes. »Aber wer bist du?«

Keine Antwort, nur ein leichtes, fast scheues Anschmiegen. Die Larve zeigte ein bubenhaftes Gesicht mit roten Backen und einem kleinen schwarzen Schnurrbärtchen. In der Lodenjoppe steckte eine Pfeife mit Hirschhorngrandeln. Aus einem Rucksack lugten oben ein paar Latschen.

»Kommst du vom Berg?« fragte Simon, und der Jäger nickte.

»Du hast heute eine schwere Aufgabe. Du mußt ja das Rotkäppchen vor dem bösen Wolf schützen«, sagte Simon und erinnerte sich plötzlich daran, daß er im Waisenhaus auch einmal den Jäger in diesem Märchen gespielt hatte.

»Oder den Wolf vor dem Rotkäppchen«, entgegnete der Jäger.

Simon lachte. »Im Märchen ist es aber anders!«

»Das Leben ist aber kein Märchen, und manchmal verbirgt sich in einem Schafspelz ein Wolf oder eine junge Wölfin — was vielleicht noch schlimmer ist.«

Simon war nun aufmerksam geworden.

»Wer bist du eigentlich?«

Der Jäger schüttelte den Kopf.

»Oder weißt du, wer sich hinter dem Rotkäppchen verbirgt?«

»Das mußt du selber rausbringen.«

»Aber du weißt es?«

Der Jäger nickte nur wieder und schmiegte sich eng in seine Arme, enger und zutraulicher, als es das Rotkäppchen getan hatte.

Das Rotkäppchen schien übrigens sehr begehrt zu sein. Es flog von einem Arm zum anderen und saß dann einmal sehr lange mit dem Robert Plank hinter dem Vorhang an der Schnapstheke. Merkwürdigerweise spürte Simon ein unbehagliches Gefühl dabei. Es stieg etwas in ihm auf, das er bisher nicht gekannt hatte, Neid oder Eifersucht, er wußte es nicht und wollte darüber auch nicht nachgrübeln. Er schüttete nur zwei Schnäpse hintereinander hinunter und merkte, wie ihm leichter wurde, so leicht, daß er den Mut fand, sich an die andere Seite des Rotkäppchens zu setzen und Robert zu fragen, ob er bereits herausgebracht habe, wer sich hinter der Märchenmaske verberge.

Robert hatte schon ein bißchen viel getrunken und lachte grölend.

»Entweder eine Alte, die noch mal jung sein möchte, oder wirklich was Nettes, das nach der Demaskierung geküßt werden will!«

Immer mehr fanden sich in dem kleinen Raum hinter der Zeltplane ein, der nur durch einen roten Lampion erleuchtet war, so daß ein recht dämmeriges Halbdunkel herrschte. Weil im Hintergrund eine Tür in den Eiskeller hinausführte, durch die von Zeit zu Zeit ein Bierfaß hereingerollt wurde, war es hier auch ziemlich kalt, bis der Maurer Hirzinger, der mit seiner Frau die Schnapsbar auf eigene Rechnung übernommen hatte, auf den Gedanken kam, eine Heizsonne auf den Schanktisch zu stellen und an der wackeligen Steckdose anzuschließen, was sofort zu einem Kurzschluß führte und den Raum in völliges Dunkel hüllte. Der entsetzte Aufschrei der Menschen wurde noch übertönt von dem Klatschen, das sich wie eine Ohrfeige anhörte, und dann wurde es wieder hell, weil der Hirzinger eine Kerze anzündete, die er vorsorglich bereitgehalten hatte, weil es auch im Vorjahr einen Kurzschluß gegeben hatte und weil ihm damals eine Flasche mit Obstler abhanden gekommen war.

Simon aber wußte nicht, wer ihm in der Dunkelheit den Kopf zurückgebogen und einen Kuß auf seine Lippen gedrückt hatte. Das Rotkäppchen konnte es nicht gewesen sein, denn das hielt der Plank-Robert fest in seinem Arm, und es wehrte sich heftig, als er ihm die Maske vom Gesicht nehmen wollte.

Simon hatte wieder das eigenartige Gefühl und hätte gerne die Hände des jungen Plank von den Schultern des Mädchens gerissen. Aber da hatte sie sich bereits selber befreit, faßte nach Simons Hand und zog ihn in den Saal hinaus zum Tanz.

Ungeduldig erwartete Simon, nachdem er auch mit dem Jäger noch ein paarmal getanzt hatte, die Mitternachtsstunde, um endlich zu erfahren, wer das Rotkäppchen sei. Aber als es soweit war, sah er, wie die Maske eilig durch die Saaltür verschwand.

Nur ganz kurz überlegte Simon, dann griff er nach seinem Hut und verließ ebenfalls den Saal. Da stand ihm plötzlich der Jäger im Weg.

»Willst du schon heimgehen?«

»Ja, komm, steh mir jetzt nicht im Weg!« Er schob den

Jäger mit dem Ellbogen zur Seite und sprang die Stiege hinunter.

Draußen sah er das Rotkäppchen auf der Dorfstraße davoneilen. Im matten Licht der Bogenlampe, die vom Hauseck des Zacklerwirts zu einem Mast auf der anderen Straßenseite hinübergespannt war, sah Simon, wie sich der leichte Rock des Rotkäppchens bei dem ruppigen Föhn, der von den Bergen niederstrich, um die schlanken Beine bauschte. Er schritt dann so rasch aus, daß er es bald eingeholt hatte und an seiner Seite war. Es blieb stehen und holte mit einem hörbaren Atemzug Luft.

»Warum läufst du mir nach?«

Das Rotkäppchen begann wieder zu gehen und wehrte es ihm nicht, als er seinen Arm nahm.

»Ich habe gefragt, warum du mir nachläufst?« Es klang diesmal nicht mehr so gereizt.

Simon, der Alkohol fast nicht gewohnt war, spürte nun in der frischen Luft die paar Schnäpse. Er fühlte so ungeheuren Mut in sich, daß er mit einem Griff die Larve vom Gesicht des Mädchens zog und dann erstaunt einen Schritt zurücktrat.

»Ach, du bist es?«

Das schöne, schmale Gesicht der Langentaler-Fini zeigte sich ihm.

Wieder holte sie tief Atem und sagte dann:

»Jetzt brauchst du nur noch zu sagen, du hättest nicht gewußt, wem du nachläufst!«

»Habe ich auch nicht gewußt!«

»Sonst hättest du dir die Mühe wohl erspart?«

Simon wußte nicht, ob das nun Ablehnung war oder Spott, und er wartete darauf, daß sie ihn aufforderte, zurückzugehen. Es war ja auch seltsam, und am allerwenigsten durfte dieses Mädchen, das da in der sternfunkelnden Föhnnacht so vor ihm stand, erfahren, daß er seinetwegen ein bißchen unruhig geworden war.

»Es wird dich doch nicht wundern, daß ich neugierig war, zu erfahren, wer hinter der Maske steckt«, sagte er schließlich.

»Nun weißt du es.«

»Ja, jetzt weiß ich es«, antwortete Simon und war nun schon so weit, sie zu bitten, daß er sie nach Hause begleiten dürfe.

Weil ihre Antwort doch länger ausblieb, als sie bei einer Ablehnung hätte ausbleiben dürfen, blieb er an ihrer Seite und bedauerte nur, daß der Gang durch die Nacht so kurz war, denn sie schritten bereits die Anhöhe zum Langentalerhof hinauf. Bei jedem Schritt klingelten die zwei leeren Flaschen in ihrem Körbchen. Er hatte ihren Arm unter den seinen gezogen und spürte die Wärme ihres Körpers. Und doch war etwas Fremdes zwischen den zwei Menschen und ließ einen Abstand zwischen ihnen entstehen, der kalt und grausam war. Sie dachten wahrscheinlich beide dasselbe und fürchteten sich, es auszusprechen, weil dieses Wandern durch die föhnwarme Nacht doch schön war. Als sie dann beim Pflanzengartenzaun ankamen, wo sie stehenblieben und sich trennen mußten, lehnte sich die Fini für Sekunden an die Schulter des Simon.

»Ach«, sagte sie und seufzte, »wenn du dich nur mit meinem Vater besser verstehen könntest, Simon.«

»Oder er sich mit mir.« Simon faßte unter ihr Kinn. »Meinst du, daß mir das so gleichgültig ist, Fini?« Prüfend gingen seine Augen über ihr Gesicht, über die klare, etwas hohe Stirn, die kleine Buchtung an den Schläfen, die gerade Nase und den schöngeschwungenen Mund. »Es kann mir noch weniger gleichgültig sein, weil ich jetzt mit dir hier stehe und doch weiß, daß aus deinem Haus keine Segenswünsche für mich kommen.«

Um ihre Lider zuckte es ein wenig.

»Glaubst du das auch von mir, Simon?«

»Ich weiß nicht! Mir kommen manchmal die ganze Welt

und alle Menschen etwas verschroben vor. Aber mir macht das nichts aus, weil —«

»In deinem Hochmut macht dir das nichts aus«, unterbrach sie ihn.

Er lachte gequält und umfaßte ihre Schultern. Schmal und zerbrechlich stand sie vor ihm.

»Ich habe nur Mut, Fini. Hochmut ist mir fremd und wird mir nur aus Neid angedichtet. Was wissen denn die Menschen schon von mir? Sie sehen nur das, was ich will, und sagen, ich wäre ein Narr, weil ich es will. Aber niemand weiß, wie einsam ich bin. Wenn ich nicht tief in mir die Überzeugung trüge, daß ich mein Ziel erreiche, ich würde manchmal verzweifeln. Wenn ich nur einen einzigen Menschen für mich ganz allein hätte, der zu mir hält und an mich glaubt!«

Vom Hof her war ein Geräusch zu vernehmen, und die Fini fuhr erschrocken herum. Aber es war nur der Wetterhahn auf dem Dach, der geknarrt hatte.

Die Fini, von Natur aus ein bißchen realistisch veranlagt, konnte nicht begreifen, daß ein Mensch einsam sein konnte. Sie wußte auch gar nicht, ob das, was er sagte, die reine Wahrheit war, wußte es so wenig, wie sie zu Beginn dieses Abends geahnt hatte, daß sie heute noch mit Simon Burgstaller hier am Pflanzengartenzaun stehen würde. Daß sie ihn zum Tanz geholt hatte, war mehr einer Laune entsprungen, und später dann hatte es ihr eben so gefallen, ihn für sich zu beanspruchen, weil sie sah, wie sehr auch andere sich um ihn bemühten. Und jetzt — ja, das war doch sonderbar, jetzt war sie wirklich in Verwirrung geraten. Der Mann war auf einmal nicht mehr der vielgeschmähte Narr, der frevlerisch nach den Sternen griff, sondern ein gutaussehender junger Mensch, der in einer anderen Welt aufgewachsen war und das Leben von einer ganz anderen Warte aus sah. Er war stolz, und alles fiel ihm leicht zu. Vielleicht meinte er, daß auch sie ihm leicht zufallen könnte, und dagegen wollte sie sich jetzt wehren. Aber als sie sich noch überlegte, was sie ihm sagen sollte, damit er sich nicht einbildete, eine Josefine Langentaler wüßte in einer Narrennacht nicht mehr, wer sie sei, da spürte sie seine Lippen auf ihrem Mund und schlang ihre Arme um seinen Nacken, daß das Körbchen mit den Flaschen zu Boden fiel. Hernach sagte sie:

»Du bist schon gut! Nimmst dir einfach einen Kuß!«

»Hätte ich damit noch warten sollen?«

Statt aller Antwort küßte sie ihn. Er mußte ganz flüchtig an Reinhilde denken und daran, daß ihm einmal in einer Faschingsnacht das Glück auseinandergesprungen war wie ein Glas und daß er jetzt im Begriff war, ein neues Glück zu finden.

Da sagte die Fini, wie um ihn aus allen Himmeln zu reißen:

»Was meinst du, was mein Vater sagen würde, wenn er es wüßte?«

»Er weiß es aber nicht!« lachte Simon leise, als freue er sich darüber, seinem Erzfeind einen Streich spielen zu können. »Viel vernünftiger wäre es, wenn ich wissen dürfte, wann und wo ich dich wieder treffen kann.«

»Du bist aber einer! Meinst du, was im Fasching erlaubt ist, kann in alle Ewigkeit fortgehen?«

»Die Liebe ist doch an keine Zeit gebunden, Fini.«

Sie nahm ihr Gesicht ein wenig zurück und sah ihn forschend an.

»Willst du sagen, Simon, daß du mich liebst? Das glaubst du doch selber nicht!«

Er nickte.

»Es könnte wunderschön mit uns beiden werden, Fini. Du müßtest nur ein bißchen Geduld haben.«

»Und das Vertrauen, das du von einem Mädchen erwartest.«

»Ja, auch das Vertrauen!«

»Ich weiß nicht, ob man nicht Angst haben müßte, Simon, vor dem, was du in deinem Winkel da hinten aufbaust.«

»Das mußt du glauben, weil du in deiner Umgebung nichts anderes hörst. Aber wenn ich dir einmal erzählte, wie ich mir denke, daß alles werden soll —«

»Vielleicht erzählst du mir das einmal, Simon?«

»Wann?«

»Ein anderes Mal, jetzt ist es zu spät dazu. Laß mich jetzt gehen, Simon. Ich muß erst über alles nachdenken.« Sie umschlang noch einmal ganz schnell seinen Hals und küßte ihn. Dann bückte sie sich nach dem Körbchen und huschte auf das Haus zu.

Starr und steif stand er da. Er hörte, wie die Haustür ging und dann zugesperrt wurde. Gleich darauf wurde im oberen Stockwerk ein Fenster hell. Für einen Augenblick erschien die Gestalt des Mädchens am Fenster, dann wurden die Vorhänge zugezogen.

Simon wartete so lange, bis das Fenster wieder dunkel wurde. Dann ging er zur Straße hinunter. Der Wind strich um sein Gesicht wie eine kosende Hand. Vom Tanzsaal herunter dröhnte der Lärm der Narren.

Ganz flüchtig dachte Simon an den schmalen Jäger. Aber er hatte keine Lust mehr, hinaufzugehen in das Gewimmel. Zu sehr war er erfüllt von diesem neuen Erleben, von dem er sich noch nicht ausmalen konnte, wie es nun weitergehen sollte. Vielleicht blieb es auch nur ein Faschingserlebnis. Fini hatte ihm nicht mehr gesagt, wo und wann er sie wiedertreffen könnte. Aber sie hatte von einem anderen Mal gesprochen, und es lag nun bei ihr, wann das sein sollte. Vielleicht hatte sie morgen schon wieder alles vergessen. Aber auch das würde nichts mehr daran ändern, daß er aus der Lethargie erwacht war, in die Reinhildes Verrat ihn gestürzt hatte. Ein neues Gefühl war in ihm erwacht, ganz anders als damals bei Reinhilde. Reinhilde hatte er eigentlich nicht erobert, sie hatte sich ganz einfach mit seinem Leben verkettet und hatte die Ketten abgestreift zu einer Zeit, als er gerade begonnen hatte, ganz fest an ihre Liebe zu glauben.

Seit jener Enttäuschung hatte er sich nie wieder um ein Mädchen gekümmert. Er hatte kein rechtes Vertrauen mehr. Ein weiterer Grund war aber auch, daß er seine Gedanken und seine ganze Kraft auf das große Werk richtete, das in diesem Frühjahr fertiggestellt werden sollte.

Aber heute hatte es ihn getroffen, und nun ging er durch die Nacht wie verzaubert. Zum erstenmal bezog er in seine kühnen Pläne ein Mädchen ein, und weil ihm Halbheiten verhaßt waren, spann er diese Gedanken weiter in Schlaf und Traum hinein und sah sich schon über das Moor schreiten, ein junges Weib an der Seite und ein blondgelocktes Kind.

Geschwätzigkeit war nicht seine Art, aber sein Herz war bis zum Rande gefüllt vom Wunder der vergangenen Nacht, daß er sich ganz einfach aussprechen mußte. Wer aber war dazu besser geeignet als die Gaby, der er doch alles anvertrauen konnte?

Sie stand in der Küche, als er herunterkam, und hatte heute zum erstenmal das Dirndlkleid an, für das er ihr zu Weihnachten den Stoff geschenkt hatte. Dazu trug sie eine schillernde Seidenschürze. Bildhübsch sah sie aus in dem gutsitzenden Spenzer. Nur ein bißchen blaß war sie. Aber er sah im ersten Augenblick weder das eine noch das andere, pfiff leise vor sich hin und begann, sich vor dem Spiegel Wangen und Kinn einzuseifen.

Die Gaby richtete unterdessen das Frühstück und trug es in die Stube hinaus. Sonst immer recht unterhaltsam, wollte ihr heute gar nichts aus der Kehle kommen, bis sie sich endlich zu der Frage aufraffte:

»Wann bist du denn heimgekommen heute nacht?«

»Eigentlich gar nicht so spät«, sagte er und war so übermütig, daß er sich umdrehte und ihr mit dem Rasierpinsel das Nasenspitzel mit Seifenschaum betupfte. Ohne eine Miene zu verziehen, wischte die Gaby den Schaum weg und fragte weiter:

»Hat es dir nicht gefallen auf dem Faschingsball?«

»Am Anfang war es ein bissel langweilig. Aber dann — du, Gaby —, Menschenskind, ich glaube, ich hab mich Hals über Kopf verliebt!«

»So?« Das kam dünn und spitz. »In wen denn?«

»Rat einmal!«

Die Gaby hätte es ihm auf den Kopf zusagen können. Sie hätte ihn auch fragen können, ob er sich nicht auch des schmalbrüstigen Jägers erinnerte. Aber sie verschluckte es und sagte nur:

»Wird schon eine gewesen sein!«

Simon schabte sich die Wangen und das Kinn ab, dann drehte er sich wieder um.

»Und was für eine, Gaby! Wahrscheinlich ist sie die Schönste vom ganzen Tal.«

»Dann könnte es ja bloß die Bürgermeister-Fini gewesen sein.«

»Wie du das gleich weißt! Na ja, das ist auch kein Kunststück, es gibt auch wirklich keine Schönere weit und breit. Womit ich allerdings nicht sagen möchte, daß es mir bloß die Schönheit angetan hätte. Nein, das ist was anderes, das kommt von tiefer her. Sie ist als Rotkäppchen gegangen, weißt, und hat mich zum Tanzen geholt. Und gleich beim ersten Tanz hab ich gemerkt, daß mit mir was los ist. Grad als wenn ein Funke in mich gefallen wäre. Ich weiß nicht, wie ich dir das erklären soll, Gaby, vielleicht verstehst du das auch gar nicht, wie das ist, wenn man so lang einsam gewesen ist.«

»Und warum meinst du, daß ich das nicht verstehen soll?«

»Ja, natürlich. Es kennt mich ja keine so wie du.« Er

trocknete sich umständlich ab. »Als Rotkäppchen war sie dort, weißt. Zum Anbeißen!« Er ging in die Stube hinaus und setzte sich an den Tisch. »Hast du schon Kaffee gehabt, Gaby?« Sie bestätigte es ihm durch die offene Küchentür, und er sprach gleich weiter. »Natürlich hab ich nicht gewußt, wer sie ist. Erst als ich sie dann heimbegleitet habe. Im ersten Augenblick bin ich dann erschrocken. Weißt es ja, wie schlecht ich mit ihrem Vater stehe.«

Die Gaby kam jetzt heraus und setzte sich auf das äußerste Ende der Bank. So als ob sie müde sei, lehnte sie den Kopf gegen die Holztäfelung.

»Dann wirst du halt jetzt doch in manchem nachgeben müssen«, sagte sie dann mit einer Stimme, die wie zersprungenes Glas klang. »Vorausgesetzt, daß es dir Ernst ist mit der Fini.«

Seine Stirne runzelte sich.

»Was ich will, das werde ich durchsetzen. Das wäre ja noch schöner! Wenn die Fini zu mir hält, kann der Alte machen, was er will!«

»Ja, wenn sie zu dir hält. Du hast sie doch gefragt, ob sie noch frei ist?«

Überrascht hob er den Kopf und sah die Gaby an.

»Daran habe ich gar nicht gedacht. Weißt du vielleicht etwas? Nein, nein, sie kann noch an keinen gebunden sein, sonst wäre sie doch nicht mit mir heimgegangen!«

»Das sagt noch gar nichts, Simon.«

»Natürlich, da hast du recht«, antwortete er und hatte dabei das Gefühl, als schwebte er aus seinen Höhen herunter in die kalte, rauhe Wirklichkeit. Reinhilde fiel ihm ein, und daß sie auch ohne sein Wissen mit einem anderen ausgegangen war. Aber die Fini war nicht Reinhilde.

»Du wirst ja nicht wissen, wie das ist, wenn es einen überfällt«, sprach er weiter. »Und mich hat es jetzt überfallen. Es war da zwar noch so ein schmaler Jäger da, mit dem ich auch ein paarmal getanzt habe. Aber das war ja kein Vergleich mit dem Rotkäppchen, obwohl er auch recht gut getanzt hat, leicht wie eine Feder und recht anschmiegsam.«

»Aha«, sagte die Gaby. »Und es hat dich auch gar nicht gereizt zu erfahren, wer hinter der Jägermaske gesteckt haben könnte?«

»Nicht im mindesten. Ich habe dir ja schon gesagt, daß ich dem Rotkäppchen ganz verfallen war. Wer könnte sich hinter der Jägermaske schon versteckt haben? Vielleicht eine kleine Bauernmagd oder ein Häuslerkind.«

»Und die sind nichts für einen Herrn wie dich?«

Aufmerksam sah er jetzt in ihr Gesicht, das wie versteinert war.

»Was hast du denn für einen spöttischen Ton, Gaby? Du weißt ganz genau, daß mir jeder Mensch etwas gilt, sofern er rechtschaffen ist. Die Herkunft spielt dabei keine Rolle.« Er stand auf, schlüpfte in seine Joppe und sah durch das Fenster zum Rohbau hinüber. »Wenn alles fertig ist da drüben, muß ich ja doch einmal ans Heiraten denken. Sonst weiß ich ja gar nicht, für wen ich das alles aufbaue.«

»Für deine Kinder halt.«

»Ja, eben.« Er drehte sich um und sah sie wieder an. »Daß du so übernächtig ausschaust und so blaß! Man könnte glauben, du seist auf dem Ball gewesen! Aber du kommst auch zuwenig an die frische Luft oder schläfst zuwenig. Heut nachmittag gehst du heim, legst dich nieder und schläfst bis morgen früh durch.« Die Kirchenglocken läuteten, und Simon griff nach seinem Hut. »Was gibt's denn heute mittag?«

»Schweinsbraten mit Knödel und vorher eine Nudelsuppe. Aber wenn du gern was anderes möchtest?«

»Nein, nein. Du machst schon allweil alles recht! Bloß ein freundlicheres Gesicht bitte ich mir zu Mittag aus. Oder bist du krank? Dann sag's. Dann muß ein Doktor her.«

Ein müdes Lächeln zuckte um ihren Mund. Dann trat

sie auf ihn zu und zupfte ein blondes Haar von seinem Joppenaufschlag, das sich dort an einem Knopf verfangen hatte.

Ein tiefer Atemzug hob ihre Brust, als er dann endlich ging. Recht lange hätte sie sich nicht mehr beherrschen können, dann hätte sie losheulen müssen, und vielleicht hätte er dann geahnt, daß in ihr eine ganze Welt zusammengebrochen war. Vom Fenster aus sah sie ihm eine Weile nach, wie er mit federndem Schritt die Straße entlangging. Dann setzte sie sich auf die Bank, spielte mit der Kaffeetasse, aus der er gerade getrunken hatte. Dabei rannen ihr die Tränen über das schmale, blasse Gesicht, und sie hob keine Hand, sie wegzuwischen.

Es war doch schwerer, als sie gedacht hatte. So schön war es gewesen, neben ihm her zu leben in der stillen Hoffnung, daß er doch plötzlich erkennen würde, was in ihr für ihn brannte wie ein stilles Feuer. Wenn sie ihn berührte, zitterten ihre Hände, wenn er sie aus seinen warmen, hellen Augen manchmal so ansah, dann fühlte sie, wie ihr Herz heftig zu schlagen begann.

Und nun hatte er sich an diese Langentaler-Fini verloren. Was er von ihrer Schönheit gesagt hatte, hatte schon seine Richtigkeit. Aber sie war eine kalte, stolze Schönheit mit Schnee überm Herzen. Die Fini wußte, wie sie war. Sie sah auf die kleinen Leute immer ein wenig herunter. Aber Simon gehörte ja nun nicht mehr dazu, er stieg eine Leiter hinauf, verweilte gerade auf einer der mittleren Sprossen, und es war nicht daran zu zweifeln, daß er sie ganz erklimmen würde.

Wie selig war sie gestern in seinen Armen gewesen, als er sie, den kleinen Jäger, im Tanz durch den Saal gewirbelt hatte. Er aber hatte kaum Notiz von ihr genommen, hatte über ihren Scheitel hinweg dauernd nach dem Rotkäppchen gesehen. Ihr Herz hatte leise dabei geweint, sie hatte dann daheim ihr Maskenzeug weggeräumt und den Vorsatz gefaßt, nie mehr ein bißchen Liebe von ihm zu erbetteln. Erschrocken sprang sie plötzlich auf und besann sich ihrer Pflicht. Sie mußte ja das Essen herrichten, sein Zimmer aufräumen und die Stube hier in Ordnung bringen, damit er sich wohl fühlte, wenn er heimkam aus der Kirche.

Der Winter war so mild in diesem Jahr wie nie zuvor, und Simon war froh darüber, denn sonst hätte er mit seinem Bau vielleicht erst nach Ostern weitermachen können. So aber wurde gleich Anfang März schon gewerkt. Simon trieb zur höchsten Eile an, und weil sein Baumeister nicht genügend Leute finden konnte, einigte man sich darauf, etwa zwanzig Italiener kommen zu lassen.

Zur gleichen Zeit war auch der Kaplan Dehmer nach Siebenzell gekommen, der dem gichtkranken Pfarrer Holler helfen sollte.

Er paßte ausgezeichnet nach Siebenzell und interessierte sich für alles, besonders auch für den neuen Bau da hinten am Waldrand. Allerdings wurde von ihm gesagt, daß er oft über die Zeit hinaus im Wirtshaus säße und ein handfester Trinker wäre. Aber damit hatte es seine eigene Bewandtnis, und es entsprach zudem nicht der Wahrheit. Diesen Ruf hatte er nur dem Dollinger zuzuschreiben, einem pfiffigen Kleinhäusler, dem sein Eheweib jedesmal, wenn er spät vom Wirtshaus heimkam, einen höllischen Krach machte. Bis der Dollinger einmal auf die hinterlistige Idee kam, um halb zwölf Uhr nachts vor seinem Gartenzaun recht laut zu sagen:

»Also dann gute Nacht, Herr Kaplan.« Und dann mit verstellter Stimme:

»Gute Nacht, Dollinger. Grüßen Sie mir auch Ihre Frau recht schön.«

»Werd's ausrichten. Also dann, am Mittwoch wieder, Herr Kaplan.«

Natürlich hörte das die Dollingerin in ihrer Schlafkammer und fragte fromm wie ein Lamperl:

»Hat dich denn der Herr Kaplan heimbegleitet, Sepp?«

»Ja, das ist ein feiner Mensch, der neue Kaplan.«

Das ging so für ein paar Wochen. Immer das gleiche Gespräch am Gartenzaun, manchmal sogar nach zwölf Uhr, bis der Kaplan zufällig einmal in das Dollingerhäusl kam, um nach der kranken Sopherl zu schauen, die schon acht Tage die Schule versäumte. Hernach setzte ihm die Dollingerin einen Zwetschkenschnaps vor und sagte voller Erbarmen und in wohlmeinender Offenheit:

»Eigentlich schade um Sie, noch so jung und schon so saufen. Denken Sie denn gar nicht ein bissel an Ihre Gesundheit?«

»Wie bitte?« fragte der Kaplan und schob den Schnaps zurück.

»Ja, ist schon wahr! Vorgestern war es schon fast halb eins! Und nach Mitternacht dürften Sie ja gar nichts mehr trinken, wenn Sie in der Früh die Messe halten müssen.«

»Ich verstehe Sie nicht, liebe Frau. Ich gehe doch grundsätzlich nicht aus und lege mich spätestens um zehn Uhr schlafen.«

»Aber ich höre es doch selber, wenn Sie sagen: Gute Nacht, Dollinger, und mein Mann: Gute Nacht, Herr Kaplan.«

Da dämmerte es dem jungen Geistlichen, und ein feines Lächeln zuckte um seinen Mund. Aber er brachte es doch nicht fertig, den Dollinger der Lüge zu überführen, und meinte ausweichend, die Dollingerin möge doch ganz einfach beim Wirt nachfragen. Der könne ihr bestimmt sagen, daß er dort nie anzutreffen sei. Wenigstens zu keiner späten Stunde.

Als er dann weiterging, begegnete ihm der Dollinger mit seinem Ochsenfuhrwerk und lüpfte auf recht nette Art sein verspecktes Hütl.

»Grüß Gott, Herr Kaplan.«

»Ja, grüß Gott, Dollinger. Warte einmal ein bißchen, ich möchte dich was fragen. Recht viel scheinst du ja aus der Religionsstunde nicht mehr zu wissen, aber vielleicht erinnerst du dich, daß man kein falsches Zeugnis geben soll.«

»Freilich, freilich«, antwortete der Dollinger, schon von einer leisen Ahnung erfüllt.

»Ja, siehst du, Dollinger. Du hast aber ein falsches Zeugnis gegeben, indem du deiner Frau vorgespiegelt hast, ich hätte die ganze Nacht mit dir gesoffen und dich dann heimbegleitet.«

»Teifi! Teifi!« Der Dollinger kratzte sich in seinem dicken Haarwust. »Weiß sie es jetzt?«

»Ich habe es ihr nicht direkt gesagt, aber beim Wirt wird sie ja die Wahrheit erfahren.«

»Gute Nacht, das wird ein Donnerwetter geben! Hüh, ihr zwei wamperten Luder!« Er schnalzte den Ochsen mit der Peitsche über die fetten Rücken und seufzte: »Jetzt ist's wieder aus mit der Herrlichkeit!«

Weil die Dollingerin dafür sorgte, daß die Geschichte unter die Leute kam, gewann der junge Kaplan noch mehr Ansehen. Simon lachte hellauf, als er die Geschichte erfuhr, und meinte, als Dehmer ihn wieder einmal aufsuchte:

»Wenn ich Bürgermeister wäre, täte ich alle Hebel in Bewegung setzen, daß Sie in Siebenzell blieben und einmal Pfarrer würden. Sie passen zu uns wie kein zweiter.«

»Und Sie würden zu Siebenzell als Bürgermeister wie kein zweiter passen«, antwortete der Kaplan.

»Geh, was Ihnen nicht einfällt! Ich habe ganz andere Sorgen«, meinte Simon. »Solange der Langentaler lebt, gibt es in Siebenzell keinen andern Bürgermeister.«

»Sagt der Langentaler. Es sind aber Bestrebungen im Gange, daß der Karren in Siebenzell nicht dauernd in eine Richtung laufen, sondern daß das Steuer einmal herumgerissen werden soll, und dazu gehören eben jüngere Kräfte.«

»So? Das ist mir neu.«

»Weil Sie sich um die Gemeindepolitik soviel wie gar nicht kümmern.«

»Wundert Sie das?« fragte Simon und deutete auf seinen Neubau. »Ich habe den Kopf voll, das dürfen Sie mir glauben.«

Ja, er hatte um diese Zeit wirklich Sorgen, der Simon Burgstaller. Es kamen die Maschinen, die er bestellt hatte. Die Maschinen konnten aber nicht arbeiten, ehe nicht wenigstens ein Saal fertig war. Aber sie fraßen Zinsen. Darum war Simon wie der Teufel hinter allem her, er wurde mager und hohlwangig in dieser Zeit. Wie hätte er sich da auch noch um Politik kümmern sollen! Es war schon genug, daß er bei den Bahnbehörden immer wieder nachbohrte, daß er Eingabe auf Eingabe machte und selber im Verkehrsministerium vorstellig wurde. Das alles nahm ihm viel Zeit weg, und so entschloß er sich kurzerhand, dem Robert Plank seinen alten DKW abzukaufen, als dieser sich einen neuen Opel zulegte.

Nun war er beweglicher. Ständig war er unterwegs. Er begann bereits Leute anzuwerben für seine Möbelfabrik, denn nach genauester Berechnung mußte der Betrieb am ersten Juni anlaufen mit allem, was er herzugeben hatte. Die Verträge waren unterschrieben und konnten bei Nichteinhaltung gefährlicher werden als die Zinsen. Allerdings war er klug genug, nur kurzfristige Verträge abzuschließen, denn sein Ziel lag darin, möglichst bald unabhängig und selbständig zu sein. Damit es schneller ging, besorgte er sich auf Anraten des Kaplans bei höchster kirchlicher Stelle eine Dispens, daß wenigstens die Italiener auch sonntags nach dem Frühgottesdienst arbeiten durften. Nein, erst nach dem Hochamt, wurde ausnahmsweise gestattet.

Die Siebenzeller hatten viel zu bestaunen, und es floß das erste Geld in die armen Kassen. Zimmer wurden gesucht für die ersten Arbeiter. Beim Weber konnten sie gleich zwei aufnehmen, und beim Zacklerwirt begann der Umsatz zu steigen. Die ersten Lichtzeichen fielen nach Siebenzell herein, und obwohl Simon es selber noch nicht genau wußte, sprach man von etwa hundert Arbeitern, die fürs erste in der Möbelfabrik arbeiten sollten. Nein, Simon wußte so manches nicht, was ihm angedichtet wurde, manche hielten ihn für einen Frevler, manche für einen Helden. Frevler war er für diejenigen, die sein Vorhaben verrückt nannten, weil sie für sich selber dabei keinen Nutzen sahen. Zum Helden stempelten ihn die anderen, die er aus ihrer Not herausführen wollte. Und das waren sehr viele, die ihn auf ihren Schild hoben und an das »goldene Zeitalter« glaubten, das nun über Siebenzell hereinbrechen würde. Aber diejenigen, die ihn für einen Frevler hielten, begannen Mißtrauen gegen ihn zu säen und zu suchen, ob man ihm denn gar nichts anhängen könne.

Diese Gaby etwa. Lebte er mit ihr zusammen? Dann mußte man sich hinter den siebenklugen Kaplan stecken und ihn fragen, ob er denn dulden könne, wenn da hinten zwei Menschen im Konkubinat lebten.

»Das kann die Gemeinde nicht zulassen«, empörte sich der Bürgermeister Langentaler. »Da sträuben sich bei mir alle Haare, wenn wir das durchgehen lassen, dann machen andere es nach, und wir haben bald das reinste Sodom und Gomorrha!«

Er werde die Sache prüfen, versprach der Kaplan und machte sich auf den Weg. Es traf sich gut, weil es an diesem Tag regnete und Simon daher in seinem kleinen Stübchen saß und sich mit Rechnungen beschäftigte.

»Störe ich Sie, Burgstaller?« fragte der Kaplan, als er den Kopf zur Tür hineinsteckte.

»Nein, kommen Sie nur herein! Die Gaby kann uns Kaffee kochen. Sind Sie zufällig unterwegs, Herr Kaplan, oder —?«

»Nicht zufällig, ich möchte Sie nämlich etwas fragen, ganz unter uns.«

»Aha!« Simon räumte seine Schreibmaschine weg und lächelte vor sich hin. »Ich kann Ihnen ganz genau sagen, was Sie mich fragen müssen.«

Überrascht blickte Dehmer auf.

»Sie müssen fragen«, sprach Simon weiter, »wie das Verhältnis zwischen mir und der Weber-Gaby ist.«

»Woher wissen Sie denn das?«

»Man hat so seine Quellen. Aber ich glaube, daß sich die Haare des Bürgermeisters bald über ganz was anderes sträuben werden. Ich will Ihnen reinen Wein einschenken, Herr Kaplan. Die Gaby ist bei mir angestellt und nicht mehr. Alles andere ist Geschwätz.«

Von der Werkstatt herüber hörte man die Hobelmaschine brummen und die Bandsäge singen. An den Fenstern rann der Regen herunter, so daß der Blick zum Neubau hinüber verhängt war.

»Ich werde nichts mehr fragen, ich glaube Ihnen«, sagte Dehmer nach einer Weile.

In diesem Augenblick kam die Gaby vom Waschhaus herein, sie hatte die Ärmel hochgekrempelt und die Holzpantoffeln vor der Tür draußen abgestellt, so daß sie in Strümpfen dastand.

»Ui, der Herr Kaplan!« entschlüpfte es ihr. Sie suchte nach den Hausschuhen, die beim Ofen standen. »Wie ich ausschaue! Aber heute ist halt Waschtag!«

»Lieb schaust du aus«, meinte Dehmer und betrachtete das Mädel mit wohlwollenden Blicken.

»Koch Kaffee für uns!« befahl Simon und erzählte dann seinem Gast, daß er jetzt endlich die nötigen Fachkräfte beisammenhabe. Siebzig gelernte Tischler und etwa ebenso viele Hilfskräfte, die letzteren hauptsächlich aus Siebenzell und der näheren Umgebung. Fristgerecht könne am ersten Juni der Betrieb anlaufen, und damit breche für Siebenzell ein neues Zeitalter an, auch wenn dies gewissen Leuten nicht passe.

»Alles Neue stößt zunächst auf Opposition«, meinte Dehmer. »Den Segen erkennt man erst später.«

»Ich weiß genau, Herr Kaplan, wenn ich die zwei Tagwerk Grund nicht selber gehabt hätte, mir würde kein Mensch in Siebenzell auch nur einen Quadratmeter für meine Zwecke verkauft haben. Die Kleinen hätten es sowieso nicht getan, und die Bauern sind gegen mich.«

»Nicht alle.«

»Ich kenne meine Gegner genau. Der Plank zum Beispiel war meinen Plänen am Anfang noch zugetan und hat mir das Holz verkauft, das ich brauchte. Aber jetzt findet er tausend Ausreden und hat mir das letztemal grünes Holz geliefert. Ich aber brauche trockenes Holz und habe ihm gesagt, daß ich mir gegebenenfalls eine Trockenanlage bauen werde und ein eigenes Sägewerk, wenn er mit mir nicht zusammenarbeiten will.«

»Der junge Plank?« wunderte sich Dehmer. »Ich habe ihn für aufgeschlossener gehalten.«

»Ich habe nicht vom Jungen gesprochen. Das Heft hat noch der Alte in der Hand, und der ist dem Langentaler in allem willig.«

Die Gaby brachte den Kaffee und wollte wieder gehen. Simon hielt sie zurück.

»Geh, Gaby, sag dem Herrn Kaplan einmal, wann du in der Früh kommst.«

Die Gaby zog etwas verwundert die Brauen hoch.

»Um sechs Uhr herum.«

»Und wann gehst du abends heim?«

Ein Lächeln zuckte um ihren Mund.

»So eine Frage! Wann ich halt mit der Arbeit fertig bin. Manchmal um sieben Uhr, manchmal wird's halb acht.«

Triumphierend blickte Simon auf den jungen Geistlichen.

»Jetzt haben Sie es selber gehört!«

»Ich habe nicht daran gezweifelt«, gestand Dehmer.

Da trat Gaby ganz nahe heran und stemmte ihre von

Seife und Lauge rotgewaschenen Hände auf die Tischplatte. Zwischen ihren Brauen stand eine dünne, scharfe Falte.

»Was soll denn diese Fragerei?«

Simon sah sie gutmütig, fast mitleidig an.

»Muß ich dir das erst sagen, Gaby?«

Sie senkte den Kopf, drehte sich um und ging hinaus.

Man hörte wieder den Regen um das Haus rauschen, als baue er eine tönende Wand darum.

»Sie hätten das Mädchen nicht so in Verlegenheit bringen sollen«, meinte Dehmer.

Simon sah ihn ganz offen an und wischte ein paar Krumen vom Tisch.

»Wenn man sich keiner Schuld bewußt ist, wird man nicht verlegen«, erwiderte Simon. »Und jetzt will ich Ihnen etwas sagen, Herr Kaplan. Ich habe oftmals zur Nachtzeit jemanden um mein Haus schleichen gehört. Gewisse Kreise wollten unbedingt herausfinden, ob die Gaby hier übernachtet. Man wollte mir einfach etwas anhängen. Da ich ihnen sonst nirgends eine Blöße bot, treiben sie ihre Schamlosigkeit so weit, daß sie dieses Mädchen auch noch mit hineinziehen wollen. Aber dagegen werde ich mich wehren. Das bin ich Gaby schuldig, und wenn ich den Bürgermeister selber wegen übler Nachrede vors Gericht zerren müßte! Mein guter, unvergeßlicher Direktor vom Waisenhaus hat mir einmal gesagt, man müsse immer so leben, daß man vor niemandem die Stirne senken müsse. Das wollte ich noch gesagt haben, Herr Kaplan. Aber greifen Sie doch zu, oder rauchen Sie eine Zigarette mit?«

»Ja, bitte.«

Simon hatte sich erst in den letzten, aufregenden Wochen das Rauchen angewöhnt, blieb aber auch hier mäßig und ließ es bei nur drei oder vier Stück im Tag bewenden. Und während sie gemütlich rauchten, redete der Kaplan Dehmer so ein bißchen um den Brei herum, nicht als Geistlicher, sondern eher als guter Freund, bis ihn Simon unterbrach.

»Machen wir's kurz, Herr Kaplan. Sie meinen, wenn hier einmal alles fertig und angelaufen ist, müßte ich auch einmal an mich denken und eine Familie gründen.«

»Ich meine das sogar im Ernst. Wahrscheinlich haben Sie da auch schon bestimmte Vorstellungen?«

Simon zerdrückte die halbgerauchte Zigarette in der Untertasse, obwohl die Gaby das eine Untugend nannte. Dann wiegte er den Kopf hin und her.

»Das ist so eine Sache. Natürlich werde ich heiraten. Wofür sollte ich denn das da drüben sonst aufbauen? Jeder wird nach dem gemessen, was er in seinem Leben geleistet hat. Der eine vergeht spurlos, der andere lebt in seinem Werk noch Jahrhunderte weiter, sofern es seine Enkel nicht wieder zerstören. Aber um auf Ihre Frage zurückzukommen, Herr Kaplan: heiraten, meinen Sie? Nun, in Bälde wird sich etwas entscheiden, so oder so.«

»Das freut mich, Burgstaller. Aber nun muß ich wieder gehen. Der Regen will auch nicht aufhören. Danke schön für den Kaffee, und weiterhin alles Glück.«

»Kann ich brauchen«, lachte Simon und bedauerte, dem Kaplan keinen Schirm leihen zu können, weil er selber keinen besaß.

Simon ging in die Werkstatt hinaus, in der bereits das Licht brannte, sah den Lehrbuben eine Weile bei ihrer Arbeit zu und erinnerte sich, daß auch er in seiner Lehrzeit einen so hochroten Kopf bekommen hatte, wenn der Meister so hinter ihm gestanden war. Dann besprach er mit dem Ersten Gesellen, dem Giselbert, einige Dinge für den nächsten Tag und stieß die Tür zum Waschhaus auf.

»Wer ist's?« fragte die Gaby aus einer Wand von seifendickem Waschnebel.

»Ich bin es bloß«, antwortete Simon. »Machst du nicht bald Feierabend, Gaby?«

Durch die Zugluft zog der Waschnebel etwas ab, und er konnte das Mädchen am Waschtisch stehen sehen. Ein Büschel Haare hing ihr in die Stirne, die Ärmel hatte sie aufgekrempelt. Es roch nach Seifenpulver, und über die Kanten des großen Waschtisches tropfte graue Lauge.

»Es geht schon auf halb sechs«, sagte er, was in seiner Sprache wohl heißen mochte: um sechs Uhr essen wir doch sonst.

»Ich habe nur mehr ein paar Stück. Aufhängen kann ich heut doch nichts bei dem Regen. Meinst du, daß es morgen besser ist mit dem Wetter? Daß vielleicht gar die Sonne kommt?«

»Hinter allen Wolken kommt die Sonne wieder«, antwortete Simon und schaute ihr zu, wie sie mit flinker Hand die Wurzelbürste auf dem rauhen Leinen bewegte.

»Ich werde bald eine Waschmaschine anschaffen müssen«, überlegte er dann laut.

Der Arm schrubbte weiter über das Leinen hin.

»Freilich, sonst nichts mehr! Wo du sowieso so viele Maschinen hast anschaffen müssen. Und wegen dem bissel Wäsche!«

»Es kann ja bald einmal mehr werden«, sagte er orakelhaft und ging hinaus.

Draußen war es bereits völlig dunkel. In der Werkstatt waren die Maschinen abgestellt, die Lehrbuben kehrten zusammen, dann gingen auch sie.

Simon schürte in der Stube das Feuer nach. Bald darauf kam auch Gaby und richtete das Abendessen. Für Simon war von mittags noch etwas da, ein bißchen Blaukraut und Rindfleisch. Für sich selber machte sie Milch heiß, goß sie in eine irdene Schüssel, gab eine Prise Salz dazu und brockte Brot ein, daß der Löffel steckenblieb. Diese Gewohnheit hatte sie noch aus ihrer Kinderzeit beibehalten, nur daß es daheim oft nicht so viel Brot zum Einbrocken gab. Mitten unterm Essen hielt sie plötzlich inne und stellte hart die Frage:

»Hat er vielleicht gemeint, wir haben was miteinander?«

Simon blickte sie aufmerksam an. Der harte Klang in ihrer Stimme war ihm fremd.

»Du meinst den Kaplan?«

»Deswegen war er doch hier, oder nicht?«

»Ja, deswegen war er hier. Aber er meint es nicht. Es sind andere, die es meinen.«

»So ein Schmarrn!«

»Ja, da hast du recht. Aber seien wir froh, daß es nicht so ist, sonst könntest du nicht mehr bei mir sein.«

Die Gaby probierte, ob der Löffel noch zwischen den Brotbrocken steckenblieb. Dann hob sie das Gesicht.

»Das wäre dir vielleicht gerade recht, oder?«

Er forschte in ihrem Gesicht, und es war ihm, als hätte er es noch nie so gesehen. In ihren Augen lag ein dunkler Glanz, um ihre Mundwinkel zuckte es.

»Wie kommst du denn auf so was, Gaby? Du weißt doch ganz genau, daß ich dich brauche.«

Sie zuckte nur die Schultern.

»Mir kommt es halt manchmal so vor, es wäre dir lieber, wenn eine andere hier wäre.«

»Dummes Geschwätz!« sagte er ärgerlich. »Hab ich schon einmal gesagt, daß ich mit dir nicht zufrieden bin? Du kennst mich und weißt genau Bescheid im Haus. Das wird sich auch nicht ändern, wenn ich in absehbarer Zeit heiraten sollte.«

Mit einem Ruck warf sie den Kopf zurück. Ihre Augen wurden ganz schmal, ihr Gesicht war blaß.

»Du heiratest? Am Ende gar die Langentaler-Fini?«

Simon schob den leergegessenen Teller von sich und lehnte sich zurück.

»Ich habe keinen Namen genannt. Auf alle Fälle werde ich nicht allein bleiben. Und so wie ich dich brauche, Gaby, so werden dich einmal meine Kinder brauchen.«

Immer verschlossener, immer härter war ihr Gesicht geworden. Dann ein Lachen, in dem Spott klang.

»Das ist ja recht interessant und schmeichelhaft zugleich für mich! Die zukünftige Frau wird nichts als Frau sein, und ich soll die Kindsmagd machen! Meinst du vielleicht, Simon Burgstaller, ich bliebe ledig und würde nie eigene Kinder haben, keinen eigenen Herd, kein eigenes Heim?« Sie schüttelte den Kopf. »Wenn du es auch nicht merken willst — ich bin auch jung, und so unansehnlich bin ich wieder nicht, daß mich keiner möchte.«

»Ach so?« Er kam aus dem Wundern gar nicht heraus. »So habe ich es doch gar nicht gemeint, Gaby. Aber du hast ganz recht, ich bin egoistisch und habe nie daran gedacht, daß du einmal nicht mehr hier im Hause sein könntest, aber deinem Glück will ich selbstverständlich nicht im Wege sein. Bloß früh genug sagen mußt du es mir dann, damit ich mich um Ersatz umschauen kann. Vielleicht geht deine Schwester Barbara dann zu mir?«

»Die Barbara?« kam es spitz von ihren Lippen. »Die heiratet im Frühjahr den Brandmaier-Urban.« Es war gerade, als ob es ihr Freude bereitete, ihm diese Neuigkeit mit etwas Hohn unterbreiten zu können.

»Geh, was du nicht sagst?« wunderte er sich. »Und du? Wie steht es mit dir? Hast du auch schon einen gern?«

Sie wartete lange mit der Antwort, sah an ihm vorbei, sah eine Spinne über die Holztäfelung laufen und seufzte, ohne daß sie es wollte.

»Ja, ich hab einen gern, Simon.«

»Jetzt schau einmal so was an!« lachte er. »Und ich hab gemeint, du wärst noch gar nicht erwachsen. Aber so geht's einem, wenn man an gar nichts anderes mehr denkt als an Arbeit und Geschäft. Dann läuft einem die Zeit davon, und aus Kindern werden Leute.«

»Du hast bloß vergessen, Simon, daß ich mit siebzehn Jahren zu dir gekommen bin, und jetzt bin ich doch schon das vierte Jahr hier.«

»Dann wirst du ja bald einundzwanzig?«

»Ja, am achtzehnten Mai.«

»Das muß ich mir aber gleich notieren.«

Während er die Schublade aufzog, um Notizbuch und Bleistift herauszunehmen, trug sie das Geschirr in die Küche und spülte es ab. Als sie nach einer Weile wieder hereinkam, hatte sie ihre Lodenkotze umhängen und war zum Heimgehen fertig.

»Brauchst du noch was, Simon?«

»Nein, nichts. Du kannst schon heimgehen. Gute Nacht, Gaby.«

»Gute Nacht, Simon.«

Er hörte, wie sie die Haustür zumachte, und dann noch ein paar trippelnde Schritte, die im Regen ertranken.

Die Gaby, die Gaby! Er lächelte vor sich hin und dachte dann doch eingehender über sie nach, gedachte des Tages, als sie in sein Haus gekommen war, ein schmales, verschüchtertes Kind, das immerzu Hunger hatte. Das kleine Schmalreh hatte er sie immer bei sich genannt und nie beachtet, daß das »Bambi« sich mittlerweile weiterentwickelt hatte, daß ihre Gestalt sich gestrafft hatte, ihr Gesicht voller und der Mund üppiger geworden war. Auch ihre Augen hatten sich irgendwie verändert, schienen jetzt nicht mehr so trüb, sondern von einem ruhigen braunen Glänzen.

Ja, ja, sie hatte sich verändert. Andere mochten das gemerkt haben, nur er nicht. Eine auffallende Schönheit war sie nicht. Ihre Schönheit kam mehr von innen heraus, war dem stillen Leuchten einer Kerze gleich. Aber welcher Mann beachtet schon eine Kerze, wenn daneben eine Fackel brennt.

Die Fini klopfte gegen halb neun Uhr an das regennasse Stubenfenster des Tischlermeisters Simon Burgstaller, der freudig erschreckt aus seinem Sinnen auffuhr und hinauseilte, um zu öffnen.

Im dunklen Flur schon fielen sie einander um den Hals,

und Simon rief: »Daß du bei diesem Wetter kommen würdest, habe ich nicht zu hoffen gewagt!«

»Wärst du etwa nicht gekommen?«

»Aber natürlich! Durch Hagelschlag und Gewittersturz käme ich zu dir!«

Sie schlang die Arme um seinen Nacken und küßte ihn. Als sie die Augen aufschlug, sah sie an der Wand seinen Meisterbrief in einem schmalen Rahmen aus Birnbaumholz hängen und darunter ein kleines Säcklein, gefüllt mit ganz gewöhnlicher schwarzer Erde. Er hatte ihr einmal erzählt, daß er diese Handvoll Heimaterde auch im Waisenhaus bei sich gehabt hatte, daß sie ihn durch all seine Lehrjahre begleitet hatte und daß sie ihm ein Symbol ist, das ihn immer wieder anspornt, seinen Weg weiterzugehen. Die Fini hatte nicht so viel Ehrfurcht vor der Erde. Erde hatte Frucht zu tragen, doch daß man so närrisch sein konnte, davon ein Säckchen voll mit in die Fremde zu nehmen, begriff sie nicht. Aber sie gönnte ihm diese Marotte und küßte ihn wieder.

»Ich liebe dich so sehr, Simon.«

Daraufhin nahm er ganz sacht ihre Arme von seinen Schultern und sagte:

»Wenn du dir dessen ganz sicher bist, Fini, so sicher wie ich, dann werden wir heuer im Sommer heiraten.«

Mit einem Ruck richtete sie sich auf. In ihrem Gesicht war auf einmal ein unsicheres Lächeln.

»Das ist doch nicht dein Ernst?«

Er nahm ihre Hand und begann eindringlich auf sie einzusprechen:

»So weit solltest du mich schon kennen, Fini, daß ich mit so etwas keinen Spaß treibe. Ich kenne deine Einwände. Ich verstünde nicht, mich mit deinem Vater auf guten Fuß zu stellen. Dabei weißt du ganz genau, daß das nicht an mir liegt, sondern ganz allein an ihm, an seiner Ablehnung, an seinem Zorn, daß es einer wagt, ihm die Stirn zu bieten.

Ich kann ihm nicht schön ums Maul gehen und nicht vor ihm kriechen wie andere. Ich gehe meinen eigenen Weg unbeirrbar, weil ich zutiefst überzeugt bin, daß er richtig ist. Es läßt sich nicht mehr verleugnen, es weht ein neuer Wind in Siebenzell, und es kann Sturm daraus werden, wenn man mich reizt oder weiterhin versucht, mir Prügel zwischen die Füße zu werfen. Schau, Fini, ich habe dich absichtlich nie drängen wollen, obwohl ich mir nichts so sehr wünsche, als daß du mich auf meinem Weg begleitest. Nun bin ich bald am Ziel — und ich will nicht mehr allein sein! Ich habe es satt, diese Heimlichkeiten, dieses Verbergen! Als ob du dich schämen müßtest, mich zu lieben!«

Mit wachsendem Staunen betrachtete sie ihn unter gesenkten Wimpern heraus.

»Mich schämen, hast du gesagt?«

»Ja, genauso hab ich gesagt. Und manchmal hab ich auch das Gefühl gehabt, als schämtest du dich — oder nein, als zweifeltest du daran, daß ich den eingeschlagenen Weg zu Ende gehen kann, da doch dein Vater aus innigstem Herzen wünscht, daß ich vor die Hunde gehe!«

»Was mein Vater sich wünscht, dürfte doch nicht von Bedeutung sein.«

»Wenigstens beirrt es mich in keiner Weise. Mich kann höchstens beirren, wenn du nicht weißt, was du willst, und Zweifel hast an meinem Ziel, die es dir angeraten erscheinen lassen, dir neben mir noch einen anderen warmzuhalten.«

Eine feurige Röte schlug in ihr Gesicht, bedeckte auch die Stirne noch bis zu den Haarwurzeln hinein.

»Was hast du da gesagt?« fragte sie mit einem Anflug von Zorn, der aber nicht ganz überzeugend wirkte. Eher schrie erbärmliche Angst aus ihr.

Simon ließ ihre Hand los, ging zum Tisch und zündete sich eine Zigarette an. Von dorther sprach er weiter:

»Warum bist du denn so rot geworden, Fini?«

»Ich rot? Keine Spur! Warum sollte ich rot werden? Ich verstehe nicht ganz, was du meinst.«

»Also bloß zur Hälfte. Gut, ich will dir die andere Hälfte gerne erklären. Du kommst zu mir, wenn du — sagen wir, wenn dich friert. Der andere aber kommt zu dir ins Haus. Er wird dort bewirtet und gilt als künftiger Schwiegersohn. Nun frag mich bloß nicht, wer das sein soll.«

Resigniert ließ sie die Hände fallen. Dann hob sie die Schultern ein wenig.

»Der Robert Plank steht sich eben mit dem Vater recht gut.«

»Und du?«

»Ich?« Ihre Augen sahen ihn groß an. »Glaubst du denn, Simon, daß ich jemals zu dir gekommen wäre, wenn ich dich nicht gern hätte?«

Simon machte einen langen Zug von seiner Zigarette, ließ die Asche in seine hohle Hand fallen und von dort in einen der Blumenstöcke am Fenster. Dann drehte er sich wieder um, ging auf sie zu und legte seine Hand auf ihren Scheitel.

»Du hast mich gern, ich glaube dir das, Mädchen. Aber es muß nun endgültig Klarheit herrschen zwischen uns. Ich halte den Zustand nicht mehr länger aus. Das ist ja zum Verrücktwerden, diese Heimlichkeit, diese Angst, daß wir von jemandem gesehen werden könnten. Dabei habe ich keinen brennenderen Wunsch, als mit dir gesehen zu werden.«

Sie blieb ganz ruhig unter seiner Hand und fragte nur leise:

»Und wie stellst du dir das vor, Simon?«

»Daß wir uns öffentlich zueinander bekennen. Ich wünsche eine klare Entscheidung. Zunächst einmal von dir. Du mußt wissen, wohin du gehörst, zu mir oder zu Robert Plank.«

»Zu dir«, flüsterte sie und faßte nach seiner Hand. »Innerlich gehöre ich zu dir, Simon. Mir ist nur angst um all den Tumult, den es geben wird, wenn mein Vater davon erfährt.«

»Das kann er morgen schon erfahren«, antwortete Simon entschlossen. »Ich werde zu ihm gehen und ihn klipp und klar fragen, ob du und ich —«

»Da kannst du was erleben«, sagte die Fini schaudernd. »Du weißt ja gar nicht, wie er dich haßt!«

»Gut, dann eben ohne väterlichen Segen! Was will er machen, wenn du zu mir stehst? Dich enterben? Das schreckt mich in gar keiner Weise. Ich liebe dich und hätte dich auch geheiratet, Fini, wenn du die ärmste Magd im Dorf gewesen wärst. Dann hättest du mir ja auch keine Mitgift bringen können. Nur dich will ich, nicht mehr. Aber dieser unglückselige Zustand muß jetzt ein Ende haben.«

Draußen hatte es mittlerweile aufgehört zu regnen. Es war auf einmal ganz still. Nur die Uhr hörte man ticken, einen kleinen Wecker, der auf einer Konsole neben dem Radio stand.

»Ich habe gar nicht gewußt, Simon, daß dieser Zustand für dich so unglückselig ist. Was ist denn dabei so schlimm?«

»Alles, Fini. Unglückselig und unwürdig! Unwürdig zum Beispiel, daß du dich heimlich zu mir schleichen mußt. Unglückselig für mich die marternden Stunden des Wartens und Fragens, kommt sie heute, kommt sie morgen, kommt sie überhaupt noch einmal. Und jedes Kommen war für mich ein Feiertag. Dann kam Ruhe über mich. Und diese Ruhe brauche ich, Fini, brauche sie immer, dann fällt alles ab von mir, die Angst um dich und die Mutlosigkeit!«

»Du und mutlos? Du hast doch Mut genug, zu meinem Vater zu gehen?«

»Ja, weil ich mich zu der Erkenntnis durchgerungen habe, daß es so nicht weitergehen kann und darf, wenn ich mich nicht vor mir selber schämen soll. Aber entscheiden mußt jetzt du, Fini. Wenn du es willst, werde ich mich überwinden und bei deinem Vater um dich anhalten.«

»Nein, Simon, laß es mich selber sagen.«

»Wann? Morgen?«

»Nein, du mußt mir noch ein wenig Zeit lassen, Simon. Das, was du mir heute gesagt hast, kommt so unerwartet!«

»Und doch mußt du dich entscheiden!«

Wie hilfesuchend schmiegte sie sich an ihn.

»Ach, Simon, warum hast du nicht schon früher so gesprochen?«

Er griff mit der Hand unter ihr Kinn und zwang sie, ihn anzusehen.

»Weil ich da drüben erst fertig sein wollte. Und jetzt ist es bald soweit. Es war nicht leicht, Fini, den Weg allein gehen zu müssen. Aber jetzt mußt du an meine Seite kommen. Ausruhen möchte ich bei dir nach all den Mühen und Sorgen. Verstehst du denn das nicht?«

»Doch, Simon. Laß mir noch ein ganz kleines bissel Zeit. Ich muß erst mit Robert ins reine kommen.«

»Gibt es denn da so viel zu bereinigen?«

»Nein, Simon. Ich muß nur klarstellen, was die Wahrheit ist. Und die Wahrheit ist, daß ich nicht ihn liebe, sondern dich!«

»Danke, Fini. Mir ist ein Stein vom Herzen gefallen!«

»Und jetzt muß ich heim, Simon.«

Die Nacht war rabenschwarz, durch die sie gehen mußten. Aber nicht nur die schwarze Dunkelheit allein war es, die sie so eng aneinandergeschmiegt auf Wegen gehen ließ, wohin das Straßenlicht nicht mehr scheinen konnte.

Die Kirchturmuhr schlug, aber nur Simon hörte sie und sagte, daß es gerade zehn Uhr geworden sei. Sie wunderten sich beide nicht, daß sie für den Weg von einer Viertelstunde fast eine ganze brauchten, denn in dieser Nacht hatten sie sich viel zu sagen, und wenn die Fini es recht verstand, dann mußte ihr Leben an der Seite dieses Mannes wie ein Weg über eine Märchenwiese sein, auf der auch der strengste Winter die Blumen nicht erfrieren lassen konnte.

»Warum nur darf ich das alles erst heute wissen?«

»Weil ich erst sicher sein wollte, daß mir kein Hagel mehr die Ernte zerschlagen kann.«

»Und das weißt du jetzt?«

»Ja, seit heute. Und ich erzähle dir alles, weil ich an dich glaube.«

»Du sollst um deinen Glauben nicht betrogen werden. Das verspreche ich dir.«

Dann standen sie endlich unweit des Hofes, der dunkel in der föhnwarmen Nacht lag.

»Wann kommst du wieder, Fini?«

»Heute in acht Tagen. Aber du darfst nicht böse sein, wenn ich bis dahin noch nicht reinen Tisch hab machen können.«

»Ich bin nicht böse, weil ich weiß, wie du dich entscheiden wirst.«

»Und wenn ich wegen meiner Liebe zu dir von daheim fortgejagt werde, Simon?«

»Bedarf es denn da einer Frage? Du weißt doch, wohin du gehörst.« Er nahm ihr Gesicht noch einmal in seine Hände. »Fast möchte ich wünschen, daß sie dich fortjagen und daß du dann zu mir kommst.«

»Es war nur eine Frage, Simon. Und die Antwort — ich danke dir, Simon, für diese Antwort.«

Als Simon wenig später den gleichen Weg zurückging, sah er von östlicher Richtung her zwei gleißende Strahlenbündel aus dem Wald herausschießen, die immer näher kamen. Dann hörte er auch das leise Brummen des Motors. Schließlich machte der Wagen beim Ortseingang einen Bogen und fuhr in den Hof des Sägewerks Plank hinein.

Robert Plank war wieder einmal von einer seiner Spritzfahrten, die er so gerne nach Durmbach unternahm, zurückgekommen.

Ein Sonntagnachmittag mit blauem Himmel. Der Schnee auf den Bergen glitzerte. Im Tal herunten kamen schon überall die Palmkätzchen heraus, und die Stare pfiffen, als sei der Frühling schon vollends angebrochen. Und es war doch erst Ende März.

Josefine Langentaler saß in ihrer Kammer und schaute durch das Fenster zum Bergwald hinauf, als suche sie jenes Plätzchen, wo einmal die Rindenhütte gestanden war, von der Simon ihr erzählt hatte.

Ach ja, Simon! Fast drei Wochen waren seit ihrem entscheidenden Gespräch nun vergangen, ohne daß sich etwas geändert hätte. Die Fini hatte ganz einfach Angst, eine läppische, dumme Angst.

Ihr Blick wanderte zurück, über die Häuser des Dorfes hin zum Waldrand, wo sich der Neubau erhob, der immer mehr seiner Vollendung entgegenging und der, wie Simon sagte, Siebenzell einmal seinen Stempel aufdrücken sollte.

Zweimal war sie inzwischen noch bei ihm gewesen, und immer klarer war es ihr geworden, daß sie zu ihm gehörte, daß sie ihn auch dann lieben müßte, wenn er nichts anderes wäre als ein ganz einfacher Tischlergeselle oder ein Bauernknecht. Simon aber war bereits ein Herr. »Der Chef«, sagten Gesellen und Lehrbuben. »Unser Brotgeber«, nannten ihn viele im Dorf, die in Zukunft bei ihm arbeiten sollten.

Über ihre Liebe zu Simon war sie sich also klar. Unklar war aber noch so manches andere. In zäher Verbissenheit hielt sich der Langentaler an sein dem Plank gegebenes Wort, daß seine Tochter einmal den Robert Plank heiraten sollte. Das war so ausgemacht und würde so sein. Gerade in letzter Zeit brachte der Langentaler, als ob er einen sechsten Sinn hätte, das Gespräch immer öfter darauf, und gestern erst hatte er bemerkt:

»Richte dich darauf ein, Fini, im Herbst möchte ich haben, daß du unter der Haube bist. Der Robert ist jetzt auch in den Jahren, daß es ihm nicht schadet, wenn er heiratet!«

Warum nur, fragte sich die Fini, hatte sie nicht sogleich dem Vater die Stirne geboten? Es bliebe ihr ja doch nicht erspart. Sein Zorn blieb ihr nicht erspart, das Schreien nicht und auch die Bestürzung nicht.

Und heute wollte Robert Plank auf den Langentalerhof kommen.

Die Langentalerin hatte Streuselkuchen gebacken und sich von der Stadt Kaffee schicken lassen, weil beim Dorfkramer die Sorte nicht zu haben war, die der Robert bevorzugte. Das Aroma dieses Kaffees, sagte er, rege ihn ungemein an. Und Anregung sei eben wichtig, und es sei bedauerlich, daß manche Leute gar nicht wüßten, was Aroma bedeutet.

Er wußte es.

Da sah sie ihn bereits über den Hang heraufkommen, lässig im Gang, die linke Schulter ein wenig angehoben, den grünen Filzhut in der Hand schlenkernd. Sein Trachtenanzug war von gutem Schnitt, aber Robert gab sich betont lässig, so als wolle er damit etwas unterstreichen. Wie gleichgültig ihm zum Beispiel alles sei, was die Siebenzeller von ihm dächten, auf die er immer ein bißchen heruntersah. Schließlich war er ja seit einem halben Jahrhundert der einzige Siebenzeller, der eine höhere Schule besucht hatte. Da mußten ihn doch alle respektieren und froh sein, wenn er sich herabließ, mit ihnen zu reden. Und die Langentaler-Fini konnte froh sein, wenn sie ihn zum Mann bekam. Die Alten hatten es so beschlossen, schön war sie auch, wenn auch kalt im Wesen, aber das konnte ihm gleich sein. Bis es so weit war, daß die Hochzeit stattfand, konnte er immer noch nach Durmbach fahren und im »Rebenschlößl« einkehren, dem Weinlokal im oberen Teil des Städtchens, das einer jungen Witwe gehörte, die den seltsamen Namen Eulalia trug. Eine recht hübsche Person, die mit zweiundzwanzig Jahren ihren Mann durch ein Unglück verloren hatte und jetzt noch nicht einmal achtundzwanzig war. Sie erschien vielen Männern schön und begehrenswert. Robert war keineswegs der Meinung, daß er der einzige sei, der oft zu ihr kam, aber er wußte, daß er einen besonderen Stein bei ihr im Brett hatte.

Solange Robert Plank also bei dieser Weinwirtin eine Heimstatt hatte, drängte ihn gar nichts zu einer Hochzeit mit der schönen, aber kühlen Fini Langentaler, der man ein zärtliches Anschmiegen vor der Hochzeit wahrscheinlich auf den Knien abbetteln müßte. Er mußte sich aber von Zeit zu Zeit bei ihr in Erinnerung bringen, und dazu war so ein langweiliger Sonntagnachmittag gerade recht.

Er betrat das Haus und die Stube, in der der Langentaler auf dem Kanapee lag und eine Zeitung über sein Gesicht gebreitet hatte, damit ihn die Fliegen nicht beim Mittagsschlaf störten. Robert hätte es nicht gewagt, ihn aufzuwecken, aber da kam auch schon die Bäuerin aus der Küche und stieß ihren Mann recht unsanft an.

»Steh auf! Der Robert ist da!«

Dann mußte sie es auch noch der Fini über die Stiege hinaufrufen, weil sie aus Erfahrung wußte, daß es dem Mädel nie pressierte, wenn der Robert im Hause war.

»Grüß dich, Fini«, sagte Robert, als sie die Stube betrat. Dann stand er auf und gab ihr die Hand. Schon das unterschied ihn von den anderen Bauernburschen. Diese Wohlerzogenheit entzückte die Mutter, die Fini nahm sie lächelnd zur Kenntnis, und gerade das verwirrte Robert ein wenig, denn wann hatte die Fini ihm schon einmal ein Lächeln geschenkt. Immer wieder mußte er sie heute ansehen. Irgendwie schien sie ihm anders, verwandelt, zugänglicher. Sie schenkte ihm Kaffee ein, gab ihm Kuchen auf den Teller und fragte, wieviel Zucker er wolle.

»Drei Stück«, sagte er und lachte dabei. »Warum soll man sich 's Leben nicht ein bissel versüßen!«

»Und ich muß Sacharin nehmen, weil ich Zucker im Blut hab, sagt der Esel von Doktor«, jammerte der Langentaler.

»Der Doktor wird es doch wissen«, antwortete die Bäuerin, und Robert lächelte nachsichtig.

»Wegen dem bissel Zucker wirst nicht sterben.«

»Hoffentlich, hoffentlich! Sonst ging in Siebenzell bald alles drunter und drüber.«

Und schon war er wieder bei der Gemeindepolitik, räsonierte und schimpfte über alles und jeden, besonders über den Rindensimmerl, der mit seinem Sturschädel alles auf den Kopf stellen wollte. Und weil ihm Robert nicht gleich in allem beipflichtete, geriet er immer mehr in Eifer und schrie:

»Ja, du mußt ihm ja helfen, weil er dir 's Holz abkauft!«

»Geschäft ist Geschäft«, meinte Robert gemütlich und fügte hinzu: »Ich will dir einmal was sagen, zukünftiger Schwiegervater. Es hat keinen Zweck, den Kopf in den Sand zu stecken wie der Vogel Strauß. Mit Tatsachen muß man sich abfinden. Verkauf ich ihm das Holz nicht, liefert es ein anderer, oder er kauft selber auf. Und vom Holz versteht er was, daran ist nicht zu rütteln.«

»Ist's ein Wunder, wenn er im Rindenkobl auf die Welt gekommen ist?«

Robert tat, als hätte er das überhört.

»Und schau einmal: Wir wollen es einmal ganz objektiv betrachten, Schwiegervater —«

»Sag nicht allweil Schwiegervater! Noch bin ich's nicht!« unterbrach ihn der Langentaler.

»Doch, doch, Robertl, sag's nur«, ermunterte ihn die Frau und sah ihre Tochter an, die mit unbeweglichem Gesicht dasaß, als hörte sie nichts.

»Jahrelang hat man gejammert, daß wir keine Industrie im Ort hätten, daß die Burschen und Männer alle nach auswärts gehen müssen, wenn sie was verdienen wollen, daß für die Mädel keine Gelegenheit ist, wenigstens halbtags zu arbeiten. Alle können sie ja auch nicht Bauernmägde und Knechte werden. Bei der Modernisierung der Landwirtschaft braucht man nimmer so viel Leut. Der Sixt, du weißt es sowieso schon, hat sich zum Beispiel einen Mähdrescher gekauft.«

»Ja, und hat Schulden gemacht dabei.«

»Das ist ja egal. Das spart er leicht ein, wenn er drei Leut weniger braucht. Schön langsam wirst auch du noch draufkommen, daß du um die Technisierung nicht herumkommst. Aber, um auf den Burgstaller zurückzukommen: Er ist der erste, der eine Industrie in unser armes Dorf bringt und damit unsern Leuten Arbeit verschafft. Du als Bürgermeister müßtest froh sein darüber, statt dessen machst du ihm nichts als Schwierigkeiten.«

Der Langentaler war einen Moment baff und wechselte die Farbe. Dann sagte er mit einem Ton tiefsten Bedauerns:

»Und das sagst du, ein Gemeinderatsmitglied! Daß er mit dem Bürgermeisterposten liebäugelt, das weißt du anscheinend gar nicht.«

»Nein, das weiß ich nicht, und das glaube ich auch nicht. Der hat andere Probleme zu bewältigen in nächster Zeit. Wer sollte ihn auch nominieren?«

»Siehst du, da hat man's wieder! Im Gemeinderat sein, aber nichts hören und nichts sehen! Sie wollen eine freie Wählergemeinschaft gründen und den Rindensimmerl als Kandidaten aufstellen. Und ich wette meinen Kopf, daß der schmalzhaarige Kaplan dahintersteckt!«

»Das ist mir neu«, versicherte Robert Plank ehrlich. »Aber wenn es so sein sollte, dann — bitte, dann ist es doch schließlich Sache der Wähler.«

Einen Augenblick war es ganz still. Und in diese Stille hinein sagte die Fini laut und deutlich:

»Das finde ich auch richtig.«

Der Langentaler stellte seine Tasse ruckartig nieder und verschüttete dabei die Hälfte des Kaffees. Seine Stimme überschlug sich fast: »Was kannst du schon richtig finden?«

»Daß schließlich der Wähler entscheiden soll. Im übrigen

glaube auch ich nicht, daß Simon Burgstaller auf den Posten scharf ist.«

Die Stirne des Langentaler war plötzlich betupft mit lauter roten Flecken. Zorn war über ihn gekommen, und hier brauchte er ihn nicht zu dämpfen wie in einer Gemeinderatssitzung, wenn ihm widersprochen wurde. Hier war er daheim, im Kreis seiner Familie, und wenn er dem Robert vorhin erst untersagt hatte, ihn Schwiegervater zu nennen, in diesem Augenblick rechnete er auch ihn zur Familie. Die Augen scharf auf seine Tochter gerichtet, fragte er mit singendem Hohn: »Seit wann ist denn für dich der Kerl da hinten der Simon Burgstaller? Das ist für uns der Rindensimmerl und bleibt es!«

»Für dich vielleicht, Vater. Für mich nicht! Du möchtest gerne wissen, seit wann ich weiß, daß er nicht so ist, wie du ihn gerne sehen möchtest?«

Die Fini stand jetzt auf, ohne jede Erregung, ganz ruhig stand sie hoch und schlank da. Nur die Brust hob und senkte sich ein bißchen schneller, und in ihren Augen war ein dunkler, harter Glanz. »Seit ich erkannt habe, daß er ein Mensch ist, der weiß, was er will, und der sich auch von deinen Nadelstichen nicht kleinkriegen läßt.«

Krachend schlug die Faust des Langentaler auf den Tisch. Die Adern an seinem Hals waren ganz dick. Sein Blick ging von seiner Frau zu Robert und wieder zurück.

»Ja, wie redest du denn mit mir? Ich täte Nadelstiche verteilen? Jetzt schlägt's dreizehn! Ich glaube gleich gar, der Kerl hat dir den Kopf verdreht!«

Die Fini schüttelte den Kopf, denn Simon hatte ihr wirklich nicht den Kopf verdreht. Er hatte sie nur sehend gemacht, hatte ihr die Augen geöffnet für ein Leben, das ihr bisher ganz fremd gewesen war. Oder sah sie nun das Leben einfach anders, seit sie um die Gewalt der Liebe wußte, die einem so wunderbare Kraft schenkt?

»Mir kann man den Kopf nicht so leicht verdrehen, Vater,

das weißt du ganz genau. Du hättest mich anders fragen müssen, und ich hätte dir die Wahrheit nicht verschwiegen, weil allmählich die Zeit gekommen ist, daß ich reden muß, so oder so.«

Die Langentalerin ahnte Furchtbares. Ihr Doppelkinn geriet in heftige Bewegung.

»Du wirst doch nicht sagen wollen, Fini, daß —«

»Genau das«, erwiderte das Mädchen furchtlos und schaute dann auf Robert mit einem dankbaren Lächeln, weil er die zuschlagende Hand des Langentaler festgehalten hatte. »Ich danke dir, Robert. Aber es hätte mir auch nichts ausgemacht, wenn er mich geschlagen hätte. Das hätte nichts mehr daran geändert, daß ich den Simon Burgstaller für mein Leben gern habe und ihn heiraten werde.«

»Und sonst bist gesund?« konnte der Langentaler in seinem Schreck nur noch fragen. »Eher schlag ich dir 's Kreuz ab!«

»Das wäre dann das einzige, was mich von einer Hochzeit abhalten könnte«, antwortete die Fini und blickte wieder auf Robert, der die Farbe gewechselt hatte. »Ich weiß, Robert, daß ich dir eine Erklärung schuldig bin, und ich werde sie dir auch geben. Aber das ist etwas, was wir unter uns allein aussprechen müssen. Nur wir zwei allein.«

»Ja, Fini, reden müssen wir sicher wohl darüber«, meinte Robert und war doch etwas schockiert oder vielmehr in seiner Eitelkeit verletzt, weil er sich seines künftigen Besitzes so sicher gewesen war. Und auf einmal war ihm, als würde ein Schleier vor seinen Augen weggezogen, und er meinte, die Fini noch nie so strahlend gesehen zu haben, noch nie so selbstbewußt und doch schön und tapfer in ihrem Mut, mit dem sie für das eintrat, was sie als ihre Liebe erkannt hatte. Zum erstenmal regte sich Eifersucht in ihm und auch Erkenntnis, daß es sich lohnte, um sie zu kämpfen. So schwer würde das nicht sein. Hatte er nicht ihre Eltern auf seiner Seite?

Im Augenblick allerdings hatte der Langentaler etwas anderes im Kopf. Er griff nach seiner Joppe und machte sich fertig zum Nachmittagsbier. Doch vorher trat er noch einmal an den Tisch und klopfte nachdrücklich mit den Knöcheln seiner rechten Hand auf die Tischplatte.

»Darüber haben wir das letzte Wort noch nicht gesprochen, das mußt du dir merken, Fini.« Und den Kopf zu Robert wendend: »Wenn du ein richtiges Mannsbild wärst, hätte es so weit gar nicht kommen können. Ich hoffe, daß du wenigstens jetzt weißt, was du zu tun hast. Und du, Frau, paß auf, daß das Mädchen nicht aus dem Haus kommt! Ich geh jetzt auf ein Bier. Schmecken wird es mir heute zwar nicht, aber raus muß ich jetzt, sonst ersticke ich beim weiteren Anblick der da, die sich so weit vergessen will, daß —« Er hob zu einer wegwerfenden Geste die Hand. »Ach was, über so einen Blödsinn soll man sich am besten gar nicht ärgern.«

»Trink in deinem Zorn nicht zuviel«, mahnte die Langentalerin. »Denk an deinen Zucker!«

»Zucker hin, Zucker her! Sargnägel können einem die eigenen Kinder werden! Da geht's auf so ein Tröpferl Bier auch nimmer zusammen!«

Krachend schlug die Tür hinter ihm zu. Robert wäre am liebsten mitgegangen, so überflüssig fühlte er sich im Augenblick, und so enttäuscht war er, daß er mit sich selber Mitleid bekam. Aber er konnte ja nun nicht wie ein begossener Pudel abziehen, weil ihm etwas in die Quere gekommen war. Er mußte das Hindernis eben beiseite schieben, wenn nötig nachdrücklich mit den Ellenbogen. Zwar konnte er sich im Augenblick nicht vorstellen, daß dieser Simon sich so leicht beiseite schieben ließ; das war auch nicht nötig, denn zunächst mußte er sich doch an die Fini halten. Und so sagte er ein bißchen von oben herab:

»Es ist wohl besser, wenn ich jetzt gehe. Du solltest noch einmal darüber schlafen und nachdenken, bis wir uns ganz vernünftig über diese Sache unterhalten können. Dabei solltest du aber auch bedenken, Fini, was du verlierst.«

»Man verliert nichts, Robert, was man nicht besessen hat.«

Robert zog die Augenbrauen hoch und nickte anerkennend.

»Gut gesagt. Allerdings ist ein kleiner Irrtum dabei, Fini. Du hast nur nie gewußt oder nie wissen wollen, wie sehr du mein Herz besessen hast.«

»Dann war es einzig und allein dein Fehler, Robert, weil ich nie gewußt habe, wie ich mit dir dran bin.«

Robert griff nach seinem Hut, starrte eine Weile vor sich hin auf den Boden, um plötzlich den Kopf zurückzuwerfen und zu sagen:

»Mag sein. Ich habe so mancherlei gelernt im Leben, aber wie man Eis bricht, das habe ich versäumt zu lernen. Tja, aber wie gesagt, Fini, überlegen mußt du es dir schon. Es geht immerhin um die Sägemühle. Recht schönen Dank für den Kaffee. Laß es mich wissen, Fini, wenn du meinst, daß wir uns aussprechen sollen.«

Mutter und Tochter waren allein und wußten sich eine lange Zeit nichts zu sagen. Die Fini war tief zufrieden, weil nun der Bann gebrochen war. Die Mutter grübelte, wie alle Mütter grübeln, wenn sie von erwachsenen Töchtern vor Tatsachen gestellt werden. Im Gegensatz zu ihrem Mann und Robert war sie nicht der Meinung, daß sich da noch etwas einrenken ließe, und wog nun recht flink ab, was für die Fini die bessere Partie sein könnte. Endlich hatte sie sich gefaßt.

»Recht hat er schon, der Robert. Es geht immerhin um die Sägemühle.«

Da lächelte die Fini, so frei und gelöst, wie man sie selten hatte lächeln sehen.

»Es geht um mich, Mutter, und sonst um gar nichts.«

Unsicher sah die Langentalerin ihre Tochter an, und ihr war, als sähe sie in dieser Stunde zum erstenmal, wie schön und begehrenswert die Fini war. Einmal kurz aufseufzend, warf sie dann hurtig ihre Zweifel in die Waagschale.

»Man müßt halt wissen, ob es der andere schafft.«

»Wenn du Simon meinst, Mutter, dann darfst du beruhigt sein. Er wird seinen Weg machen.«

»Meinst du?«

»Das meine ich nicht nur, das weiß ich.«

Die Langentalerin setzte sich nun wieder und schenkte sich eine Tasse Kaffee ein. Ihre Stirne war in Falten gezogen, als rechnete sie, wobei ihr die Zahlen immer ein bißchen durcheinandergerieten, weil sich mit Menschenleben nur schlecht rechnen läßt. Aber dann verschwanden die Stirnfalten wieder, ihr Gesicht hellte sich auf.

»Wenn ich es recht bedenke, dann hättest du es vielleicht beim Burgstaller einmal schöner, wenn ihm alles so gelingt, wie er es sich erhofft.«

»Es wird ihm gelingen, das weiß ich gewiß. Aber es dreht sich nicht darum, ob ich es einmal schöner haben werde, sondern darum, daß mein Leben einen Sinn haben soll und daß ich gern an seiner Seite sein will.«

»Ja, ja. Aber jetzt erzähle mir doch einmal alles. Du mußt schon Vertrauen haben zu deiner Mutter. Wie hat es denn begonnen? Wie lange besteht denn das schon, und wie weit seid ihr überhaupt?«

Die Fini lächelte wieder so eigentümlich und meinte:

»Eigentlich müßte man das wissen. Aber du wirst lachen, Mutter, ich weiß es wirklich nicht. Vielleicht im Fasching, vielleicht schon viel früher, am Ende gar schon damals, als du ihn schlagen wolltest, weil er mir den Schnuller in den Mund gesteckt hat.«

»Das kannst du unmöglich noch wissen, weil du damals kaum ein halbes Jahr alt warst.«

»Nein, aber du hast es mir später oft erzählt, wie er mich damals trockengelegt hat! Kann sein, daß sich von da ab ein unsichtbarer Faden herübergesponnen hat bis zu dem

Tag, an dem er als fertiges Mannsbild hier auftauchte und dem Vater vorrechnete, daß er ihm die Pacht schulde für zwei Tagwerk Wiesen.«

Nach langem Nachdenken fiel der Mutter ein:

»Weiß er, wieviel du einmal mitkriegst?«

»Darüber haben wir noch nie gesprochen. Ich weiß nur, daß er mich auch mit leeren Händen aufnimmt.«

»Dann muß er dich schon gern haben.« Diese Bemerkung setzte die Langentalerin wie einen Punkt hinter eine Feststellung; oder war es wie eine Frage, die sie in mütterlicher Neugier beantwortet haben wollte?

Aber die Fini war nicht bereit, ihr innerstes Empfinden bloßzulegen. Dieses Wundersame durfte nicht zerredet werden, obwohl es verständlich gewesen wäre, wenn sie nun alle Vorzüge des Simon Burgstaller ausgebreitet hätte. Und so mußte sich die Langentalerin mit dem begnügen, was die Fini ganz spärlich tropfen ließ, und das hieß letzten Endes doch nur: Ich werde Simon Burgstaller heiraten, und wenn ihr euch auf den Kopf stellt!

Dabei hätte sie doch merken müssen, daß die Mutter gar nicht im Sinn hatte, sich auf den Kopf zu stellen, sondern schon zum Nachgeben bereit war und bereits überlegte, wie sie es dem Vater am besten beibringen könnte, daß er seine Feindschaft gegen den Burgstaller aufgeben und die Sache so nehmen solle, wie sie nun einmal war.

Am nächsten Tag kam es zwischen dem Langentaler und seiner Tochter zu der ersten heftigen Auseinandersetzung ihres Lebens.

Nachdem er gestern sehr spät heimgekommen war, hatte ihm die Frau noch alles genau erzählt, und er hatte erkennen müssen, daß sie schon halbwegs auf der Seite der Tochter stand und bereit war, deren ungeheuerlichen Ausbruch aus der strengen Ordnung zu unterstützen. Das hatte dem Faß den Boden ausgeschlagen. Zwar war es bislang immer so gewesen, daß die Frau einen sehr großen Einfluß auf ihn gehabt und ihren Willen, wenn auch auf Umwegen, immer durchgesetzt hatte. Diesmal aber blieb er stur, er war an seiner verwundbarsten Stelle getroffen.

Seine Frau also, mit der er sich bisher so ausgezeichnet verstanden hatte und die mit seinen Plänen, die Fini in die Sägemühle zu verheiraten, immer einverstanden war, fand auf einmal den Rindensimmerl akzeptabel und hatte ihrer Überzeugung Ausdruck verliehen, daß aus diesem Simon Burgstaller noch etwas Großes würde!

So sehr war sie von der Tochter schon eingewickelt!

Der Langentaler bestellte seine Tochter am nächsten Morgen zu sich in das kleine Stübchen, in dem er seine Bürgermeisterarbeiten zu verrichten pflegte, und gab ihr zunächst einmal eine schallende Ohrfeige. Die erste überhaupt.

Die Fini nahm den Schlag ohne Aufschrei hin.

Das verwirrte ihn dermaßen, daß er sich abwenden mußte und nur sagen konnte:

»Das habe ich jetzt davon, daß ich allweil in dich hineingeschaut habe wie in einen Spiegel. Darum nimmst du dir die Frechheit heraus, mir ins Gesicht zu sagen, daß du ausgerechnet den nehmen willst, der mir am meisten verhaßt ist!«

Die Fini strich mit den Fingern über die brennende Wange.

»Kann ich etwas dafür, daß er mir der Liebste ist?«

Wieder fuhr seine Hand hoch. Die Fini wich keinen Schritt zurück und starrte ihn nur aus großen Augen an. Entmutigt ließ er die Hand wieder sinken.

»Schlag doch nur zu«, sagte sie. »Ein Kunststück ist es zwar nicht, wenn man weiß, daß der andere nicht zurückschlägt.«

»Grad unterstehn solltest du dich!« knurrte er. »Wenn du schon meinst, auf mich keine Rücksicht nehmen zu müssen, so bist du es wenigstens den Sägmühlenleuten schuldig, das Wort zu halten.«

»Ich hab niemandem ein Wort gegeben!«

»Du nicht, weil du damals noch gar nicht trocken warst hinter den Ohren, als ich das Wort gegeben habe, daß du den Robert heiraten wirst! Wie stehe ich denn jetzt da? Und ich habe in den ganzen Jahren, seit du es weißt, auch nie eine Widerrede von dir gehört. Alles war recht und schön, bis der Kerl dahergekommen ist. Von dem Tag an ist der Verdruß nimmer ausgegangen.«

»Schön war eigentlich gar nichts«, antwortete die Fini. »Hat sich denn der Robert um mich gekümmert? Allweil hat er so großspurig getan, als hätte er mich schon fest in der Sägemühle und brauchte sich nicht weiter um mich anzustrengen!«

Der Langentaler zog die Schublade auf und nahm ein Aktenstück heraus. Sein Gesicht war gerötet, dennoch war seine Stimme wieder ruhiger.

»Trotzdem wäre alles in schönster Ordnung gewesen, wenn der andere nicht aufgetaucht wäre.«

»Dann hättest du ihn halt, statt ihn ins Waisenhaus zu stecken, in den hochgehenden Zellerbach werfen sollen!«

»Das beste wäre es gewesen! Aber wer dachte denn daran, daß der die Frechheit besitzen wird, meine Tochter heiraten zu wollen! Und daß meine Tochter wiederum die Schamlosigkeit haben wird, mit ihm anzubandeln, statt sich darauf zu besinnen, woher sie stammt. Glaubst du vielleicht, daß du nur einen Pfennig mitkriegst, wenn du den Kerl heiratest? Und wenn ich Kerl sage, dann meine ich damit ein ganz und gar liederliches Mannsbild, das hinten und vorne nichts taugt!«

Die Fini setzte sich auf der anderen Seite des Tisches nieder und lehnte sich so weit im Stuhl zurück, daß die Hand des Vaters sie nicht mehr erreichen konnte. Dann sagte sie:

»Du siehst es halt so, weil du ihn haßt. Aber wenn du ehrlich wärst, müßtest du zugeben, daß er in der kurzen Zeit mehr geleistet hat als irgendein anderer in Siebenzell!«

»Natürlich, du mußt ihm ja helfen! Vielleicht hilfst du ihm auch noch dabei, mich aus dem Sattel zu werfen!«

»Es will dich doch niemand aus dem Sattel werfen. Er am allerwenigsten.«

»Sag das nicht! Er arbeitet hintenherum gegen mich! Hintenherum verhandelt er mit den Behörden, hintenherum hat er es fertiggebracht, daß jetzt tatsächlich eine Bahn von Durmbach nach Siebenzell gebaut werden soll. Mir schickt man die Sachen dann nur mehr zur Stellungnahme. Als wenn ich dann noch nein sagen könnte! Siebenzell für den Fremdenverkehr erschließen! Daß ich nicht lache!«

»Es hindert dich niemand daran, zu lachen, Vater. Aber du, der du doch sonst so klug bist, müßtest doch einsehen, daß die Zeit nicht stillsteht. Wenn Simon nicht die Initiative ergreift, dann wird es halt einmal ein anderer sein.«

»Wenn ich den Namen Simon schon höre!« sagte der Langentaler gequält.

»Es wäre viel besser gewesen, du hättest dich manchmal mit ihm zusammengesetzt und —«

»So alt wirst du nicht, daß du das erlebst!« unterbrach er sie. »Und überhaupt will ich von der Sache nichts mehr hören. Du heiratest den Robert Plank, und zwar bald, und damit basta!«

Die Fini hätte nun auch sagen können, daß er nicht so alt würde, daß er das erleben könnte. Aber sie wollte das Feuer nicht noch einmal schüren. Es schien ihr genug des Streitens, wo es eigentlich gar nichts zu streiten gab, weil ihr Entschluß feststand. Dieses »Basta« war wie ein Schlußpunkt, hinter dem es sich nicht mehr lohnte, einen neuen Satz zu beginnen. Es lohnte sich höchstens noch eine letzte Aussprache mit Robert, und wäre es nur deshalb, um ihm klarzumachen, daß er überhaupt keinen Grund hätte, sich enttäuscht zu fühlen.

Plötzlich war es ganz still im Zimmer. Die Märzensonne fiel zum Fenster herein und ließ das graue Haar des Mannes am Tisch wie Silber schimmern. Er tat so, als studiere er in dem Akt, aber sein Blick war nur immer auf einen einzigen Fleck gerichtet, und er hob den Kopf auch nicht, als Fini aufstand und leise hinausging.

Mißmutig stelzte Robert Plank über den Lagerplatz und ärgerte sich einfach über alles, was ihm in den Weg kam, sogar über die Vögel, die in den Büschen pfiffen und sich des schönen Tages freuten. Auf einem Bretterstapel raunzte er ohne ersichtlichen Grund ein paar Arbeiter an, die daraufhin feststellten, daß der junge Herr heute mit dem linken Fuß zuerst aus dem Bett gestiegen sei, während der Sägemeister Grimm meinte, den Chef hätte wohl eine Frau durcheinandergebracht, denn diese schlechte Laune hatte er jetzt schon seit Tagen.

Ja, es hing mit der Fini zusammen. In erster Linie mit der Fini, denn hätte sie sich in einen anderen verliebt als in diesen Simon Burgstaller, er hätte schon gewußt, wie er mit dem Nebenbuhler fertig werden könnte. Aber diesem Burgstaller gegenüber waren ihm die Hände gebunden. Die Hälfte seiner Schnittware verkaufte er bereits an ihn. Und mußte er bei anderen Firmen oft monatelang auf Begleichung der Rechnung warten, Simon bezahlte immer prompt bei Lieferung, zog genauso prompt seine drei Prozent Skonto ab und war eben ein Geschäftspartner, wie man ihn sich nicht besser wünschen konnte. Konnte er da hingehen und ihm sagen, er solle die Finger von der Fini lassen? Er wußte, daß er sich damit nur blamierte.

Und wie ein Kehrreim lief all sein Denken immer wieder darauf hinaus, daß die Schuld ganz allein bei ihm lag.

Daher war er so schlechter Laune, daß selbst ein Stein auf dem Weg ihn schon ärgern konnte. Auf einmal erkannte er auch, wie begehrenswert die Fini war.

Ja, er hatte die größte Schuld, das sah er jetzt ein. Er war eben nicht anders als alle Menschen, die die Größe ihres Verlustes erst erkennen, wenn etwas endgültig dahin ist.

Aber hatte er sie denn schon endgültig verloren? Es müßte doch mit dem Teufel zugehen, wenn er sie dem Burgstaller nicht abspenstig machen könnte! Es war vielleicht ganz gut, daß er aus seiner Gleichgültigkeit ihr gegenüber aufgerüttelt worden war. Er mußte einfach seinen ganzen Charme spielen lassen, der ihm nicht abzusprechen war und den die junge Witwe Eulalia vom Rebenschlößl so besonders an ihm schätzte. Nur reden mußte er eben, seine lustigen Anekdoten loslassen, damit die Fini erkannte, daß doch ein flotter Kerl in ihm steckte.

Sie hatte ihm ja zugesagt, daß sie sich mit ihm aussprechen wolle. Wahrscheinlich glaubte sie, daß dies in aller Ruhe geschehen könne. Aber er würde ihr sagen, wie sehr er sie liebe und daß ihre Eröffnung ihn wie ein Dolchstoß getroffen habe.

Er war über den Holzplatz hinausgewandert und saß jetzt hinter einem Bretterstapel am Rande des Baches. Nur undeutlich drangen die Geräusche des Sägewerkes bis zu ihm. Deutlicher war schon das Schlagen und Poltern vom Fabriksneubau herüber, der seiner Vollendung entgegenging.

Herb war der Geruch der frisch gepflügten Erde. Die Kleinhäusler legten die Kartoffeln ein. Auch beim Langentaler wurde hoch droben auf dem Acker gearbeitet. Das Jahr ging mit Riesenschritten in den Frühling hinein, die ersten Kirschbäume blühten schon, was um die Osterwoche sehr selten war. Aber Ostern lag sehr spät in diesem Jahr.

Roberts Blicke suchten den Langentalerhof ab in der

Hoffnung, die Fini zu sehen. Es kam aber nur die Langentalerin einmal an den Brunnen heraus. Vielleicht war die Fini auch droben auf dem Kartoffelacker. Man sah drei oder vier helle Kopftücher schimmern, und der Langentaler hatte ihm ja gesagt, daß er die Fini jetzt mehr einspannen würde, damit ihr die Flausen vergingen.

Auf einmal war ihm, als spüre er einen Menschen hinter sich, und als er sich umdrehte, sah er den Langentaler dort stehen.

»Da hockt er und bläst Trübsal!« sagte der Bürgermeister, suchte umständlich nach einem trockenen Platzl und setzte sich ebenfalls.

»Trübsal ist es nicht«, meinte Robert. »Ich muß mich nur über allerhand wundern.«

»Über deine eigene Dummheit vielleicht?«

»Ja, auch das«, gab Robert zu. »Am meisten aber, daß ich nie gemerkt habe, was hinter der Fini wirklich steckt. Zu mir war sie immer so kalt und abweisend, und jedesmal, wenn ich ihr ein Bussel abgelistet habe, hat sie sich hinterher den Mund abgewischt, als wäre ich Gift.«

Der Langentaler lachte und griff in sein Westentascherl nach einem Stumpen. Bereitwilligst bot ihm Robert Feuer. Der Langentaler blies die ersten Rauchwölkchen in die Luft und lachte wieder.

»Die gleiche Untugend hat die Meinige auch gehabt, als wir ledig waren! Aber paß auf, Robert, was ich dir sag: Auf gar keinen Fall darf sie mir den Dingsda drüben heiraten. An dir liegt es jetzt, daß du sie wieder auf den rechten Weg bringst!«

»Ich werde alles versuchen«, meinte Robert, obwohl es nicht recht überzeugend klang. »Es fehlt halt an der richtigen Gelegenheit. Oder soll ich jetzt gleich zu ihr hinaufgehen?«

»Jetzt hat es nicht viel Sinn. Sie ist droben auf dem Acker.«

»Hat das sein müssen?«

»Freilich! Sonst meint sie grad, sie könnte das Fräulein spielen! Am Nachmittag aber laß ich sie wieder daheim.«

»Da muß ich zum Finanzamt nach Durmbach.«

Wieder zog der Langentaler eine Weile an seinem Stumpen. Ein früher Schmetterling gaukelte um sein Gesicht und setzte sich schließlich auf seinen Hut.

»Das paßt dann grad schön. Ich schick die Fini mit ein paar Sachen ins Landratsamt. Sie muß mit dir fahren, und dann wirst du ja hoffentlich wissen, was du zu tun hast.«

»Ob sie mitfährt?«

»Das laß nur meine Sorge sein! Sie muß einfach. Bis jetzt schaff allweil noch ich an bei uns.«

Die Fini hatte gegen den Befehl des Vaters nichts einzuwenden. Sie fand, daß es die beste Gelegenheit sei, sich mit Robert auszusprechen, wenn sie am Nachmittag mit ihm nach Durmbach fuhr. Wo der Langentaler heftigen Widerstand erwartet hatte, wurde ihm das sonnigste Lächeln zuteil, das wie ein Sonnenstrahl das ganze Gesicht erhellte, das schon gebräunt war von Luft und Sonne auf dem Kartoffelacker. Der Vorwand, der für die Fahrt nach Durmbach diente, war lächerlich, denn ob diese Schriftsachen am nächsten Morgen dort einträfen oder heute nachmittag im Landratsamt abgegeben wurden, blieb sich wohl gleich.

Sie wollte dem Simon noch Nachricht zukommen lassen, fand dazu aber keine Gelegenheit mehr. Sie kam nicht mehr aus dem Haus, und dann stand auch schon Robert mit seinem Wagen vor der Tür.

Als sie aus dem Haus trat, zog Robert verwundert die Augenbrauen hoch. Wo hatte er denn bloß seine Augen immer gehabt? Sah er sie denn heute zum erstenmal wirklich? Ihre hochgereckte Schönheit, ihr Lächeln, die beiden Grübchen in den Wangen?

Ganz verwirrt war er, so daß er mit übertriebener Höflichkeit den Wagenschlag öffnete. Ich werde um sie kämpfen, sagte er sich. Es lohnt sich wahrhaftig, um so ein Mädchen zu kämpfen und alles nachzuholen, was ich bisher versäumt habe!

»Fahrt nicht zu schnell!« rief ihnen die Langentalerin nach, als sie langsam aus dem Hof fuhren. Robert drehte den Kopf zurück und lachte.

»Nur keine Angst!«

Als sie Siebenzell hinter sich gelassen hatten, überlegte er, womit er nun ein Gespräch beginnen könnte, aber ihm fiel nichts ein. Schließlich sagte er: »Zünde mir doch eine Zigarette an, bitte. Hier in meiner rechten Joppentasche stecken sie.« Und hernach: »Danke dir, liebe Fini.«

Der Wagen war gut gefedert und glitt ruhig dahin. Viel ruhiger jedenfalls als Simons abgenutzter DKW, mit dem sie bisher nur einmal eine kurze Strecke gefahren war.

»Du wirst nicht gut umhin können, liebe Fini, in allernächster Zeit auch den Führerschein zu machen. Ich kann oft so schlecht vom Geschäft weg, und du kannst mir dann so manches abnehmen.«

»Ja, das möchte ich ganz gern«, antwortete sie. Aber sie meinte es ganz anders. Simon konnte nämlich auch immer recht schlecht abkommen.

»Es ist gar nicht soviel dabei«, sprach er weiter. »Nur ein bißchen umständlich ist es halt. Zur Fahrstunde und zum Unterricht mußt du jedesmal nach Durmbach. Aber das macht nichts, ich werde dich immer hinbringen. Du kannst auch im Sägehof ein bißchen üben, vor allem das Rückwärtsfahren und das Reversieren. Das sind die tückischsten Sachen!«

Die tückischsten Sachen sind ganz andere, dachte die Fini und sah durch die Windschutzscheibe streng geradeaus. Sie kamen durch einen stillen Wald.

»Jetzt sag mir einmal ganz ehrlich: Was hast du dir denn

eigentlich dabei gedacht, als du sagtest, daß du den Burgstaller heiraten wirst?«

Die Fini holte tief Atem und nahm sich fest vor, keine Ausrede zu gebrauchen.

»Habe ich gesagt, daß ich ihn heiraten werde?«

»Ja, das hast du.«

»Dann war es vielleicht nicht ganz richtig ausgedrückt, denn damals habe ich noch nicht genau gewußt, ob er mich heiraten wird.«

»Und jetzt weißt du es?«

»Ja, jetzt weiß ich es.«

Robert merkte, wie die Eifersucht ihn fraß. Wenn er sie so von der Seite ansah, das feine Profil, die Buchtung an den Schläfen, die Locke, die unter dem Seidenschal hervorlugte, dann mußte er sich geradezu Gewalt antun, sie nicht in seinen Arm zu reißen.

»Seit wann magst du denn den Simon eigentlich?« fragte er.

»Seit jenem Faschingsball.«

»Ausgeschlossen, auf dem war ich auch.«

»Stimmt. Aber du hattest nur Augen für andere.«

»Unfug!« lachte er verkrampft.

»Ich habe es dir ja auch gar nicht übelgenommen. Aber von dem Tag an habe ich gewußt, daß wir beide nie zusammenkommen werden.«

Robert biß sich auf die Lippen. Man sah bereits die Kirchtürme von Durmbach und den Kaminschlot der Hasenbrauerei. Nach zehn Minuten hielt Robert auf dem Marktplatz.

»Hast du viel zu erledigen, Fini?«

Auf dem Kirchturm schlug es gerade zwei Uhr.

»Zwei Stunden werde ich brauchen. Treffen wir uns wieder hier?«

»Oder vielleicht im Turmcafé?«

»Gut, im Turmcafé.«

Robert stellte den Wagen, nachdem er auf dem Finanzamt seine Angelegenheit erledigt hatte, in der Nähe des Turmcafés ab und ging ins Rebenschlößl, in der Hoffnung, daß man ihm dort seine schlechte Stimmung ein bißchen auffrischen könnte.

Um diese Zeit war niemand im Lokal, die Bedienung hatte bis drei Uhr frei, so daß sich die Wirtin selber um ihm kümmerte. Ganz nahe setzte sie sich zu ihm und merkte sofort, daß er sich innerlich zurückzog wie eine Schnecke in ihr Haus.

»Was hast du denn heute?« Sie betrachtete ihn forschend. »Bertl, Bertl, du machst mir Sorgen!«

Er sah sie lange an. Dann seufzte er tief.

»Es hat sich bald ausgebertelt«, sagte er und machte eine saure Miene.

»Soll das heißen —?«

»Daß ich heiraten muß. Jawohl, ganz genau das heißt es!«

»Das kommt aber überraschend!«

»Heiraten und Schlittenfahren muß schnell gehen!«

Eulalia war reichlich schockiert, obwohl sie eigentlich doch einmal damit hätte rechnen müssen.

»Ist sie wenigstens schön?«

»Du wirst selten so was Sauberes in deinem Lokal gehabt haben. Aber mach kein solches Gesicht, Eulalia! Ich gehe ja nicht aus der Welt, und wenn mich der Weg nach Durmbach führt, komme ich schon herein, da brauchst du gar nichts zu fürchten!«

»Ich glaub, du täuschst dich in mir, Bertl. Ich bin auf dich nicht angewiesen.«

»Sei doch nicht gar so empfindlich! Schenk mir noch einen Schoppen Wein ein. Den Beilsteiner Burgunder, du weißt schon. Ich muß mir ein bissel Mut antrinken.«

»Da kommt grad die Olga. Olga, einen Schoppen Beilsteiner Burgunder für Herrn Robert.«

Man merkte es der Eulalia an, daß sie froh war, verschwinden zu können. Sie sagte nur im Weggehen noch:

»Kann man das Muster von Schönheit einmal sehen?«

»Ich komme schon einmal mit ihr in dein Lokal.« Er sah auf seine Uhr. »Um vier Uhr muß ich im Turmcafé sein, da habe ich mich mit ihr verabredet.«

»Ja, dann recht viel Vergnügen«, zwitscherte die Wirtin und schwebte hinaus.

Im Turmcafé mußte Robert noch gute zehn Minuten warten, bis die Fini mit zwei großen Paketen ankam. Er stand sofort auf, nahm sie ihr ab und rückte ihr einen Stuhl zurecht.

»Und was darf ich dir jetzt bestellen, Fini? Wein oder Kaffee?«

»Kaffee, bitt schön.«

»Gut! Fräulein, eine große Schale Kaffee und eine Nußtorte.« Er nahm ihr gegenüber Platz und zeigte sich von seiner zuvorkommendsten Seite. »Hernach trinken wir aber ein Glaserl Wein zusammen. Hast du was Schönes eingekauft?«

»Ja, wenn ich doch schon einmal in Durmbach bin! Für die Mutter habe ich was besorgen müssen, und für mich habe ich einen Dirndlstoff ausgesucht.«

»Daß du noch schöner wirst«, lächelte er und schenkte ihr Kaffee ein. Dann log er hurtig drauflos: »Ich war in der Zwischenzeit bei der Fahrschule und hab gefragt, wie es ist. Du kannst jederzeit anfangen.«

»Das pressiert vorerst noch gar nicht«, wich sie aus und spürte auf einmal, daß es sie schwer ankam, ihm das zu sagen, was sie sich vorgenommen hatte. Im Grunde genommen war er ja kein unrechter Mensch, sah gut aus und stellte seinen Mann. Wenn er nur früher schon so aufmerksam zu ihr gewesen wäre. Aber es half nichts. Spätestens auf der Heimfahrt mußte sie ihm alles sagen.

Als sie aber dann später doch ein paar Schluck Wein

tranken und Robert zärtlich werden wollte, faßte sie den Entschluß, sofort zu reden.

»Robert, mach dir keine falschen Hoffnungen: Mit uns zwei kann es nichts werden.«

Seine Hand griff nach dem Glas.

»Das glaub ich noch nicht, Fini. Sei einmal ganz still jetzt und hör mich an. Ich gebe zu, daß ich einen Fehler gemacht habe. Vielleicht habe ich mich zuwenig um dich gekümmert. Das sagt aber gar nichts. Glaube mir, Fini, so gern wie dich habe ich noch nie einen Menschen gehabt. Und du wirst sehen, wir werden noch das glücklichste Paar!«

Sie schüttelte den Kopf.

»Es ist dafür zu spät, Robert.«

»Das glaube ich ganz einfach nicht. Du bildest dir halt ein, du wärst verliebt in den Burgstaller, aber wenn wir jetzt öfters beieinander sind, wirst du schon erkennen, wie stark du mir ans Herz gewachsen bist.«

Nachdenklich drehte sie ihr Glas in den Händen. Sie hatte einen Fensterplatz und sah auf den Marktplatz hinunter.

»Ich bilde mir gar nichts ein, Robert«, sagte sie dann und faßte nach seiner Hand. »Ich weiß genau, wie es in mir ausschaut und daß es für mich ganz einfach kein anderes Leben mehr gibt als das an der Seite Simons. Soll ich ihn denn betrügen? Dazu habe ich erstens kein Talent und zweitens — ich liebe dich nicht, Robert, so wie man einen Menschen lieben soll, daß es für eine Ehe reicht. Das mußt du dir endgültig aus dem Kopf schlagen. Es gibt für mich kein Zurück mehr, aber ich wäre dir dankbar, wenn du mir ein guter Freund bleiben würdest. Bitte, trink nicht so viel, Robert. Du mußt ja noch fahren.«

Robert lehnte den Kopf zurück und sah sie an. Sein Blick war schon nicht mehr ganz klar.

»Wo habe ich denn nur meine Augen gehabt?« fragte er.

Er schüttelte hartnäckig den Kopf. »Um dich lohnt es sich zu kämpfen. Und ich nehme den Kampf auf. Du tappst ins ungewisse bei dem anderen, bei mir aber weißt du, was du hast. Oder hat er dich schon angesteckt mit seinem Größenwahn? Ist es dir bereits in den Kopf gestiegen — Fabrikantenfrau? Daß ich nicht lache! Wer hoch hinaufsteigt, fällt tief hinunter!«

Fast mitleidig betrachtete sie ihn. Das Haar hing ihm wirr in die Stirne, und sie hätte es ihm gern zurückgestrichen. Aber etwas warnte sie davor, und seine Hartnäckigkeit machte sie nur in ihrem eigenen Gefühl noch sicherer.

»Ich bilde mir gar nichts ein, Robert, und ich habe auch keinen Größenwahn, wie du meinst. Ich liebe ihn ganz einfach und würde ihn lieben, auch wenn er nur ein einfacher Tischler wäre. Daß du das nicht verstehen kannst! — Bitte, trink nichts mehr!«

»Ach was! Das Tröpferl Wein da! Das wirft mich noch nicht um.«

Draußen begann es schon zu dämmern. Ein leiser Wind war aufgekommen und raschelte in den Efeublättern, die sich um das alte Gebäude rankten.

»Ich möchte jetzt heim«, sagte die Fini und war bereit, den weiten Weg auch zu Fuß anzutreten, falls er etwa noch einen Schoppen trinken sollte. Aber er gehorchte sofort, rief die Kellnerin und bezahlte. Dann stand er auf, schwankte einen Moment, griff aber dann nach ihren Paketen. Bevor sie in den Wagen stiegen, warf er einen Blick über den Marktplatz zum Rebenschlößl hinüber und meinte: »Dort drüben könnten wir eigentlich recht nett und gut zu Abend essen. Keine Lust?«

»Nein, ich möchte heim.«

»Eisberg«, zischte er vor sich hin.

Durch die Stadt fuhr er noch recht manierlich, aber dann wollte er zeigen, was der Wagen hergab. Die Fini hatte

Angst, aber sie sagte nichts, obwohl sie ihn gerne gebeten hätte, das Verdeck zuzuziehen, denn der Wind fuhr ganz schön kalt über das erhitzte Gesicht. Wahrscheinlich ihm auch, denn bevor sie in den Wald einbogen, hielt er und zog das Verdeck zu. Dann stieg er wieder ein, riß sie plötzlich in seine Arme und versuchte sie zu küssen, stieß aber statt dessen einen gellenden Schrei aus.

»Au! Du beißt mich in die Hand. Kannst du denn gar nicht ein bissel nett sein?«

»Laß mich jetzt sofort aussteigen«, forderte sie.

Ernüchtert strich er sich die Haare aus der Stirne.

»Geh, spinn doch nicht! Es sind gute drei Stunden zu Fuß heim.«

»Dann laß mich in Ruhe, sonst springe ich dir unter der Fahrt aus dem Wagen.«

»Du wärst dazu imstande! Und hernach, wenn du dir etwas brichst, dann bin ich schuld.«

Er ließ sie jetzt in Ruhe und überlegte krampfhaft, was er verkehrt gemacht hatte. Eifersucht, gedemütigte Eitelkeit, Zorn und wieder Eifersucht peinigten ihn, und wahrscheinlich merkte er in seiner Erregung gar nicht, daß sein Fuß das Gaspedal ganz durchgedrückt hatte. Der Wagen schoß nur so dahin, hinein in eine Nebelwand, die Robert mit einem Schlag jede Sicht nahm. Vielleicht war es aber auch die Kurve, die er nicht mehr sehen konnte, weil sich der Nebel wie dickes Milchglas um die Scheinwerfer gelegt hatte. Plötzlich splitterte etwas, dann ein furchtbarer Stoß. Das Licht erlosch. Dann Stille, aus der nur von irgendwoher ein wundes Stöhnen kam, das dem Mann die bange Frage herausriß:

»Fini, Fini, um Gottes willen, wo bist du?«

Aber nur wieder das leise Stöhnen aus der grauen Wand heraus und dann eine entsetzliche Stille.

Die Nachricht von dem Autounfall verbreitete sich noch in der Nacht bis zum Moorrand, wo Simon Burgstaller in seinem Häusl saß und immer wieder auf die Uhr blickte, weil doch die Fini heute kommen wollte. Als es jedoch ans Fenster klopfte, erkannte er sofort, daß es nicht die Fini war, sondern sein nächster Nachbar, der Prillmoser, der ihm die schreckliche Kunde brachte.

Zunächst wollte er einfach nicht begreifen, was geschehen war und wie alles zusammenhing. Die Fini wollte doch zu ihm kommen, und nun war sie mit dem Robert Plank im Auto verunglückt? Hatte sie denn ein falsches Spiel mit ihm getrieben? Dieser Gedanke war ihm so fürchterlich, daß er meinte, um den Verstand zu kommen. Daheim hielt er es nicht mehr aus und ging zum Zacklerwirt, um vielleicht dort Näheres zu erfahren. Aus all dem Gerede hörte er bald, daß die Fini von ihrem Vater nach Durmbach geschickt und auf dem Rückweg von Robert Plank mitgenommen worden war. Dabei war es dann zu dem Unfall gekommen. Beide lagen nun im Kreiskrankenhaus Durmbach.

Im ersten Moment wollte Simon nach Durmbach fahren. Dann wurde er wieder von wilden Zweifeln gepeinigt und irrte stundenlang durch die Nacht, das Herz von wildem Weh zerrissen. Erst gegen Morgen wurde er ruhiger und sagte sich, daß die Fini, was auch gewesen sein mochte, ihn auf gar keinen Fall hatte betrügen wollen.

Am Vormittag erfuhr er dann, daß Robert mit einer Schramme über dem linken Auge davongekommen war, die Fini aber sehr wahrscheinlich vor ein paar Monaten nicht aus dem Krankenhaus herauskommen würde, denn neben einer schweren Gehirnerschütterung hatte sie auch noch eine Querschnittslähmung davongetragen.

Daß dies ein Leben lang Rollstuhl bedeutete, begriff Simon nur ganz dumpf. Erst allmählich wurde ihm klar, welch einen Schlag ihm das Schicksal versetzt hatte.

Ein paar Tage irrte er ohne Interesse für irgend etwas umher, sprach kaum ein Wort, aß kaum ein paar Bissen und lag in den Nächten schlaflos. Bis ihm die Gaby ganz energisch den Kopf zurechtsetzte.

»Wenn du so weitermachst, Simon, wirft es dich auch noch aufs Krankenbett!«

»Ach, was verstehst denn du, Gaby! Mir ist eine Welt zusammengebrochen, weil ich jetzt erkennen muß, daß es doch kein Mädl ehrlich mit mir meint. Die erste hat mich betrogen, und jetzt ist es nicht viel anders. Mir hat sie gesagt, daß wir bald heiraten könnten, und mit dem anderen fährt sie nach Durmbach! Ach, ich mag gar nicht mehr daran denken.«

»Ja, es wäre besser, nicht so viel zu denken«, riet ihm die Gaby. Dabei tat ihr selber das Herz so weh, weil er ihr leid tat und weil er wohl nie erkennen würde, daß sie jederzeit ihr Leben für ihn geben würde. »Vor allem müßtest du dich erkundigen«, sprach sie weiter, »ob sie wirklich freiwillig mit dem Plank gefahren ist. Es wird erzählt, daß ihr Vater es so hat haben wollen.«

»Ich kenne mich nimmer aus, Gaby. Alles, was ich anpacke, gelingt mir, bloß bei den Mädeln, da habe ich halt kein Glück.«

»Tot ist sie ja nicht«, sagte darauf die Gaby, und ihr junger, blasser Mund zuckte.

Ihn aber trafen diese Worte wie ein Sonnenstrahl. Gleich darauf schüttelte er wieder den Kopf.

»Selbst wenn sie durchkommt, Gaby, sie wird ihr Leben lang gelähmt bleiben. Und überhaupt, ich müßte zuerst wissen, wie sie dazu kam, mit dem Robert zu fahren.«

Das erfuhr er am gleichen Tag noch, und zwar von der Langentalerin selber, die — er traute seinen Augen kaum — zu ihm kam und mit ihm reden wollte, damit er sich kein falsches Bild von der Fini mache. Niemand konnte wissen, wie schwer ihr der Weg geworden war. Da traf es sie doch recht schwer, als Simon sie zuerst kurz abfertigen wollte und ihr sagte, daß es ihn gar nicht so sehr interessiere, wie sie vielleicht meine. Ja, so ungerecht war er geworden, so sehr hatte er sich in den Gedanken verbohrt, daß die Fini es nicht ehrlich mit ihm gemeint hätte.

Da fing die Langentalerin plötzlich zu schluchzen an. Ob er denn nicht wenigstens hören wolle, warum die Fini mit dem Plank weggefahren sei. Doch nur deswegen, um ihm zu sagen, daß er sich keinerlei Hoffnungen machen solle. Ganz klaren Tisch wollte sie schaffen, weil es für sie eben keinen anderen Mann gab als ihn, den Simon.

»Ist denn das auch wahr?« fragte er noch voller Zweifel.

»Das mußt du doch selber wissen. Hat sie dir denn nie gesagt, was sich zwischen ihr und dem Vater abgespielt hat? Daß er sie deinetwegen geschlagen hat, daß sie aber um keinen Preis der Welt von dir gelassen hätte? Freilich, es ist wahr, für uns war es schon immer eine ausgemachte Sache, daß die Fini einmal den Robert Plank heiratet. Aber dann bist du in ihr Leben gekommen. Ich habe mich schon damit abgefunden gehabt, und schließlich hätte sich auch der Vater damit abfinden müssen, denn wenn er auch ein Querschädel ist, auf die Dauer hätte er sich doch nicht widersetzt, weil er die Fini doch gern hat, auch wenn er es sich nie hat anmerken lassen. Und jetzt muß das daherkommen! Glaubst du mir denn immer noch nicht?«

»Doch, Langentalerin, ich glaube dir. Und jetzt kann mich auch nichts mehr aufhalten. Ich fahre sofort zu ihr.« Er schlug sich mit der Hand vor die Stirne. »Und ich Narr habe an ihr gezweifelt und habe nicht daran gedacht, daß sie mich gerade jetzt am nötigsten braucht.«

»Wenn ich dich recht schön bitte, Simon, tätest mich dann auch mitnehmen?«

»Natürlich nehme ich dich mit! In einer Viertelstunde hole ich dich ab.«

In der Woche vor Pfingsten wurde in der neuen Fabrik der letzte Hammerschlag und der letzte Pinselstrich getan, und Simon Burgstaller sah sich genötigt, die Vollendung mit Ansprachen und der Weihe der Räume durch Herrn Josef Dehmer, der inzwischen Pfarrer in Siebenzell geworden war, zu feiern.

Die Sonne stieg hinter den Bergen auf, und das Kreuz auf dem Stroffenstein schnitt mit den zwei schwarzen Balken in das erste Frührot. Rauch stand über den Schornsteinen des Dorfes, und in der Metzgerei des Zacklerwirts legten die Gesellen die Weißwürste ins heiße Wasser, damit sie hernach für die Festgäste frisch vom Kessel heraus serviert werden konnten.

Solange Siebenzell bestand, hatte es noch nicht so hohen Besuch gesehen wie an diesem Morgen. Unter ihm war der Landrat mit seiner Begleitung noch nicht der höchste, denn auch die Regierung hatte einen Vertreter geschickt, einen Staatssekretär. Auch der alte Freund und Gönner Diepold war mit seinem Sohn Engelbert gekommen und von der Handwerkskammer ein paar Herren. Simon hatte nicht vergessen, auch seinen einstigen Direktor vom Waisenhaus einzuladen, der schon alt und gebrechlich geworden war, daß ihn die immer noch rüstige Schwester Agnes begleiten mußte. Notgedrungen hatte Simon auch den Bürgermeister Langentaler und den Gemeinderat einladen müssen. Außer Robert Plank waren alle erschienen.

Als erster ergriff der Präsident der Handwerkskammer das Wort und sprach von einer neuen Epoche, die für Siebenzell angebrochen sei. Er sprach mit weithin hallender Stimme, auch die Dörfler, die verschämt zwischen den Bäumen des Waldes standen, konnten jedes Wort deutlich verstehen. Der Pioniergeist eines einzelnen habe das Dorf aus seinem Dornröschenschlaf erweckt, wobei in dieser Stunde nicht unerwähnt bleiben dürfe, daß Herr Simon Burgstaller aus tiefster Armut aufgestiegen sei und nun dieses Werk geschaffen habe, aber nicht für sich allein, sondern wohl auch aus Liebe zu seiner Heimat und zu den Menschen seines Dorfes, denen er nun Arbeit und Brot geben könne.

Der Langentaler stand mit unbewegtem Gesicht unter seinen Leuten und konnte nicht verhindern, daß ihn diese Worte ergriffen. Er mußte, wenn auch mit Widerwillen, anerkennen, was die laute, markige Stimme an Lob für den einstigen Rindensimmerl zu sagen wußte. Seit dem Unglück war er bei weitem nicht mehr der borstige, unnahbare Nörgler, und er mochte vielleicht schon einsehen, daß dieser Simon so etwas wie ein Segen für die Zukunft des Dorfes bedeutete. Auf alle Fälle, was da so stolz in der Morgensonne stand mit den weithin sichtbaren Buchstaben auf dem Dach, die auch des Nachts leuchten sollten, war schon des Ansehens wert, und er konnte nichts dafür, daß ihn plötzlich der wehmutsvolle Gedanke anfiel, daß in dieser stolzen Stunde auch seine Tochter Josefine an der Seite Simons hätte stehen können, wenn sie nicht daheim hilflos in ihrem Rollstuhl sitzen müßte.

In dieser Stimmung trat schließlich auch er an das Rednerpult, dankte dem Erbauer im Namen der Gemeinde und wünschte für alle Zeit Glück und Segen für das Unternehmen.

Dann zogen die Gäste von Raum zu Raum. Simon mußte erklären und immer wieder erklären, und des Staunens war kein Ende. Zugedeckt standen in den großen Sälen noch die wuchtigen Maschinen, und Simon versuchte verständlich zu machen, welche Arbeit sie ausführen würden. Und dabei schaute er immer wieder auf die junggebliebene Schwester Agnes hin, die ihm zulächelte, als wollte sie ihn fragen, ob er noch wisse, daß er ihr von allen Buben im Waisenhaus der liebste gewesen war. Und Simon mußte sich eingestehen, daß sie eigentlich die große Liebe seiner Bubenzeit gewesen war.

Durch eines der mächtigen Werkstattfenster sah er drüben beim alten Holzhaus die Gaby stehen, groß und schlank wie eine Birke, in einem neuen Dirndlkleid. Sie wirkte ein bißchen verloren und hatte die Hände unter der Schürze versteckt. Simon dachte einen Augenblick, daß sie jetzt eigentlich auch mit durch die neuen Räume wandern müßte, denn sie war ja von Anfang an dabeigewesen. Sie allein hatte um seine Anfangssorgen gewußt, sie war immer um ihn gewesen, wenn er zu zweifeln begonnen hatte, hatte ihm in ihrer stillen, unaufdringlichen Weise Trost und Mut zugesprochen und war still davongegangen, wenn er sie nicht brauchte. Wie ein guter Stern hatte sie ihn auf dem dornenvollen Weg bis zur heutigen Stunde begleitet.

Aber die Gaby wartete drüben, bis die Gäste herüberkamen, um in dem Wohnraum, der ehemals die alte Werkstätte gewesen war, ein Gläschen selbstgebrauten Enzian zu trinken, bevor sie zum Zacklerwirt ins Dorf hinüberzogen.

Es war ein glücklicher Tag für Simon, fast genauso, wie er es in seinen Träumen erwartet hatte. Und dennoch war sein Herz bedrückt.

Er saß zwischen der eleganten Frau des Staatssekretärs und Schwester Agnes, die ihm leise sagte, daß sie immer für ihn gebetet und daß sie immer gewußt habe, daß einmal etwas Besonderes aus ihm würde. Und sie würde auch weiterhin für sein Glück beten.

Für mein Glück, dachte Simon in seiner schwermütigen Stimmung, und seine Gedanken gingen zu dem Mädchen auf dem Hügel, das nie mehr aus ihrem Rollstuhl herauskommen würde.

Unauffällig schlich er sich hinaus und ging gleich hinter dem Wirtshaus über die blühende Frühlingswiese hinauf, wo er hinter dem Langentalerhof im Schatten des jungen Apfelbaumes die Fini in ihrem Rollstuhl fand.

In ihren Augen leuchtete es auf, als sie ihn kommen sah, und sie streckte ihm die Hand entgegen. Immer wieder erschrak er, wenn er sie sah in ihrer durchsichtigen Blässe, gegen die auch die warme Frühlingssonne nichts auszurichten vermochte. Unter ihren Augen lagen tiefe Schatten.

»Wie geht es dir?« fragte er und streichelte ihre Hand.

»Oh, gut, Simon. Komm, setz dich doch ein bißchen zu mir. Hast du denn überhaupt wegkönnen?«

»Ich mußte einfach, man wird mich ja auch nicht gleich vermissen.«

»War es sehr feierlich, Simon?«

»Für mich ein bißchen traurig, weil du nicht dabeiwarst. Wenn ich vielleicht noch ein halbes Jahr gewartet hätte — bis dahin kannst du sicher wieder gehen.«

»Ja, sicherlich«, antwortete sie und war ihm dankbar für die Lüge, denn sie wußte genau, daß er selber nicht glaubte, daß sie jemals wieder gehen könnte. Im Grunde genommen war es ja immer das gleiche Gespräch, das sie führten, wenn sie beisammen waren. An den Sonntagnachmittagen fuhr er sie, seit sie aus dem Krankenhaus entlassen worden war, immer im Rollstuhl durch das Dorf, über die stillen Wege des Moores in den Bergwald hinein. Dann trug er sie auf den Armen in sein Haus, kochte ihr Kaffee und träumte mit ihr tapfer den Traum von einer schönen Zukunft, an die sie doch beide nicht mehr glaubten.

Nur etwas erfuhr Simon nicht, sosehr er auch danach fragte. War es ein Unglück gewesen? War der plötzliche Nebel schuld? Nicht Robert Plank? Die Fini verschwieg, wie es wirklich gewesen war, weil sie wußte, wie gnadenlos Simon den Robert zur Rechenschaft ziehen würde. Simon aber ahnte die Wahrheit, weil Robert ihm seither aus dem Weg ging und überhaupt recht einsilbig geworden war.

»Mußt du jetzt nicht wieder zurück, Simon?« fragte die Fini.

»Es läßt sich leider nicht ändern. Aber ich komme am Nachmittag und hole dich ab. Dann zeige ich dir alles ganz allein.«

Sie hob die Arme und legte sie um seinen Hals.

»Ach, Simon, du weißt gar nicht, wie ich dich liebe.« Sie küßte ihn und schob ihn dann sanft von sich. »Geh jetzt, Lieber, zu deinen Gästen. Ich freue mich, daß auch der Vater dabei ist. Du glaubst gar nicht, wie die Vollendung deines Werkes ihn verwandelt hat!«

Er nickte, obwohl er wußte, daß nur das Unglück den Starrsinn des Bauern gebrochen hatte.

Dann ging er auf demselben Weg über die Wiesen zurück. Als er sich einmal umdrehte, winkte ihm die Fini zu. Daß sie dabei weinte, konnte er freilich nicht sehen.

Am Montag darauf heulte um sieben Uhr morgens zum erstenmal die neue Fabriksirene. Im ersten Augenblick rannten die Menschen aus ihren Häusern, weil sie diesen fremden Ton noch nie vernommen hatten. Mittags um zwölf, dann um eins und um fünf Uhr ertönte die Sirene wieder, und allmählich gewöhnten sich die Leute daran, so wie sie sich an die gelben Busse gewöhnten, die nun jeden Morgen die Arbeiter von allen Richtungen herbrachten und abends wieder zurückführten. Zwar waren es bei weitem nicht lauter Fachleute, aber in dieser modernen Fabrikanlage konnten auch Hilfskräfte und Frauen beschäftigt werden. In einer Abteilung waren an die zwanzig Lehrlinge, größtenteils Buben aus Siebenzell selber. Mädchen aus Siebenzell arbeiteten in der Verpackungsabteilung, und schon nach kurzer Zeit zog ein gewisser Wohlstand in das Dorf ein. Der Zacklerwirt mußte an seine Gaststube einen Speisesaal anbauen und preiswerte Abonnementessen abgeben, weil Simon ihm angedeutet hatte, daß er sonst selber eine Kantine in seinem Werk bauen würde.

Simon blieb immer der gleiche. Nur äußerlich hatte sich sein Leben verändert. Jeden Morgen erschien er als erster im Werk, ging durch die Räume, erfaßte mit scharfem Blick jede kleinste Unregelmäßigkeit und verschwand dann im Zeichenbüro, wo drei Innenarchitekten beschäftigt waren. Dort dauerte die Besprechung eine Stunde. Anschließend ging er in die Buchhaltung, ließ sich die Post vorlegen, diktierte einem der Mädchen seine Briefe und begab sich dann hinüber ins Wohnhäusl, wo die Gaby für ihn das Frühstück gerichtet hatte.

Zwei Monate später war der letzte große Schritt getan. Er hatte den Vertrag mit seiner bisherigen Möbelfirma im Rheinland gelöst und arbeitete nun für sich selber. Zwei große Laster mit Anhängern fuhren jede Woche mit Burgstaller-Möbeln über Land, und bald mußte er noch einen dritten und vierten Lastzug kaufen. Seine Waren wurden für die Fachwelt zu einem Begriff solider, sauberer und preisgünstiger Arbeit. Dazwischen fuhr er dann mit seinem eigenen neuen Wagen auf eine Woche fort, knüpfte neue Verbindungen an und schloß neue Aufträge ab. Alles gelang ihm, seine Leute nannten ihn den »Boß«, obwohl die meisten wohl gar nicht wußten, was das dem Sinn nach bedeuten sollte. Für die Siebenzeller war er der Herr, der große Mann, der aus der Armut aufgestiegen und doch einer der ihren war.

Nachdrücklicher denn je verfolgte er sein Ziel, eine Bahn nach Siebenzell zu bekommen, weil er dann einen großen Teil seiner Möbel mit der wesentlich billigeren Bahnfracht versenden könnte.

Die Krönung seines Werkes aber war es, als er im Herbst bei der großen internationalen Möbelausstellung die goldene Plakette verliehen bekam und der Name Burgstaller in der Fachwelt nicht mehr zu übersehen war.

Und niemand in der großen Welt, in der er sich jetzt bewegte, ahnte, daß dieser zielstrebige Mann an den Sonntagnachmittagen ein querschnittsgelähmtes Mädchen im Rollstuhl spazierenfuhr oder es auch einmal in seinen Wagen bettete und mit ihr eine weite Tour machte. Nur die Siebenzeller konnten es sehen und bekamen mit jedem Male mehr Ehrfurcht vor dem Menschen Simon Burgstaller.

Die Fini war immer noch schön, aber sie wußte, daß sie den Todeskeim in sich trug und daß ihr nur noch eine kurze Zeit auf dieser Welt beschieden war. Sie sprach ganz ruhig und gefaßt vom Tod, wenn auch Simon vom Leben sprach und voller Hoffnung war.

Der Sommer versprach eine gute Ernte. Wochenlang schien die Sonne. Das Läuten des Sensendengelns tönte schon um drei Uhr früh über die Hügel, friedsam knarrten die Bauernfuhrwerke durch die Nachmittage, und dazwischen wurde die Stille von dem gewohnten Sirenengeheul der Fabrik unterbrochen. Die Bienen summten, und manchmal sang von den Bergen herunter ein feiner Wind, der den Duft aller Bergkräuter in sich trug.

Die Fini saß in ihrem Rollstuhl unter dem Schatten der Apfelbäume, von wo sie auf die Fabrik hinuntersehen konnte.

Oft hatte sie auch das Fernglas neben sich liegen, so konnte sie den geliebten Mann ganz zu sich heranziehen, ohne daß er es wußte. Wenn er dann zum Haus hinüberging, war es geradeso, als ginge er an ihr vorbei. Manchmal sah sie auch die Gaby. Sie hatte längst erfühlt, daß diese Gaby an einer unglücklichen Liebe zu ihrem Herrn litt, und oft nahm sie sich vor, mit Simon darüber zu sprechen, daß er dieses Mädchen heiraten solle, wenn sie die Welt verlassen hätte. Aber sie durfte ja zu Simon nicht von ihrem Ende sprechen. Da zog er sofort die Brauen hart zusammen, und einmal hatte er jäh herausgeschrien:

»Denk doch nicht immer ans Sterben! Du wirst wieder gesund! Und wenn nicht, dann heirate ich dich so, wie du bist.«

Du armer Tor, dachte sie dann. Nach kurzer Zeit schon würdest du merken, welche Last du dir mit mir aufgebürdet hättest. Immer nur im Rollstuhl würde ich neben dir leben, müßte gehoben und getragen werden und könnte niemals Mutter deiner Kinder sein.

Sie wußte auch, daß er jede medizinische Zeitschrift, die ihm in die Hände kam, genau studierte, und einmal kam er ganz aufgeregt zu ihr und wußte über den Fall eines Dreißigjährigen zu berichten, der von einem Professor in Köln geheilt worden war, nachdem er zuvor sechs Jahre gelähmt ans Bett gefesselt war.

Für den Augenblick wurde auch die Fini von seiner Begeisterung mitgerissen, zumal er sagte, daß er heute noch an den Professor schreiben würde. Und daß sie eben dann nach Köln gebracht werden müsse, koste es, was es wolle. Aber diese Begeisterung erlosch schon nach wenigen Tagen wieder, als sie sich doppelt krank und elend fühlte. Und das kam nicht allein von der Lähmung her. Ihr Widerstandswille war erlahmt, ihr Herz war schwach und krank.

So welkte sie mit dem Sommer in den Herbst, welkte in den Tod hinein. Als sie verlangte, daß der Pfarrer kommen solle, dachte noch niemand etwas Arges dabei. Der Pfarrer Dehmer war auch von selber hin und wieder zugekehrt, war bei ihr im Garten gesessen, und sie hatten zusammen geplaudert.

Des grauen Herbsttages wegen lag die Fini in der Stube auf dem Kanapee, als Pfarrer Dehmer ihre Bitte erfüllte, ihr die Letzte Ölung zu spenden. Dann versuchte er ihr Lebensmut zu machen, sprach von der Schönheit des Lebens, an das sie glauben müsse, weil nur Gott allein wisse, wann das Lebenslichtlein ausgebrannt sei.

»Er hat es mich schon wissen lassen, daß mein Licht erlöschen soll«, erwiderte die Fini.

Hernach sprach der Pfarrer noch mit den Eltern.

»Ich weiß nicht, sie ist so sonderbar heute. Ist sie denn schon länger so?«

»Seit gestern redet sie so seltsam daher«, wußte die Langentalerin.

»Und müßte doch neue Hoffnung haben«, meinte der Langentaler. »Am Montag will der Burgstaller sie nach Köln bringen.«

»So? Davon hat sie mir kein Wort gesagt!«

Draußen hatte sich der Himmel etwas gelichtet, im Westen stand ein leuchtendes Abendrot, das durch die Fenster in die Stube drang.

Die Fini verlangte, daß man sie noch ein wenig ins Freie bringe. Drei Tage sei sie jetzt schon nicht mehr draußen gewesen, und das Abendrot leuchte doch so schön.

Benno, ihr Bruder, hob sie in den Rollstuhl und fuhr sie hinaus.

»Nein, Benno, ein bissel weiter hinauf, daß ich alles übersehen kann. Ja, so ist's gut. Du kannst schon wieder gehen, Bruder. In einer Stunde kannst du mich wieder holen.«

Noch einmal sah sie die Berggipfel flammendschön leuchten, den Bergwald in seiner dunklen Schönheit. Noch einmal hörte sie das Leben um sich, die Stimmen des Dorfes, das Plätschern des Zellerbaches, das Hornsignal des Rinderhirten. Und noch einmal sah sie Simon Burgstaller von der Fabrik zum Häusel gehen. In einer Stunde, sie wußte es, würde er zu ihr kommen. Er kam ja fast jeden Abend und wurde dabei nicht müde, davon zu sprechen, daß sie wieder gesund würde. Die Kunst der Ärzte sei heute schon so hoch entwickelt. Ihr Fall wäre vielleicht schwierig, aber erst kürzlich habe er wieder gelesen, daß eine gelähmte Frau wieder habe gehen und ihrem Mann noch drei Kinder habe schenken können.

Kinder. Sie wußte um den tiefsten Wunsch seines Herzens. Und wie sie nun so dalag, weit zurückgelehnt, mit geschlossenen Augen, da war ihr, als tanzten tausend kleine Kinder über den rotbeglänzten Abendhimmel. Und dann zogen sie in ein goldenes Tor hinein, eins nach dem anderen. Das Tor aber schloß sich nicht hinter ihnen, es blieb sperrangelweit offenstehen, und aus dem Innern brach ein goldener Strahl.

Ein tiefer Atemzug noch, dann legte sich ihr Kopf zur Seite, so als wolle sie nur schlafen. Aber es kam kein Atem mehr aus ihrem Mund, ihr junges, heißes Herz stand für immer still.

So fand sie ihr Bruder Benno und schob sie samt dem Rollstuhl hinein ins Haus.

»Sie ist eingeschlafen«, sagte er, aber der Langentaler deutete diesen tiefen Schlaf gleich richtig und schrie verzweifelt auf.

Simon wurde herbeigeholt und stand, grau im Gesicht, vor der Toten, sah sie lange, sehr lange an und atmete dann ganz tief aus, weil er sah, daß auf dem bleichen Antlitz ein zufriedenes Lächeln lag.

Dann aber brach er vor ihr in die Knie, faßte nach ihren kalten Händen und konnte die Tränen nicht mehr zurückhalten.

Es wurde fast wieder Frühling, ehe die Gaby und die Mädchen im Büro der Möbelfabrik Burgstaller ihren Chef einmal wieder lachen sahen. So sehr hatte der Tod der Josefine sein Gemüt umschattet.

Dabei hätte er sich eigentlich freuen müssen, denn sein Unternehmen hatte sich derart entwickelt, daß er hätte vergrößern können. Hundertdreißig Leute beschäftigte er jetzt, zweihundert hätte er brauchen können. Die Bahnlinie war bereits bis sechs Kilometer an Siebenzell herangeführt und würde bis zum Sommer fertiggestellt sein. Am Bahnhof wurde soeben gebaut.

Simons Verhältnis zum Langentaler hatte sich grundlegend geändert. Finis Tod hatte sie verbunden. Der Bürgermeister war gealtert, und seine Frau hatte schneeweiße Haare bekommen, so weiß wie die Rosen, die Simon auf Finis Grab gepflanzt hatte.

Recht eigentümlich und gespannt dagegen blieb das Verhältnis zu Robert Plank, weil Simon den Gedanken nicht loswerden konnte, daß Robert am Tode der Fini schuld war. Robert Plank verhielt sich auch ein bißchen merkwürdig. Wenn es sich irgend machen ließ, ging er Simon aus dem Weg, und wenn das Holzgeschäft sie wirklich zusammenführte, so wich er Simons forschenden Blicken immer aus.

Nach Finis Tod hatte Simon ihn einmal eindringlich gefragt:

»Jetzt sag einmal ganz ehrlich, Robert. Hattest du damals einen Rausch?«

Wieder das Ausweichen mit den Augen, dann ein gereiztes Lachen. »Ach, woher denn! Ich hab doch keinen Tropfen Alkohol gehabt!«

»Mir ist heute noch unverständlich, daß man das nicht festgestellt hat.«

»Der Nebel war schuld, sonst gar nichts«, verteidigte sich Robert.

»Ich bin auch schon viel im Nebel gefahren, aber dann so langsam, daß nichts passieren konnte. Wenn ich nur wüßte, wie das damals war!«

»Das wird dir die Fini doch gesagt haben?«

»Eben nicht. Es ist mir immer gradso vorgekommen, als wenn sie dich hat schonen wollen.«

»Was du wahrscheinlich nicht tätest?«

»Darauf kannst du dich verlassen! Wenn ich wüßte, daß du an ihrem Tod schuld bist, Menschenskind, ich würde dich windelweich schlagen! Vom Geschäft gar nicht zu reden! Dir würde ich kein Brett mehr abkaufen.«

Das hatte sich Robert Plank gemerkt, weil er wußte, was das für sein Sägewerk bedeuten würde, zumal Simon ihn schon dazu gezwungen hatte, eine Trockenanlage zu bauen, weil er unter gar keinen Umständen halbgrünes Holz brauchen konnte. Durch die Belieferung der örtlichen

Fabrik war er vollends ausgelastet. Seine anderen Kunden waren daher von ihm abgefallen, und es würde ihm sehr schwerfallen, wieder neue zu finden. So war er also mehr oder weniger diesem Simon Burgstaller ausgeliefert.

Um diese Zeit saß er wieder einmal im Rebenschlößl zu Durmbach bei der Eulalia. Die Polizeistunde war schon vorbei, die Kassiererin hatte bereits abgerechnet und war fortgegangen. Ganz allein saßen er und die junge Witwe noch in der gemütlichen Nische, die mit künstlichen Rebenblättern und Weintrauben behängt war. An der gegenüberliegenden Wand war freskoartig eine Rheinlandschaft dargestellt.

Eulalia hatte sich an Roberts Schulter gelehnt und sah zu ihm auf. Ihre Stirne war gekraust, als denke sie darüber nach, warum sie eigentlich so sehr an diesem Manne hing. Zugleich wußte sie auch, daß es so nicht ewig weitergehen könnte. Jetzt war sie noch jung und hübsch, aber die Jahre hatten es ja so eilig. Bis sie sich umsah, war sie eine alte Frau, die man dann nur noch des einträglichen Geschäftes wegen heiratete. Sie konnte doch nicht ihre schönsten Jahre vertrauern! Und diesen gutgewachsenen Robert Plank liebte sie auf irgendeine Art. Er sagte ja selber, daß sie ihm ein Stückchen Heimat bedeute, daß er zu niemandem solches Vertrauen habe wie zu ihr, der er alles, auch seine Sorgen, anvertrauen könne.

»Was grübelst du denn schon wieder?« unterbrach sie das Schweigen und strich ihm mit den Fingerspitzen über die Wange.

Er wandte seinen Blick nicht von dem Bild und antwortete:

»Es müßte eigentlich ganz schön sein, mit dir einmal dorthin zu fahren.«

»Warum nicht?« fragte sie. »Ich kann ruhig einmal acht

Tage abkommen. Das wäre sogar etwas für eine Hochzeitsreise.«

Robert zog den Kopf ein wenig ein wie ein Hirsch, der weit weg einen Schuß fallen hört. Dann lächelte er.

»Hast du Hochzeitsreise gesagt?«

»Ich weiß schon, auf diesem Gebiet hörst du äußerst schlecht.«

»Weil mich nichts dazu zwingt.«

Mit einem Ruck setzte sich Frau Eulalia gerade. In ihren Augen flimmerte es.

»Du meinst, dich zwingt nichts, weil ich mit meiner Gutmütigkeit ja da bin, wenn du mich brauchst. Vor einem guten Jahr aber bist du hier gesessen und hast mir erklärt, daß es sich ausgebertelt hätte und daß du ein Mädchen heiraten würdest, mit der es in ganz Durmbach keine aufnehmen könnte!«

»Das behaupte ich auch heute noch.«

»Aber die Schönheit ist vergangen. Sie ist gestorben.«

»Bitte, hör auf damit, ja!«

Sie schüttelte den Kopf.

»Nein, es muß einmal darüber gesprochen werden, Robert. Glaub mir, das Mädchen tut mir von Herzen leid. Ihr Tod ist auch an dir nicht spurlos vorübergegangen. Nicht weil du sie geliebt hast, sondern weil es dein Gewissen belastet.«

»Was weißt du schon von meinem Gewissen!«

»Mehr als du denkst, und vor allem das, was du mir damals selber erzählt hast.«

»Was habe ich dir erzählt?«

»Daß du betrunken warst, daß du im Turmcafé vier Schoppen Wein getrunken hast und vorher bei mir schon Wermut und auch einen Schoppen Wein. Das sind fünf Schoppen, Robert, und ich weiß, wie leichtsinnig du mit zwei Schoppen schon fährst. Ich koche dir nicht umsonst immer vor deiner Heimfahrt noch einen starken Mokka.«

Robert versuchte sie abzulenken, legte den Arm um ihre Schulter und meinte:

»Ja, ja, du bist halt eine! Du schaust auf mich, und ich werde mich schon noch dankbar erweisen.«

»Ich will keinen Dank, Robert, das weißt du.« Sie schmiegte sich zärtlich an ihn. »Ich will dich, will deine Frau sein. Meinst du nicht, daß du mir das schuldig bist, Robert? Man spricht über uns, und so gut solltest du mich doch kennen, daß du weißt, daß ich nicht in schlechten Ruf kommen will.«

»Aber deswegen braucht man doch nicht gleich zu heiraten! Außerdem: was tätest denn dann mit dem Rebenschlößl?«

»Auch das habe ich längst durchdacht. Verkaufen werde ich es. Ich habe schon einen Interessenten.«

»Was?« staunte er über ihre Entschlossenheit. »Da könntest du ja direkt privatisieren.«

»Nein, ich will heiraten und mit dir ein neues Leben anfangen. Du hast mir doch erzählt, wie du dich in Schulden gestürzt hast, weil du diese Trockenhalle hast bauen müssen. Mit meinem Geld könntest du noch zwei Trockenhallen bauen und dein Sägewerk vergrößern.«

Mit einemmal war er hellwach und begann zu rechnen. So dumm war der Vorschlag gar nicht.

»Na ja, zum Überlegen wäre es ja«, meinte er dann, von ihrer Idee schon ein bißchen eingefangen. Mit einem Schlag wäre er dann wieder ein gemachter Mann, wäre wieder bewegungsfähiger und könnte dann diesem hochmütigen Burgstaller eher entgegentreten.

»Recht lange solltest aber nicht überlegen«, sagte Eulalia. »Heiraten und Schlittenfahren, hast du einmal gesagt, das muß schnell gehen. Aber damals hast du ja an die andere gedacht, nicht an mich.«

»Mußt du mich denn immer daran erinnern!« schrie er aufgebracht.

»Schrei nicht so! Nur wenn man unrecht hat, schreit man. Und schließlich bist du ja schuld an ihrem Tod, wenn nicht direkt, so doch indirekt.«

»Wer kann das sagen?«

»Du selber hast es mir nicht nur einmal gesagt. Und ich war es doch, die versucht hat, dir das auszureden. Du hast einen Rausch gehabt, und es könnte doch peinlich für dich sein, wenn man das in Siebenzell erfährt.«

»Das fehlte gerade noch!« Er sah sie unsicher an. »Du wärst doch nicht so schlecht und könntest über mich etwas ausplaudern?«

»Das möchte ich nicht, aber zu erwägen wäre es immerhin.«

»Jetzt durchschau ich dich!« rief er gereizt und stand auf. »Das geht auf Erpressung hinaus!«

»Wie kannst du dieses Wort nur in den Mund nehmen! Aber gut, nennen wir es einmal so. Schließlich habe ich ja auch ein Recht, und schließlich gewinnst du dadurch — ich will es lieber Druck nennen und nicht Erpressung — doch ein ganz passables Vermögen. Zu bedenken, meine ich, wäre es immerhin.«

»Eigentlich stimmt es ja, was du sagst. Bloß das mit dem Recht, das dir zustünde, das mußt du mir schon näher erklären.«

Nicht umsonst hatte er ihr den Kosenamen Katzerl beigelegt. Sie konnte so hingebungsvoll schmeichlerisch sein und flüsterte in sein Ohr: »Seit drei Jahren liebe ich dich, und du hast dir das gern gefallen lassen. Gibt mir das etwa nicht das Recht, jetzt von dir geheiratet werden zu wollen?«

O ja, sie konnte ihm schon ganz schön warm machen! Und sie sah auch gut aus, er könnte sich ohne weiteres mit ihr in Siebenzell sehen lassen. Nur kam ihm jetzt alles so überraschend, und er versprach ihr, daß er darüber nachdenken wolle.

Er überlegte sich das Angebot ganz genau nach allen Richtungen hin. Dabei kam er dann zu der Einsicht, daß Frau Eulalia eigentlich gar nicht so sanft war, wie er immer geglaubt hatte, sondern ein recht energisches Frauenzimmer, das auf ihr Ziel loszugehen wußte. Hatte sie ihm denn mit ihrer versteckten Drohung nicht hinterlistig ein Bein gestellt?

Aber ihr Vorschlag war schon des Überlegens wert.

Als aber Frau Eulalia nach drei Wochen des Wartens müde wurde, kam sie mit einem Taxi nach Siebenzell, ließ den Wagen wieder zurückfahren und sah sich zunächst einmal das Dorf an. Sie stand staunend eine Weile vor der neuen Fabrik und kam dann in einem weiten Bogen zum Sägewerk Plank, wo sie direkt ins Büro ging. Robert konnte in Gegenwart der Sekretärin nur recht süßsauer sagen:

»Ja, wer kommt denn da? Die Frau Schröcker! Wir haben uns aber lange nicht mehr gesehen!«

»Heute ist es drei Wochen her«, zwitscherte Frau Eulalia. »Ich hatte zufällig hier zu tun, und da dachte ich —«

»Ja, ja, die Frau Schröcker denkt halt immer! Nein, so was! So ganz unverhofft kommt die Frau Schröcker!«

Wieder das Zwitschern von vorhin.

»Vielleicht gar wie ein Schreck?«

»Aber nein, wieso denn?« Robert griff nach seinem Leinenjanker, der an der Tür hing, und wandte sich an das Fräulein an der Schreibmaschine: »Die Rechnungen für den Burgstaller müssen noch fertiggemacht werden.« Dann nahm er Frau Eulalia ganz sanft am Arm und sagte, daß man ein bißchen ins Freie gehen wolle. Kaum waren sie allein, fragte sie schon:

»Warum bist du denn nie mehr nach Durmbach gekommen, Bertl?«

Er sagte, daß er viel unterwegs gewesen sei zum Holzaufkaufen.

»Du glaubst ja gar nicht, was der da drüben für Mengen braucht! Kaum daß ich soviel trocknen kann. Von Aufstapeln ist sowieso keine Rede mehr.«

»Ja, es fehlt, scheint mir, doch an einer weiteren und größeren Trockenhalle, oder wie das heißt. Übrigens, daß ich es nicht vergesse: Der Interessent bietet mir für das Rebenschlößl eine riesige Summe. Dabei ist mir wirklich der Gedanke gekommen, ob ich mit dem Geld nicht privatisieren könnte, wie du gesagt hast. Auf keinen Fall aber will ich länger Wirtin bleiben, weil eine Wirtschaft ohne Mann einfach nichts ist.«

Er führte sie zwischen einem Bretterstapel und der Trockenhalle entlang, weil sie da nicht gesehen werden konnten.

»Bist du jetzt extra nach Siebenzell gefahren, um mir das zu sagen?« wollte er wissen.

Sie blieb stehen.

»Nein, Bertl, ich habe Sehnsucht nach dir. Das ist die reine Wahrheit.«

»Das möchte ich auch hoffen«, antwortete er geschmeichelt. »Und wenn ich es ganz ehrlich bedenke, mir ist es auch so ergangen. Vielleicht wär ich heute sowieso noch zu dir gekommen.«

»Das wirst du ohnehin müssen, weil ich das Taxi zurückgeschickt habe.«

Sie setzten sich nahe der Schleuse an den Bachrand, wo sie durch niederes Gestrüppwerk verdeckt waren. »Das also ist deine Heimstatt«, sagte sie dann und schaute sich um. »Ein schöner Besitz.«

»Die Felder und Wiesen, die du bis dort hinüber siehst, gehören auch dazu. Die Landwirtschaft haben wir aber verpachtet. Man bekommt ja keine Leute mehr, seit die Fabrik alles schluckt.«

»Für die Landwirtschaft täte ich mich auch weniger eignen. Aber als ich vorhin so durch den Ort gegangen bin, habe ich bloß ein einziges Wirtshaus gesehen. Meinst du, daß sich da ein kleines Café nicht rentieren würde?«

Er tat, als denke er darüber nach.

»Hast du dort die Forelle gesehn?« fuhr er dann auf. »Jetzt ist sie verschwunden! Ein Café meinst? Auf was für Ideen du kommst! Und ich soll den Wirt spielen?«

»Bloß so nebenbei. Am Abend halt.«

»Dank schön, da weiß ich mir schon was Besseres!«

»Übrigens ein schöner Ort. Das habe ich mir gar nicht so vorgestellt. Besonders schön ist der Friedhof. Hat sie nicht Langentaler geheißen, jenes Mädchen?«

»Fängst du schon wieder an?«

»Aber nein, Bertl, daran hab ich doch jetzt nicht gedacht.«

Er traute ihr nicht recht, und es war wohl das beste, er verfrachtete sie so schnell wie möglich in seinen Wagen und fuhr sie nach Durmbach zurück.

»Eigentlich hättest du mich ruhig deinen Eltern vorstellen können«, sagte sie, schon im Wagen sitzend, und ihr weicher Mund war nicht ganz schön, als sie das sagte. Und um sich ein bißchen für diese Unterlassungssünde zu rächen, fügte sie noch hinzu: »Ich muß halt immer an das arme Mädchen denken.«

»Wenn du noch einmal damit anfängst, laß ich dich aussteigen!« drohte er.

»Hat vielleicht das Mädchen damals auch aussteigen wollen?«

»Wie kommst du nur darauf?« fragte er erschrocken.

»Weil ich dich ziemlich genau kenne, wenn du zuviel getrunken hast.«

Er war nun wirklich beleidigt, aber dann ließ er sich in der lauschigen Nische ihres Lokals doch wieder von ihr umschmeicheln. Irgendwie war er ihr eben doch verfallen, und das fühlte sie.

Er überlegte nur zu lange. Als ob es bei dem Geld noch

viel zu überlegen gäbe, besonders wenn eine Frau so vorteilhaft aussah wie sie!

Sie ließ ihm diesmal aber nicht so lange Zeit, schon nach acht Tagen erschien sie wieder in Siebenzell.

Diesmal setzte sie es durch, daß er sie ins Haus führte und seinen Eltern vorstellte. Frau Eulalia zeigte sich von ihrer liebenswürdigsten Seite. Dabei vergaß sie auch nicht zu erwähnen, daß sie das Geld für den Verkauf ihres Rebenschlößls erhalten werde.

Dann wurde ihr das ganze Haus gezeigt. Das war ihre große Stunde, die sich für Robert verhängnisvoll auswirken sollte. Frau Eulalia rief nämlich in Gegenwart seiner Mutter beim Anblick der großen, fast leeren Kammer im oberen Stock ganz begeistert aus:

»Ach, wie entzückend! Hier werden wir uns das Schlafzimmer einrichten, meinst du nicht auch, Bertl? Dieser herrliche Blick ins Gebirge! Ich habe drüben bei dieser Möbelfabrik Burgstaller ein wunderschönes Schlafzimmer ausgestellt gesehen. Wenn wir es direkt bei ihm kaufen, können wir es sicher viel billiger kriegen, da du ihm doch das Holz lieferst.«

Die alte Plankin stand daneben und wunderte sich, daß Robert nichts anderes zu sagen wußte als:

»Vielleicht.«

Bei so einer entzückenden, geschäftstüchtigen Frau konnte es doch kein »Vielleicht« mehr geben!

Als sie am anderen Tag dann die Gelegenheit passend fand, sagte sie:

»Wie du dich da noch besinnen kannst. ›Vielleicht‹, sagt er bei so einer Frau, die noch dazu vermögend ist! Meinst du, daß es um dich noch zu schade ist, wenn du endlich heiratest! Du bist schon bald dreiunddreißig, und deine Haar werden auch schon licht.«

Was sollte er darauf noch sagen? Materiell gesehen, fand er nicht so leicht wieder eine solche, und hübsch war sie auch. Sie hatte ihn jedenfalls richtig eingewickelt und es ihm schmeichlerisch abgezwungen, daß die Hochzeit noch im Spätherbst sein sollte.

Die Zeit flog dahin.

Simon Burgstaller hatte es eigentlich nicht so gewollt, aber die Freie Wählergemeinschaft hatte ihn zum neuen Bürgermeister von Siebenzell gewählt. Der Langentaler erhielt nur noch ein Viertel der Stimmen und brachte das fertig, was niemand von ihm erwartet hätte — er ging vor allen Leuten beim Zacklerwirt auf Simon Burgstaller zu und gratulierte ihm zu seinem Sieg.

Alt, müde und verdrossen war er geworden. Vielleicht aber war es die bessere Einsicht, die ihn bewog, dem Mann zu gratulieren, der für Siebenzell schon so unbestreitbar viel geleistet hatte. Es gab jetzt eine Bahnstation, immer mehr Sommerfrischler fanden Gefallen an diesem schönen Dorf, in dem überall Ruhebänke standen und dessen Straße sauber geteert war. In den Häusern der Kleingütler herrschte Wohlstand, ein Dutzend neuer Häuser war gebaut worden, und überall wurden Zimmer an die Fremden vermietet.

Die Wahl war vor einem Jahr gewesen. Nun war Simon schon den zweiten Sommer Bürgermeister. Und was für ein Bürgermeister! Jetzt wollte er tatsächlich noch ein Schwimmbad bauen und eine Turnhalle. Weil er aber den alten Mann da oben auf seinem Hof nicht vor den Kopf stoßen wollte und weil er es der toten Fini schuldig zu sein glaubte, brachte Simon im Gemeinderat den Antrag ein, daß man den Langentaler zum Altbürgermeister ernennen möge. Schließlich war er über fünfundzwanzig Jahre Bürgermeister von Siebenzell gewesen und hatte auch seine Verdienste, auch wenn Siebenzell in den letzten zwei Jahren einen Aufschwung erlebt hatte, wie es sich die ältesten Einwohner nie hätten träumen lassen.

Als Altbürgermeister hatte der Langentaler zwar keine Funktion mehr, aber Simon verstand es in gutgespielter Bescheidenheit, so zu tun, als brauchte er seinen Rat. Wenn er bei sich längst etwas beschlossen hatte, ging er zum Langentaler und sagte:

»Was meinst du, könnte man es so machen? Oder wie würdest es du machen? Du hast ja schließlich eine langjährige Erfahrung.«

Der Langentaler überlegte dann jedesmal recht angestrengt, meinte, daß man es auch anders anpacken könnte, ließ sich auf lange Debatten ein, und im Laufe des ganzen Gesprächs kam man dann doch dazu, es so zu machen, wie Simon es ursprünglich gewollt hatte. Er lächelte nur, wenn er dann so hintenherum erfuhr, daß der Langentaler gesagt habe:

»Wenn er mich schon fragt, muß ich ihm doch helfen. Wer weiß, was er sonst für eine Dummheit gemacht hätte! Na ja, schön langsam wird er es auch noch lernen.«

So war Simon bis über den Kopf hin mit Pflichten und Aufgaben beschäftigt, leitete seinen umfangreichen Betrieb mustergültig und setzte seine schönen Möbel sogar im Ausland ab. Der Name Burgstaller bedeutete etwas, hatte Glanz und Ansehen weit über das Land hinaus, und etwas von diesem Glanz fiel auch auf das Dorf Siebenzell zurück.

Nur an sich selber dachte er kaum. Die Gaby führte ihm nach wie vor den Haushalt. Aber sie war jetzt auch nicht mehr die kleine Magd der ersten Jahre, sondern schon mehr die Dame des Hauses, der die kleine Agnes vom Schillinger zugeteilt war, denn es kamen viele Gäste ins Haus, Geschäftsleute, Fabrikanten, Vertreter oder sonstige Interessenten. Mit ihrem natürlichen Charme deckte die Gaby dann den Tisch zum Kaffee oder auch zum Abendessen, saß auch selber mit am Tisch und wurde von den Gästen behandelt, als sei sie die Frau. Ihre Küche wurde gelobt und war auch des Lobes wert.

Aber Simon ging immer noch einspännig durchs Leben, und die Gaby hatte sich schon damit abgefunden, daß sie ihr ganzes Leben lang so neben ihm her leben würde als treuer Hausgeist, wie eine Schwester, die für ihren Bruder zu sorgen hatte. Er schien die Fini einfach nicht vergessen zu können. Aber das schmerzte die Gaby nun nicht mehr. Wenn er auf eine größere Reise ging und die ganze Woche nicht zurückkam, hatte sie Sehnsucht und auch Angst. Wenn er dann zurückkam, wußte sie oft gar nicht, was sie alles beginnen sollte, um ihm das Heimkommen so schön wie möglich zu machen. Immer wartete sie auf ihn, sie wußte sogleich, wenn er Sorgen hatte oder erschöpft und müde war. Dann richtete sie auf dem Sofa die Kissen zurecht, daß er sich niederlegen und entspannen konnte. Sie zündete ihm dann eine Zigarette an und steckte sie ihm zwischen die Lippen. Jede ihrer Handreichungen war Liebe, jeder ihrer Gedanken nur Wunsch für sein Wohlergehen.

Da sagte er plötzlich eines Mittags, als er sich nach dem Essen ein wenig aufs Sofa gelegt hatte:

»Du, Gaby, mir ist vor ein paar Tagen eingefallen — hast denn du nicht einmal zu mir gesagt, daß du jemanden gern hättest?«

Sie wurde bei dieser Frage flammend rot.

»Das ist ja schon bald drei Jahre her, daß ich das gesagt habe.«

»Ja und? Ist es nichts mehr?«

Die Gaby stand auf, nahm die Zigarettenschachtel vom Rauchtischchen.

»Magst eine Zigarette, Simon?«

»Ja, danke. Aber du hast mir noch nicht geantwortet. Ist es nichts mehr?«

»Nein — es ist nichts mehr.«

Genußvoll sog er den ersten Zug der Zigarette ein. Dann lachte er.

»So ein Esel! Der weiß ja gar nicht, welch eine Perle er

aufgegeben hat! Aber ich bin ja froh darüber. Was finge ich ohne dich an!«

»Es würde sich schon wieder eine finden.«

»Aber keine solche mehr wie du! Nein, Gaby, ich weiß genau, was ich an dir verlöre.«

»So? Weißt du das?«

»Aber natürlich! So wie du kennt mich keine, und so wie du würde keine den Haushalt lenken. Weißt du, was jetzt einmal einer gemeint hat — der Fabrikant aus Stuttgart war es. Er hat gemeint, du wärst meine Frau!«

Stille. Nur die Uhr tickte mit monotonen Schlägen. Und dazwischen hörte Gaby ihr Herz klopfen, ganz laut und schnell.

»Und was hast du dann gesagt? Es muß doch peinlich gewesen sein für dich?«

»Aber ganz und gar nicht! Ich war nur froh, daß du es nicht gehört hast. Ich kenne ja deine Empfindlichkeit in solchen Sachen.«

Sie reichte ihm den Aschenbecher hin, damit er die Zigarette nicht wieder auf den Boden abklopfe.

»Beim Plank haben sie gestern einen Buben bekommen«, versuchte sie ihn auf ein anderes Gespräch zu bringen.

»Tatsächlich?«

»Das müßtest doch du als Bürgermeister wissen!«

»Ich bin heute noch nicht in die Kanzlei gekommen. Soso, einen Buben. Müssen wir da was tun?«

»Eigentlich ja. Schließlich ist er ja unser Holzlieferant. Ich werde heute nachmittag einmal nach Durmbach fahren und ein Jackerl und ein Strampelhoserl kaufen.«

»Ja, mach das nur!«

Die Fabrikssirene ertönte und kündete das Ende der Mittagspause an. Ruckartig sprang er vom Sofa auf, schlüpfte in seine Joppe und wollte davonrennen. Doch die Gaby hielt ihn zurück.

»Warte, deine Krawatte ist verrutscht.« Dann kämmte

sie ihm an den Schläfen das zerzauste Haar zurück. »So, jetzt kannst du gehn. Ich fahre dann um halb zwei mit dem Zug und komme um fünf Uhr wieder.«

»Kauf nur was Gescheites!« sagte er noch, dann ging er in die Fabrik hinüber.

Der Sommer war zu Ende. Mit einer gewaltigen Farbensinfonie überschüttete der Herbst das Land.

Als die Kartoffelfeuer brannten und die Abende früher übers Land fielen, saß Simon oft bis Mitternacht über Büchern, über Entwürfen, neuen Plänen, Kalkulationen und Angeboten. Nichts ging hinaus in die Welt, was nicht vorher noch genau durchgearbeitet worden wäre.

Er fühlte sich oft recht einsam in dieser Zeit. Manchmal saß er ganz still da und lauschte auf den Wind, der durch die Fichtenkronen ging. Dann hörte er auch den Bach leise plätschern, und dann war ihm, als höre er es ganz leise an den Fensterladen pochen, so leise, als hätte nur eine Fledermaus in ihrem Flug das warme Holz gestreift. Sein Herzschlag setzte für Sekunden aus, bis er erkannte, daß ihn nur die Erinnerung genarrt hatte. Nie mehr würde jemand an die Fensterläden pochen, nie mehr würde die Fini draußen stehen. Das war vorbei, endgültig und für immer vorbei.

Ich werde die Rosenstöcke niederschneiden müssen und sie mit Tannenreisern zudecken, um sie vor dem Frost zu schützen, dachte er, weiße Rosen sind so empfindlich.

Noch nie hatte er eigentlich die Einsamkeit so sehr gespürt wie in dieser Zeit, noch nie den Verlust des geliebten Mädchens so schwer empfunden.

Vor ein paar Tagen hatte er die Frau von Robert Plank mit dem Kinderwagen durchs Dorf fahren sehen. Er war gerade in der Gemeindekanzlei am Fenster gestanden, und er hätte bei diesem Anblick von Mutter und Kind weinen mögen.

Man erzählte sich übrigens, daß Robert Plank ganz gehörig unter dem Pantöffelchen der zierlichen Person stünde. Das war mehr als einmal Grund zum Lachen für die Büromädchen vom Burgstaller und der Sägemühle Plank, wenn sie nach Arbeitsschluß gemeinsam nach Durmbach zurückfuhren.

Die Burgstallermädchen lobten ihren Chef über den Schellenkönig, weil er niemals Krach schlug, sondern seinen etwaigen Tadel nur mit einem Blick zu erkennen gab, der die Betreffende aber bis über die Ohren rot werden lassen konnte. Die Sophie vom Plank sagte dann, daß ihr Chef zwar auch ein ganz guter Kerl sei, aber die junge Frau habe den Teufel im Leib und halte ihrem Gemahl bei jeder Gelegenheit vor, er möge sich doch ein Beispiel am Burgstaller nehmen. Der hätte sich herausgemacht, während er es nie zu dieser zweiten Trockenhalle gebracht hätte, wenn sie mit ihrem Geld nicht gewesen wäre und ihm damit geholfen hätte.

An einem dieser letzten schönen Herbsttage kam Gabys Schwester, die Barbara, zu Besuch. Sie war bei ihren Eltern gewesen, die in letzter Zeit etwas kränkelten, und wollte sich nun bei Simon bedanken, weil er ihnen durch die Gaby jede Woche etwas Gutes schickte.

Sie saßen gerade beim Kaffee, und Simon freute sich wirklich, daß er die Barbara wiedersah.

»Setz dich nur gleich her und trink mit uns Kaffee!« lachte er. »Wir haben uns schon eine Ewigkeit nicht mehr gesehen.«

»Es werden schon bald vier Jahre her sein«, rechnete Barbara nach.

Es dauerte nicht lange, da waren sie mit ihrem Gespräch mitten in ihrer Kindheit. Was er nicht mehr wußte, das wußte die Barbara noch. Simon erinnerte sich daran, daß er sie immer in den Schlaf gewiegt und ihr den Schnuller in den Mund gesteckt hatte. Barbara wiederum erzählte, wie sie mit der Mutter zu ihm ins Waisenhaus gefahren war und ihm ein Büschel Latschenzweige mitgebracht habe.

Ach, es waren so schöne Erinnerungen, die sie austauschten. Simon hatte sich lange nicht mehr so wohl gefühlt wie an diesem Nachmittag. Plötzlich fiel ihm ein:

»Hast du eigentlich die Fabrik schon gesehen, Barbara? Nicht? Ja, dann komm, ich werde dir alles zeigen und erklären.«

Die Führung durch sein Werk begann er jedesmal in den Büroräumen, dann kamen das eigene Büro, die Zeichenräume, die Werkstattsäle. Hernach standen sie auf der Südseite des Baus, von wo man einen weiten Blick über das Moor hatte. Die Birken standen wieder einmal in ihrem gleißenden Gelb, die dunklen Torfstücke waren schon abgeräumt und in die Scheunen gebracht worden. Die Sonne schien noch recht warm, und ein paar späte Schmetterlinge gaukelten zwischen den Marienfäden, die sich in der Luft spannten.

»Und wie geht's dir, Barbara?« fragte Simon, während sie so nebeneinander standen. »Du bist doch glücklich geworden?«

»Ich bin zufrieden, Simon. Der Urban ist gut zu mir, die beiden Kinder sind gesund, es geht mir nichts ab. Am Anfang gab es mit der Schwiegermutter manchmal so kleine Reibereien, aber das ist längst behoben.«

»Das freut mich, Barbara. Du weißt ja, wenn ich etwas für dich tun kann —«

»Ich weiß es. Aber wirklich, Simon, es ist alles in bester Ordnung bei uns. Das Anwesen ist nicht zu groß und nicht zu klein, es wirft gerade so viel ab, daß wir gut leben können. Aber wenn du später einmal einen meiner Buben in deiner Fabrik einstellen willst?«

»Das bedarf doch keiner Frage, Barbara! Selbstverständlich kann er jederzeit bei mir Tischler lernen! Oder, wenn er sich eignet, schick ihn doch auf die Mittelschule in Durmbach, dann kann er später einmal im Büro bei uns arbeiten. Ich bin dir gern behilflich dabei, wenn du finanzielle Schwierigkeiten haben solltest.«

Ein Eichhörnchen sprang vor ihnen über den Weg und hantelte sich hurtig an einem Fichtenstamm hinauf. Die Sonne schien durch die Zweige und warf Lichter über die braune Moorfläche.

Barbara holte tief Atem, als ob sie etwas bedrücke. Dann sah sie Simon voll an.

»Sag einmal, Simon, warum tust du das alles? Meine Geschwister arbeiten alle bei dir, den Eltern hilfst du dauernd, kürzlich hast du für den Vater sogar den Arzt bezahlt. Warum eigentlich?«

Simon betrachtete sie lächelnd.

»Weil ich nicht vergessen habe, Barbara, daß ihr die einzigen gewesen seid, die sich meiner erbarmt haben, als ich verlassen und hilflos dastand. Damals hab ich das vielleicht noch nicht so begriffen, aber heute weiß ich, daß ihr das letzte Brot mit mir geteilt habt und daß die Weberin wie eine Mutter zu mir war. Im übrigen, Barbara, brauchst du dir deswegen gar keine Gedanken zu machen. Was ich tue, das tue ich gern, und es ist doch so, wenn man jemandem Freude bereitet, dann fällt diese Freude ins eigene Herz zurück.«

Simon setzte sich jetzt auf eine der Bänke, die sonst seinen Leuten während der Mittagszeit zur kurzen Rast dienten, und deutete mit der Hand neben sich, daß auch Barbara Platz nehmen sollte.

»Oder mußt du schon heim?« fragte er.

Die Barbara schüttelte den Kopf.

»Wenn ich zur Stallzeit nicht daheim bin, melkt die Schwiegermutter. Und so weit ist es ja auch wieder nicht nach Pendling. Wenn ich übers Moor gehe, bin ich in einer halben Stunde daheim. Wer weiß, wann wir wieder einmal so beieinandersitzen und plaudern können. Ich habe dir schon oft sagen wollen, wie es mich freut, daß du es so weit gebracht hast. Und weißt du, was das Schönste an dir ist, Simon? Daß du doch der gleiche geblieben bist. Zu uns wenigstens. Ach ja, wie schön wäre es, wenn es deine Eltern noch hätten erleben dürfen.«

»Das ist das einzige, was ich mir auch oft wünsche.«

Das Eichhörnchen kam jetzt wieder vom Stamm herunter, machte knapp vor ihnen Männchen und putzte sich. Die Schatten der Bäume waren länger geworden, die Luft etwas kühler. Ganz feierlich still war es ringsum. Und in diese Stille hinein fragte die Barbara:

»Ist das wirklich das einzige, Simon, was du dir wünschst?«

»Und Gesundheit halt bis ins hohe Alter.«

Er sah sie von der Seite her an. Der Wind spielte mit ihrem Haar, und er dachte, daß etwas sehr Mütterliches von ihr ausstrahlte und daß die innere Verbundenheit aus seiner armseligen Kinderzeit noch ganz ungetrübt erhalten geblieben war. Dann durchzuckte es ihn wie ein Blitz.

»Jetzt weiß ich, wo du hinauswillst mit deiner Frage! Du meinst, warum ich immer noch allein bin?«

»Genau das meine ich.«

Seine Stirne umwölkte sich ein wenig, und er sah auf seine Hände nieder, die auf den Knien lagen.

»Du weißt ja, wie es mir ergangen ist. Ich hab in der Hinsicht kein Glück.«

»Ich weiß, du denkst jetzt an das Unglück mit der Fini.«

»Das sowieso. Aber auch schon vor der Fini bin ich einmal von einer zum Narren gehalten worden. Ich bin gebrannt, Barbara, und wie sagt man da?«

»Ein gebranntes Kind scheut das Feuer. Ich weiß schon. Aber schau einmal, Simon — darf ich ganz offen mit dir reden?«

»Du kannst doch alles zu mir sagen, Barbara.«

»Also gut. Du hast da etwas hergestellt, wie es vor dir

im ganzen Tal noch keiner fertiggebracht hat. Du bist jemand, mehr, als du es vielleicht selber weißt. Und das soll alles einmal in fremde Hände kommen, bloß weil es dir jetzt zweimal danebengegangen ist? Simon, das kann doch nicht dein Ernst sein! Du brauchst eine Frau, du brauchst Kinder, du mußt doch wissen, für wen du arbeitest!«

»Genau das habe ich jetzt erwartet, Barbara. Du bist wahrscheinlich auch nicht die einzige, die so denkt. Nur sagen es die anderen nicht. Aber ich will dir einmal etwas sagen, Barbara.« Er machte eine weitausholende Geste mit der Hand. »Das da, was du siehst, die Fabrik, drüben das Haus, der Glanz, die Sicherheit, das wäre der Liebe wert. Um mich selber aber, wenn ich noch ein armer Schlucker wäre, da reißt sich keine.«

Heftig wehrte sich die Barbara dagegen.

»Du verbohrst dich da in etwas, Simon, was vielleicht gar nicht ist. Ich, zum Beispiel, weiß eine, die war schon ganz krank vor Liebe zu dir, längst bevor du das alles aufgebaut hast.«

Nachdenklich sah er sie an und wurde plötzlich von einem Verdacht befallen.

»Du vielleicht?«

»Lassen wir das, Simon. Oder ja — warum soll ich mich schämen —, ich habe dich doch gern gehabt, Simon. Immer schon. Aber laß mich jetzt ganz aus dem Spiel. Es gibt noch eine andere.«

»So? Na, da bin ich aber neugierig. Mir ist keine bekannt.«

»Ja, das kommt daher, Simon, weil du das Selbstverständliche eben als selbstverständlich nimmst und dich nicht fragst, warum ein Menschenkind dir jeden Wunsch von den Augen abliest, warum es dich umsorgt und verwöhnt. Nur deswegen, meinst du, weil du sie dafür anständig bezahlst?« Die Barbara schüttelte den Kopf. »Die würde für dich auch dasein, selbst wenn du noch so arm wärst wie früher.«

Wie elektrisiert sprang er in die Höhe und wußte mit einem Schlag, wen sie meinte.

»Jetzt brauchst du bloß noch zu sagen, die Gaby wäre es!«

Ganz einfach und schlicht kam die Antwort:

»Ja, Simon, die Gaby.«

Er schlug sich mit der flachen Hand vor die Stirne.

»Und ich Esel hab das nie gemerkt! Und — krank, sagst du, wäre sie schon meinetwegen?«

»Nicht krank in dem Sinn. Aber mir hat sie es einmal anvertraut, wie schwer sie gelitten hat, damals, als du mit der Fini angefangen hast. Nach einem Faschingsball, glaube ich, war das. Da ist die Gaby als Jäger verkleidet hingegangen. Damals ist sie dann zu mir gekommen und hat so bitterlich geweint, daß ich gemeint habe, es drückt ihr 's Herzl ab, und alles habe ich ihr vorreden müssen, daß ich sie in ihrem Schmerz wieder ein bissel habe trösten und aufrichten können!«

Simon hatte die Farbe gewechselt und starrte fassungslos auf Barbara.

»Und von alldem habe ich nichts gewußt! Sie hat sich aber auch nie etwas anmerken lassen. Aber warte einmal, hat sie mir nicht einmal erzählt, sie hätte einen gern?«

Die Barbara lachte und faßte ihn am Arm.

»Da hat sie doch dich gemeint, du Dummerl!«

»Jetzt verstehe ich überhaupt nichts mehr. Sie tut doch die ganze Zeit so, als wäre — nein, jetzt verstehe ich nichts mehr.«

»Ach, ihr Mannsbilder habt doch oft ein Brett vorm Kopf, denkt wer weiß was, und das Allernächstliegende überseht ihr.«

»Das Beste vielleicht«, nickte er.

»Das hab ich nicht gesagt.«

»Nein, aber bist du der Meinung, daß die Gaby auch heute noch —?«

»Das wird sich nie ändern, Simon. Sie wird bei dir bleiben, selbst wenn du einmal eine andere heiraten solltest, weil sie bei dir bleiben muß.«

Die Sonne war nun schon untergegangen, die Dämmerung strich übers Moor, ganz fern hörte man einen Nachtvogel weinen.

»Komm«, sagte Simon plötzlich entschlossen. »Es ist spät geworden, ich bringe dich im Wagen heim. Du weißt noch mehr, und das wirst du mir während der Fahrt alles schön der Reihe nach erzählen.«

Auf der Heimfahrt hatte Simon so schwer zu überlegen wie vielleicht noch nie in seinem Leben. Es war nicht Absicht gewesen, hatte die Barbara ihm noch gesagt, daß sich das Gespräch in diese Richtung gedreht habe, daß es aussehen könne, als möchte sie sich um der Schwester willen einen Kuppelpelz verdienen. Das sei ihr ganz fern gelegen, und die Gaby würde ihr deswegen auch zürnen. Sie habe nur ganz plötzlich gespürt, daß die alte, schöne Vertrautheit aus der Kinderzeit wieder dagewesen sei, als er zu ihr wie ein Bruder gewesen sei, zu dem sie alles habe sagen können. Und darum habe sie eben ihr Herz erleichtern und ihn fragen können.

Ja, auf dieser Heimfahrt hatte Simon nun viele Erinnerungen. Er sah den Vater wieder hoch droben im Bergwald, wie er die Axt schwang, unverwüstlich in seiner Kraft, am Abend sich dann niederbeugend über das kleine Feuer, um für seinen Buben eine Suppe zu kochen. Er sah sich wieder im Kreis der Weberkinder um den großen Tisch sitzen, als sei er eines der ihren. Die Gaby war damals noch gar nicht auf der Welt. Bild um Bild zog an ihm vorbei, und es war ihm auf einmal, als müsse er nur wieder dort anknüpfen, wo ihn die guten Hände gehalten hatten. Nur Güte hatte er von der Webermutter empfangen. Diese Güte hatte sie ihren Kindern weitervererbt, auch der Gaby.

Die Gaby! Wie konnte sie sich nur so verstellen und so sehr in der Gewalt haben! Jetzt allerdings, weil er um ihre verborgene Liebe wußte, fiel ihm so manches auf. Worte und Gebärden, aus denen er ihre Liebe hätte erkennen müssen.

Immer wieder mußte er über sich selbst den Kopf schütteln.

Da tauchten schon die Lichter von Siebenzell auf. Als Simon den Wagen in die Garage fuhr, brannte in der Bauernstube das Licht, und die Mädchen, die Gaby und die Agnes, saßen gerade beim Abendessen. Sofort stand die Gaby auf, um für ihn Teller und Besteck zu holen.

»Ich habe gedacht, du kämest noch nicht so bald«, sagte sie.

»Ich habe nur die Barbara heimgebracht.«

»Ja, aber sonntags ißt du abends meistens beim Wirt.«

»Heut habe ich aber keine Lust dazu«, meinte Simon und schmunzelte.

Die Gaby schob ihm Brot und Butter hin.

»Magst du auch Tee oder lieber Bier?«

»Lieber Bier.«

Unter gesenkten Brauen heraus sah er ihr nach, wie sie mit schwingendem Schritt durch die Stube ging und sich dann wieder an den Tisch setzte. Wo hab ich denn bloß meine Augen gehabt, mußte er denken und blickte scheu in ihr Gesicht.

Das Innere dieses alten Holzhauses war völlig verwandelt worden. Die Stube war zwar die alte geblieben, und so wie früher hing noch das kleine Säckchen mit der Handvoll Heimaterde an der Wand, aber die Möbel waren neu. Im Hintergrund, wo früher eine Tür in den Stall, die spätere Werkstatt, hinausgeführt hatte, war jetzt ein offener Bogen, durch den man in den schönen Wohnraum kam.

Weil nun ein zweites Mädchen im Haus war, brauchte die Gaby am Abend nicht mehr zu ihren Leuten heimzugehen. Die Mädchen schliefen oben in einem der netten Giebelzimmer, während die frühere Tenne zu einem großen Schlafzimmer für Simon ausgebaut worden war.

Das Essen aber wurde, wenn keine Gäste da waren, stets in der Bauernstube eingenommen. Hernach begab sich Simon immer ins Wohnzimmer und blieb dort oft bis Mitternacht allein. Bevor sie schlafen ging, pflegte die Gaby ihn zu fragen, ob er noch etwas wolle, Wein oder Kaffee.

Auch heute kam sie noch kurz herein. Aber noch bevor sie fragen konnte, sagte er schon:

»Jawohl, Gaby, eine Flasche Wein und zwei Gläser.«

»Kommt noch jemand?«

»Ja, heute wird jemand bei mir sein.«

Als sie dann den Wein brachte und die Gläser, lachte er freundlich.

»Setz dich nur nieder, Gaby, und leiste mir Gesellschaft.«

»Ich habe gemeint, es kommt noch jemand?«

»Bist du denn niemand?«

Er entkorkte die Flasche und schenkte die Gläser voll. Rot wie Blut leuchtete der Tiroler im Glas. Die Lichter des Lüsters spiegelten sich darin. Wie ein feines Glockenspiel läuteten die Gläser aneinander.

»Auf was trinken wir denn, Gaby?«

»Auf deine Gesundheit, Simon, und daß alles so gut weiterläuft, wie es begonnen hat.«

»Nicht schlecht!« lachte er, trank und stellte sein Glas nieder. Dann sah er sie an. »Was ich dich schon lange einmal fragen wollte, Gaby, hast du mir nicht einmal gesagt, daß du jemanden gern hättest? Oder, paß auf, wie war das gleich? Kinder wolltest du haben und einen eigenen Herd.«

»Ich habe dir doch schon einmal gesagt, daß das vorbei ist.«

»Aha!«

Simon begann sich über sich selber zu ärgern, weil er nicht wußte, wie er es anfangen sollte.

Wieder nahm er einen Anlauf, leerte sein Glas in einem Zug, als ob er sich Mut antrinken wollte, und sagte dann:

»Das mit dem eigenen Herd — du weißt ja, wo er steht. Und das mit den Kindern — darüber könnte man ja reden.«

Die Gaby richtete ihre großen braunen Augen voll auf ihn, wollte etwas fragen, aber ihr Hals war auf einmal so eng.

»Weißt du mir denn gar nichts zu sagen, Gaby?«

Es kam wie eine Bitte.

Ihr Herz schlug mit einem Male so schwer in der Brust.

»Was soll ich dir denn sagen, Simon?« fragte sie leise, und das Schweigen hinterher war doch nur ein Weitersprechen, so daß er die Worte nur aus ihrem leichtgeöffneten Mund hätte abzulesen brauchen. Du mußt es doch wissen, hätte es geheißen, daß außer dir noch nie ein Mensch an mein Herz gerührt hat.

Das alles sagte sie nicht, aber er konnte es jetzt ganz deutlich aus ihren braunen Augen lesen, die von der Größe dieses Augenblicks erfüllt waren.

Er stand auf und legte seine Hände auf ihre schmalen Schultern, die sich ihm willig entgegenbeugten. Er fühlte, wie ihre Lippen seine Zärtlichkeit erwiderten, und erschrak dann doch sehr, als sie wie hilflos an ihm niederglitt und seine Knie umklammerte.

»Was tust du denn?« fragte er erschrocken. »Komm, steh auf.«

Er zog sie zu sich hoch, aber sie hörte nicht auf zu schluchzen. So ließ er sie gewähren, eine lange Zeit. Hernach sah sie ihn an, voller Zweifel, voller Angst, daß dies alles nicht wahr gewesen sein könnte und nur sie allein es gewesen sei, die sich verraten hatte.

Schweigend füllte er die Gläser wieder. Sein Gesicht leuchtete.

»Nun wissen wir ja, worauf wir trinken müssen!« sagte er. Und wieder antwortete sie:

»Auf deine Gesundheit, Simon.«

Er schüttelte den Kopf und küßte sie wieder.

»Jetzt muß es schon heißen: auf unsere Gesundheit!«

Dann war er plötzlich wieder er selber. Nicht der nüchterne Geschäftsmann, sondern Simon Burgstaller, der Mensch. Seine Frage klang nur so nüchtern, weil er sich seiner Sache jetzt gewiß war.

»Wie lange schon?«

Sie verstand seine Frage sofort und senkte die Stirne.

»Seit du mich in dein Haus genommen hast.«

»Und du hättest es mir niemals gesagt?«

Sie schüttelte den Kopf, aber ihre Augen waren mit warmer Zärtlichkeit erfüllt.

»Du bist zu groß geworden für unsereinen«, sagte sie nur.

»Daran wollen wir zwei nie denken, Gaby. Und auch daran nicht, daß ich dir mit meinem Benehmen unbewußt weh getan habe.«

Sie wußte, daß er jetzt das mit der Fini meinte, und schwieg. Ein ganz neues Leben sollte ja für sie nun beginnen. Und so ein neues Leben fragte nicht nach Erinnerungen und alten Schmerzen, es öffnete nur für die Zukunft das Tor.

Bevor der erste Schnee fiel, hielten sie ihre Hochzeit. Wer aber geglaubt hatte, daß dies ein großes Fest werden würde, an dem das ganze Dorf teilnehmen werde, der sah sich getäuscht: Sie ließen sich an einem Werktag um sechs Uhr früh vom Pfarrer Dehmer trauen. Um sieben Uhr ertönte die Sirene des Werks, und Simon ging durch die Räume wie jeden Tag. Nur an seiner rechten Hand glänzte jetzt ein schmaler Goldreif.

Erst drei Tage später fuhren sie weg, weit nach Süden hinunter, wo noch Sonnenwärme war und blaues Meer.

Vierzehn Tage blieben sie aus, und als sie zurückkamen, lag Schnee über dem Moor und über den Bergen.

Für die Gaby änderte sich eigentlich gar nichts. Dieselben Aufgaben, dieselbe Arbeit, nur daß der Herd, an dem sie jetzt ihre Pflicht erfüllte, ihr eigener Herd geworden war, wie der Mann, der jetzt zuweilen mitten unter der Arbeit mit weiten Schritten aus der Fabrik herüberkam mit wehendem weißen Arbeitsmantel. Der Bleistift, den er hinters Ohr geklemmt hatte, fiel dann immer herunter, wenn er sein junges Weib stürmisch umarmte.

In einem wundersamen Gleichmaß ging alles dahin. Die Sonne stieg und sank wie immer, der Föhn nahm im März den Schnee fort, und der Pflug ging wieder über die Erde, die schwer und dunkel war wie jene Handvoll, die er einst in die Fremde mitgenommen hatte.

Als die Kirschbäume ins Blühen kamen und die Sterbeglocken für den Altbürgermeister Langentaler läuteten, war es soweit, daß die Gaby ihrem Simon sagen konnte, was der hohe Sommer ihr und ihm schenken würde. So Gott es wollte, den ersten Sohn.

»Daß es soviel Glück auf Erden geben kann! Ein Kind!« sagte er leise. »Ein kleines Kind, das von keiner Rindenhütte weiß!«

»Und Geschwister haben wird«, lächelte die Gaby, nahm sein Gesicht in die Hände und küßte ihn.

Die Sterne flimmerten schon über dem Moor, ein leiser Wind sang in den jungen Birkenblättern.

Simon war zumute, als spüre er den Boden gar nicht mehr unter sich, als schwebe er nur mehr über das Moor. Alles war von ihm abgefallen, die schreckliche Einsamkeit war fort, das Traurige in seinem Leben war vergessen, die große Seligkeit hatte ihn erfaßt.

Die Abendglocken läuteten feierlich und weckten im Bergwald ein hundertstimmiges Echo. Still und verträumt lagen die mächtigen Fabriksgebäude da. Der Nachtwächter hatte gerade auf den Knopf gedrückt, und auf dem Dach erstrahlten in ganz hellem Blau die Leuchtbuchstaben: »Burgstaller-Möbel.«

Still lag auch das kleine Haus aus Holz, das wohl immer aus Holz bleiben würde, weil Simon nichts verändern wollte, was Vater und Mutter unter Schweiß und Mühsal erworben hatten, damit er einmal eine Heimat haben solle.

Hans Ernst

Die Hand am Pflug

Vom Bauernknecht zum Volksschriftsteller

»Die Hand am Pflug – Vom Bauernknecht zum Volksschriftsteller« nennt Hans Ernst seine Lebenserinnerungen. Sie lesen sich wie ein mit Handlung prall gefüllter Roman und lassen bis in die letzte Zeile hinein spüren, daß das alles wirklich erlebt worden ist. Hans Ernst hatte keinen leichten Lebensweg: ein Großstadtbub, der schon früh die Mutter verlor, eine harte Jugendzeit erleben mußte und sich dann vom »Roßbuam« über den Bauernknecht zum Volksschauspieler und schließlich zum beliebten Romanschriftsteller hinaufarbeitete. Vielleicht war es gerade diese harte Schule des Lebens, die seiner literarischen Begabung jene kernige Reife verlieh, die in jedem seiner Romane spürbar ist. Über das Erzählerische hinaus sind seine Lebenserinnerungen ein packendes Zeitdokument und eine interessante sozialgeschichtliche Studie – alles mit Handlung vollgepackt und gekonnt erzählt. *(Altbayerische Heimatpost)*

»Was Hans Ernst in seinem weiß Gott interessanten Leben erzählt, ist von einer tiefen, ans Herz rührenden Menschlichkeit durchdrungen, die den Leser unwillkürlich gefangen nimmt und ihm gleichzeitig die reiche Empfindungswelt der bayrischen Lebensart nahe bringt.«
(Luis Trenker)

rosenheimer